소중한 ____________에게

____

____

____,

____.

생의 마침표에.
천 일의 쉼표를 찍다,

생의
마침표에 .

천 일의
쉼표를 찍다 ,

이주완 지음

| 프롤로그 |

내 19살의 시계 앞에서

언제 돌아올지, 아니 돌아올 수 없을지도 모르는 아주 먼 곳으로 떠나기 전, 19살의 나는 간절히 기도했다. 나도 같이 가고 싶다고, 그러니까 내가 다시 19살의 나로 살아갈 수 있을 때까지 조금 기다려 달라고.

그랬더니 정말 멈춰 버렸다. 세상이 2016년 3월 28일에서 멈춰 버렸다.

저 물 한 방울은 수도꼭지에서 떨어지던 그 순간 멈춰 버렸고, 이리저리 뛰어다녀야 하는 저 강아지 모양의 구름도 제자리에 멈춰 버렸다. 그 구름 밑을 날아가고 있던 저 새도 멈춰 버렸고, 도로 위에 차들도, 바쁘게 걸어가던 사람들도 그 자리에 그대로 멈춰 버렸다. 그리고 그 세상 속에서 유일하게 흘러가고 있는 것은 오직 내 시간뿐이었다.

그렇게 내가 아닌 모든 것들을 멈춰 버리고 떠난 19살의 나는, 22살이 되어서야 고맙게도 아직까지 멈춰 있는 이 세상으로 돌아올 수 있었다.
멈춰 있는 세상을 깨우는 방법은 간단했다. 언제든 내 앞에 놓여 있는 2016년 3월 28일, 내 19살의 시계에게 이제 돌아왔다고 말하면 되는 것이었다. 하지만 그렇게 세상을 깨워 버리면 다시는 멈출 수 없기에, 나는 언제쯤 세상을 깨우면 좋을지 고민하며 아직 멈춰 있는 세상 속에서 편안한 외로움을 즐기고 있었다.

여느 때처럼 누워 멈춰 있는 하늘을 구경하던 중 문득 이런 생각이 들었다.
'무슨 이유에서였을까?'
세상에 이유 없는 일들은 없다고 하는데, 길 위에 작은 돌멩이 하나가 있는 것에도, 아스팔트 틈새에 한 송이 민들레가 피어 있는 것에도 다 이유가 있다고 하는데, 그럼 나는 무슨 이유에서였을까? 무슨 이유에서 내게 백혈병이란 것이 찾아왔던 걸까? 곰곰이 생각해 봤지만 알 듯 모를 듯, 먼 듯 가까운 듯 손에 잡히질 않았다.
그렇게 생각하는 사이 어느새 흐른 나만의 시간은 2019년 2월을 달리고 있었다. 그래 이 정도면 됐다 싶었던 나는 내 19살의 시계 앞에 섰다. 이 앞에서 이제 돌아왔다고 말하면, 지금껏 흘러왔던 시간들이 누군가에겐 눈 한 번의 깜빡임으로 흘러가고, 무슨 일 있었냐는 듯 그렇게 나는 19살의 나로 살아가게 될 것이다.

"크흠… 큼… 시계야! 나 이제 돌아왔…."
그 순간 나는 입을 틀어막았다. 다행히 세상은 아직 멈춰 있었다. 나는 아직 19살의 나로 돌아가면 안 됐다. 그 찰나의 순간, 이유를 깨달았기 때문이었다. 내게 백혈병이 찾아왔던 그 이유를.
그렇게 나는 펜을 들었다. 그리고 한 자 한 자에 그동안의 내 하루하루를 꾹꾹 담아 적어 내려갔다. 그동안의 여정에서 내가 배웠던 모든 소중함을, 다시 이 세상으로 돌아오면서 느꼈던 모든 감사함을 아직 이토록 생생할 때 서둘러 적어 내려갔다.

모두에게 희망과 행복을 주라는 것이었다. 견딜 수 있는 네게 시련과 고통을 줄 테니, 꼭 이기고 돌아와 그 이야기들로 모두에게 희망과 행복을 주라는 것, 그게 내게 백혈병이 찾아왔던 이유였다.

불행처럼 찾아왔던 백혈병이었지만 그런 이유였다면, 죽음과도 같았던 시련과 고통 속에서 날 살게 했던 이 희망과 행복들을 모두에게 남겨야겠다는 책임감이 들었다. 그리고 이 일을 끝마쳐야만 그 모든 기억을 내 안에 담고도 19살의 나로 온전히 살아갈 수 있을 것 같았다.

그리고 들었던 펜을 내려놓았을 때, 나는 23살이 되어 있었다.

나는 내 이야기를 통해 어느 백혈병 환자의 아픔을 이해한다는 것을 넘어, 각자의 아픔을 가진 이들이 서로의 아픔을 공감하며 보듬어 줄 수 있기를 바란다. 그렇게 서로의 아픔을 이해하고 공감으로 이어진다면 그것은 더 이상 아픔이 아닌, 함께 이겨 낼 수 있다는 희망이 될 거라고 생각한다. 이 모든 게 거창해 보이지만 사실 단 한 사람으로부터 시작된다고, 그게 내가 될 수도, 내 이야기를 읽고 있는 여러분이 될 수도 있는 것이라고 나는 생각한다.

그렇게 한 사람으로부터 시작되어 이어진 공감이란 끈들이 모두를 이어 준다면, 우린 더 따뜻한 세상에서 살 수 있게 되지 않을까?
과분한 생각이었다면, 그저 이 이야기 속에서 나와 네가 함께한 시간이 서로의 마음속에 영원히 지지 않는 푸른 희망으로 간직돼 주길 바랄 뿐이다.

.

.

.

.

.

.

아, 그리고 내 이야기 중간중간엔 한 번씩 나 이주완보다 더 '이주완' 같은 한 사람의 이야기가 등장한다. 바로 우리 엄마의 이야기다.

"엄마! 엄마도 이리 와서 한마디 해주라."
"에이 괜찮다니까, 엄마는 안 해도 돼."
"아니야. 해야 된다고! 빨리 와, 그럼 나도 안 한다?"
"아이고 진짜… 뭐라고 해야 되는데? 짧게 해도 돼?"
"응. 엄마 하고 싶은 말 편하게 해주면 돼."

내 아이가 아픈 시간을 겪고 다시 돌아와 주었다. 그래서 아침에 자고 있는 완이의 얼굴을 다시 볼 수 있다는 것만으로도, 마주 앉아 완이의 따뜻한 숨을 느낄 수 있다는 것만으로도 나는 이 세상이 다 내 것이 된 것처럼 행복했다. 그런데 우리 완이가 그동안의 경험을 이렇게 한 권의 책으로 담아냈다. 그리고 내 이야기도 필요하다고 말해 주었다. 완이에게 조금이라도 해가 될까 노심초사하며 쓴 내 이야기를 입이 닳도록 잘 썼다고, 너무 고맙다고 말해 주는 완이에게 눈물 나도록 미안했다. 그리고 너무 고마웠다. 나는 아들을 꼭 안아 주며 말해 주고 싶다.

잘 견뎌 줘서 고맙다고.

행복하다,

정말 행복하다….

"엄마 울어? 엄마 왜 울어! 알았어, 이제 내가 마무리할게."

'괜히 말하라고 했나… 엄마 내가 더 미안하고 고마워.'

이제 정말 때가 된 것 같다.

돌고 돌아 나는 다시 2016년 3월 28일, 내 19살의 시계 앞에 섰다.

그리고 외쳤다, 세상에서 가장 희망찬 목소리로, 세상에서 가장 행복한 목소리로.

"시계야! 나 이제 돌아왔어!!"

차례

천 일의 첫 번째 이야기

고3,
난 시작도 못 해보고
주저앉았다

부산한 발걸음 소리, 옆 침대 할아버지의 기침 소리,
아무도 받지 않는 전화벨 소리, 누군가의 흐느낌…
이 풍경 한편에 내가 있다. 웃음이 난다.

응급실?
그거 노래 아닌가? 이 바보야 진짜 아니라면서….

도대체 뭐가 어디서부터 잘못된 걸까?

진짜 성장통인가?

바람이 더 쓸쓸히 느껴지는 가을이다.
요즘 따라 뼈마디가 시큰시큰 아파 온다. 엄마한테 말하니까 "그거 성장통 아니야?" 하며 별일 아닌 듯 웃어넘긴다. 그런 엄마의 말에 나도 "진짜 성장통인가? 그러기엔 너무 늙었는데."라고 대답하며 그냥 웃어넘겼다.

"패스해 주완! 아, 어디에다가 차는 거야!"
친구가 소리쳤다.
"미안, 오늘 이상하게 잘 안 되네."
오늘따라 컨디션이 영 별로였다.
아니, 오늘만이 아닌 것 같다. 요즘 들어 몸이 이상할 정도로 말을 잘 듣지 않는다. 머리로는 분명 평소 같은 세기와 정확도로 패스했는데! 공을 차는 순간 발목이 시큰거렸고, 공은 허탈한 내 마음처럼 데구루루 힘없이 굴러갔다.

체육 시간이 끝남을 알리는 종이 울렸다.
"휴우…."
아직도 숨이 차다. 교실로 돌아가는 계단이 에베레스트같이 느껴졌다.

그날 저녁 야자 시간.
모두가 공부에 열중하고 있던 그때, 내 눈도 책을 보고 있었지만 무슨 말인지 알 수가 없었다. 눈이 책 속으로 빨려 들어가는 듯했고 머리는 어지러워 토할 것만 같았다.
결국 나는 선생님께 말씀드리고 일찍 집에 왔다. 집으로 돌아가는 한 걸음 한 걸음이 물속을 걷는 기분이었다. 아직 초가을이지만 나는 감기에 걸렸다. 친구들은 아직도 더워 죽겠다는데 나는 춥다. 몸이 무겁고 왜 이리도 피곤한 건지 모르겠다.

> 정말 몰랐을까? 그렇게 강한 척 세상을 다 아는 척 살아오던 19살의 내가, 이 모든 게 그저 우연이라고만 생각하고 있었을까? 그냥 모르겠다. 생각하고 싶지 않다. 밤이 너무 무서워, 아침이 될 때까지 눈을 꼭 감아 버렸던 어떤 아이처럼.

유난히 춥던 그해 12월, 나는 학생회장 선거에 출마했고 당선됐다.
선거운동을 하던 일주일, 친구들과 당선 뒤풀이를 하던 주말, 당선 소감을 말하던 월요일, 당선의 달콤함과 학생회장의 책임감, 다가오는 고3의 부담감 때문이었을까?
12월 한 달은 빠르게 지나갔고 피곤함 또한 잊히는 듯했다.

안 좋은 예감은 언제나

2016년 1월은 19살, 내가 고3이 되던 해였다.
고3이라면 누구나 그렇듯 밤새 열심히 공부했고 열심히 놀았다. 학생회장으로서 학생회 일도 열심히 준비해 나갔다. 몸은 여전히 무겁고 피곤했지만 그럭저럭 버틸 만했다. 나는 고3이니까.

1월이 2월을 등에 업고 쏜살같이 지나가자 3월 새 학기가 되었다. 아직 녹기 싫은 눈들은 그늘 밑에 숨어 있었고 날은 여전히 추웠다. 하지만 내 마음만은 한여름처럼 뜨거웠다. 고3 마지막 학창 시절, 멋지게 보내리라 다짐했다.
바쁘게 지나가는 하루하루.
그렇게 개학하고 2주 조금 지났을까? 계단을 내려가던 나는 순간 무릎과 발목에 극심한 통증을 느꼈고, 그만 넘어지고 말았다.
'한 번씩 아프긴 했었지만 이 정도로 아픈 적은 없었는데?'

넘어졌을 때 부딪힌 무릎에는 시퍼렇게 멍이 들어 있었다. 그리고 익숙해져서 신경 쓰지 않고 있었지만 나는 코를 훌쩍이고 있었다. 작년 가을에 걸린 감기가 아직도 낫지 않은 것이다.

이때부터 나는 본능적으로 뭔가 잘못돼 가고 있음을 느꼈던 건지도 모르겠다. 그 후 한 번씩 아프던 무릎과 발목이 이제 매일같이 아파 왔고 아프지 않았던 팔꿈치와 어깨, 다른 관절들까지도 아파 오기 시작했다. 몸은 하루가 다르게 더 무거워져 갔다. 특히 걷는 게 정말 힘들었다. 걸을 때마다 발이 쑥쑥 빠지는 갯벌 체험을 하는 기분이랄까?

통증을 없애기 위해 파스도 발라 보고, 운동도 해보고, 몸에 좋다는 음식이며 영양제도 먹어 봤다. 하지만 이런 내 노력을 비웃기라도 하듯 몸은 보이지 않는 심연 속으로 빠져들어 갔다.

학교생활도 힘들어지기 시작했다. 이제 계단을 내려가는 것이 무서워졌고 수업 시간에 집중하는 것은 물론 밥 먹는 것, 심지어 화장실에 가는 것조차도 귀찮아졌다. 하지만 겉보기에는 아무런 이상이 없었다.

주변에서 아무 말도 없었냐고? 친구들에게 몸이 안 좋다거나 아프다고 말하면, 기다렸다는 듯 이런 불평을 쏟아 냈다.

"야, 나도 아파."

"야자 빼려고 또 거짓말하네."

"이상한 소리 그만하고 축구나 하게 나와."

"그러니까 밤에 이상한 짓 좀 하지 말고 빨리빨리 자라고."

정말 힘만 있었다면 두 대는 때려 주고 싶었다.

가족들에게 말해 봐도 매한가지였다.

"아직도 그래?"
"왜 그러지?"
"공부를 너무 열심히 했나?"

나는 정말 아픈데 아무도 내 말을 믿어 주지 않고 흘려듣는 것 같아서 짜증이 났다. 하지만 겉보기에는 멀쩡해 보이니 그럴 만도 했다. 그렇게 몸을 버텨 주던 마음도 서서히 지쳐 가고 있었다.

어느 날, 어김없이 피곤한 몸을 이끌고 집에 오자마자 잠든 나는 악몽을 꾸었다. 가슴이 답답하고 머리가 아파 잠에서 깨어 보니 새벽이었다. 베개는 땀에 흥건하게 젖어 있었다. 나는 물을 한잔 마시고 다시 침대에 앉았다. 그렇게 해가 뜰 때까지 그냥 앉아 있었다.

오히려 다행이라고, 고맙다고 느꼈던 것 같다. 무신경한 그들의 그 말들이 나를 단 하루라도, 단 일 초라도 더 괜찮은 듯 살게 해줬으니까. 하지만 무서운 밤은 더 이상 내가 눈을 감고 있는 걸 허락해 주지 않았다. 내게 미움을 받을지라도 그래야 나를 살릴 수 있다고, 무서운 밤은 그렇게 생각했던 것 같다.

그날, 나는 살면서 한 번도 가보지 않았던 병원이란 곳에 가봐야겠다는 생각을 했다.

우연을 가장한 필연

병원에 들렀다 바로 학교에 갈 생각으로 교복을 입고 집을 나섰다. 병원이라고는 어릴 때 가봤던 동네 소아과가 전부였다. 큰 병원은 내게 너무 낯선 곳이었다. 그래서 피검사를 받으러 병원 안을 돌아다닐 때는 마치 내가 놀이공원에서 엄마 손을 잡고 졸졸 따라다니는 유치원생이 된 기분이었다.
그렇게 여러 가지 피검사를 마친 뒤 의사 선생님과 면담을 가졌다. 의사 선생님은 피검사 결과는 나쁘지 않다, 젊으니까 별일 없을 거다, 결과가 늦게 나오는 검사들이 몇 개 있으니 내일 전화로 알려 주겠다고 말씀하셨다.
'그럼 왜 이렇게 몸이 힘들었을까?'
의문이 들었지만 별일 없을 거라 하니 엄마도 나도 안심이 됐다.

시간이 조금 늦어져 점심을 먹고 학교에 돌아가기로 했다. 그때 나는 알았을까, 그것이 내 마지막 평온한 점심이었다는 걸.

원래 음식을 조금씩 남기는 나인데, 그날은 유난히 그릇째 싹싹 비웠다. 식사를 마치고 레스토랑에서 나오며 다음에 또 와야겠다고 생각했다. 엄마는 집으로 돌아갔고, 나는 학교로 가기 위해 버스를 기다리고 있었다.
그때 울리는 휴대폰 벨 소리. 엄마였다.
"병원에서 빨리 다시 오라고 하네? 병원에서 만나자."
나는 무슨 일이냐고도 묻지 못한 채 알겠다고 대답하고 병원으로 돌아갔다.
'뭐지? 전화로 알려 준다고 했는데… 당장 와서 들어야 할 만큼 중요한 일인가?'
불안했다.

그런데 안 좋은 예감은 왜 항상 빗나가지 않는 걸까?

진료실에 다시 모였다. 의사 선생님은 점심도 거른 채 우리를 기다리고 계셨다. 빨리 다시 오라고 하셨던 의사 선생님이 왜인지 말없이 계속 모니터만 바라보고 계셨다. 그러던 의사 선생님의 첫마디는 "음…."이었다. 이후 몇 차례 더 말을 삼키시더니 어렵게 입술을 떼셨다.
"말초혈액에서 발견되면 안 되는 미성숙한 백혈구가 발견되어서 급하게 다시 오시라 했습니다."
"그럼, 그게 어떤 의미인가요?"
내가 다시 여쭈었다.
"백혈구를 만들어 내는 골수에 문제가 생긴 것 같아요."
이때까지도 엄마와 나는 그 말이 무슨 의미인지 알 수 없었다. 의사 선생님은 떨리는 목소리로 뒤이어 말씀하셨다.

"백혈병인 것 같습니다."

그 순간 엄마도, 나도, 의사 선생님도 서로의 얼굴만 쳐다봤다. 그 말을 듣고 놀랄 수도, 되물을 수도, 슬퍼할 수도 없었다. 그냥 피식 웃음이 났다. 백혈병? 난 사실 그때까지만 해도 백혈병이 정확히 뭔지도 잘 몰랐다. 영화나 드라마에서 나오는 많이 아픈 병, 걸리면 죽는 병이라는 것만 어렴풋이 알 뿐이었다. 짧은 침묵을 깨고 나는 다시 되물었다.

"저 살 수는 있는 건가요?"

"요즘은 의료 기술이 좋아져서… 지금 바로 대학병원 응급실로 가는 게 좋겠습니다."
의사 선생님은 말을 흐리셨다. 날 바라보는 의사 선생님의 저 눈빛, 저 눈빛은 어떤 의미였을까? 결국 살 수 있다는 말은 듣지 못한 채 병원에서 나왔다. 병원을 빠져나온 엄마와 나는 서로 한마디도 하지 않고 택시를 탔다.

그날따라 날씨가 참 좋았다. 창밖에는 사람들이 웃으며 걷고 있었고, 더 이상 숨을 곳이 없는 눈들은 원래 자기가 있던 곳으로 돌아가고 있었다.

전혀 예상 밖의 일. 사람들은 흔히 예상 밖의 일이었다는 말을 쓰며 슬퍼하기도 안타까워하기도 한다. 하지만 내 생각에 그 사람들은 예상 밖의 일을 겪어 보지 않은 것 같다. 정말 예상 밖의 일이었다면 그 순간 머리는 멈추게 된다.

그렇게 전북대학교병원 응급실에 입원해 피검사를 받고, 또 받고, 또 받고 또….

“이주완 환자분! 이주완 환자분!”

간호사님이 부르는 소리에 정신이 들었다.

“피검사 처방 내려온 게 있어서 피검사 좀 할게요.”

아직 피가 멎지도 않았는데 또 피검사를 한다고 한다. 가차 없이 들어오는 주삿바늘에 몸이 처음처럼 움찔한다. 구멍 난 팔뚝을 부여잡으니 웃음이 난다.

“어이가 없네.”

우연을 가장한 필연.

도대체 어디서부터 잘못돼 왔던 건지 이제는 조금 알 것 같다.

2016년 3월 28일, 그렇게 나는 백혈병 환자가 됐다.

‘아 맞다, 내일 학교 가야 되는데?’

고3의 나,
영화 속 주인공이 되다!

『가시고기』, 빠지는 머리카락, 마스크, 수혈, 창백한 피부, 조혈모세포 이식 등 백혈병 하면 떠오르는 단어와 함께 그려지는 대표적인 이미지들이 있다.
가습기가 틀어진 방 안에 두꺼운 비니beanie를 쓴 아이가 쓸쓸히 창밖을 바라보고 있는 모습이라든가, 창백한 피부와 마른 입술 그리고 가늘어진 팔다리를 가진 여주인공이 마스크를 낀 채 휠체어를 타고 있는 모습들…. 대체로 영화나 드라마에서 많이 볼 수 있는 모습들이다.
백혈병은 어디선가 한 번쯤 들어본 듯한 병으로 그리 생소한 병은 아니다. 하지만 나 또한 백혈병에 걸리기 전까지는 백혈병이 백혈구에 이상이 생기는 병이라는 것, 그리고 아주 많이 아픈 병이라는 것 말고는 제대로 아는 게 없었다.

갑자기 어디선가 환자복이 날아와 내게 붙더니 떨어지질 않는다. 얼굴에는 지울 수 없는 하얀 분이 발라져 있고, 입술에는 모래로 만든 듯 꺼칠꺼칠한 회색빛 립스틱이 발라져 있다. 한 올 한 올 머리카락들이 실 끊어진 연처럼 잡을 수 없을 만큼 높이 내 시야에서 사라지고 있다….

어느새 나는 백혈병 환자 역을 맡은 주인공이 되어 있었다. 그리고 그렇게 시작된 내 영화. 끝날 때까지 쉬지 못하고 찍어야 하는 영화. 다 찍어야만 이 분장을 벗겨 낼 수 있는 그런 영화.

끝이 없는 마라톤을 하는 기분

어느 날 갑자기 난 맨몸으로 어두운 방 안에 갇힌다. 그때 어디선가 들려오는 목소리.
“생존 게임에 온 걸 환영한다. 어떻게든 살아 나가길 바란다.”
‘무슨 소리지?’ 하며 주위를 둘러보니 이런 글이 적혀 있는 표지판이 하나 있다.

> 이 길을 따라 쭉 걸어가시면 이 어둠에서 벗어나 원래 있던 곳으로 되돌아가실 수 있습니다.
>
> *주의: 이 길에 어떤 위험이 도사리고 있을지 알 수 없으며, 바닥에는 유리 조각과 가시가 흩뿌려져 있습니다.

그리고 앞을 보니 신발이 몇 켤레 놓여 있다. 운 좋게도 내가 신는 270mm 사이즈는 있는데, 모든 사이즈가 있는 것 같지는 않다.

그렇게 신발을 신고 언제 끝날지도 모르는 그 길을 걸어 나간다. 만약 내게 맞는 신발 사이즈가 없다면 크든 작든 뭐라도 신고 걸어 나가야 하고, 혹시나 신발이 벗겨진다면 유리 조각과 가시밭길을 밟으며 걸어 나가야 한다. 아프고 힘들다고 멈춰 버리면 영원히 그곳에 갇혀 버릴 테니까.

더 끔찍한 건 그 길은 유리 조각과 가시만 피했다고 안심할 수 없는, 말로는 차마 표현할 수 없는, '죽음의 터널'이라는 것이다.

끝이 없는 마라톤을 하는 기분이랄까? 치료하면 완치된다고 확신할 수 있다면 아무리 힘들어도 끝을 바라보며 달릴 것이다. 그런데 그 끝이 있다는 확신이 없기 때문에, 내게 찾아온 그것은 조금만 정신줄을 놓으면 나를 '죽음의 터널' 속에서 미아로 만들어 버리는 악마 같은 불청객이었다.

제발
하루만 시간을 주세요

흰 가운을 걸친 의사 선생님이 방으로 들어왔다. 본능적으로 내게 올 거라는 것을 느낄 수 있었다.
"이주완 환자분 검사 결과를 말씀드리려고 왔습니다."
나는 침을 꿀꺽 삼켰다. 의사 선생님이 설명을 시작했지만, 내 심장 소리에 묻혀 하나도 들리지 않았다. 그러던 중 귓속에 박히듯 또렷하게 들린 한마디.

"급성백혈병인 것 같습니다."

그 말을 듣자 이상하게도 정신이 맑아졌다. 그때 그 기분은 희로애락을 초월한, 어떤 새로운 감정이었던 것 같다.

"더 자세한 내용은 내일 골수검사를 해봐야 알 것 같습니다."

나는 그 말을 끝으로 뒤돌아서던 의사 선생님을 붙잡았다.

"저기… 그런데 저 지금은 아무 이상 없고 괜찮거든요. 검사 결과는 나왔으니까 저 집에 가서 좀 씻고 오면 안 될까요? 아, 그리고 내일 학교에 중요한 일이 있어서 꼭 가봐야 하거든요. 딱 하루만 기다려 주시면 안 될까요? 친구들이랑 선생님한테도 말해야 하고, 책상이랑 사물함 짐도 정리하고 와야 하고 또…."

나는 횡설수설 말을 이어 갔다. 그때 내 말을 끊는 의사 선생님의 단호한 한마디.

"안 됩니다."

"네?"

내 대답에 의사 선생님은 아직 네가 얼마나 심각한 상황인지 모르는구나 하는 눈빛으로 나를 쳐다보며 "저는 의사이기 때문에 환자분을 이 상태로 집에 보내 드릴 수 없습니다. 응급 상황을 대비해서 병원에 계셔야 해요."라고 말씀하셨다.

"아… 네."

의사 선생님은 그렇게 방을 나가셨다.

'하루 정도 미룬다고 크게 달라질 건 없을 것 같은데….'라는 생각이 들었지만 의사 선생님의 너무 단호한 반응에 어떻게 더 말을 꺼낼 수가 없었다.

사실 3월 29일은 그동안 열심히 준비했던 첫 정기 학생회의가 있는 날이었다.

'학생회 임원들이랑 한 달을 준비했는데… 꼭 참석해야 되는데… 내가 이렇게 갑자기 빠져 버리면 뭐가 돼…. 너무 미안한데…. 아, 그냥 따뜻한 물에 좀 씻고 싶다.'

정리되지 않는 생각들이 머릿속을 어지럽혔다.

이대로 포기할 수 없었던 나는 "아 몰라. 나 집에 갈 거야! 이거 놓으세요. 내일 다시 올게요."라고 말하고 응급실을 뛰쳐나가는… 상상을 했다. 몇 번이나 생각하고 또 생각했지만, 그렇게 생각만 했다. 갑자기 가슴이 답답해진다.

그때 또다시 들려오는 간호사님의 목소리.
"이주완 환자분, 처방이 내려와서 피검사 좀 하겠습니다."
'아니 또?'
하지만 어느새 내 팔에는 주삿바늘이 꽂히고 있었다.

내 낡은 행복 회로는 불타 버렸다

내 간절한 부탁에도 시계는 멈추지 않았고 결국 아침이 되었다. 아침? 병원에서 맞는 아침은 반쪽짜리 아침이다. 병원에서 온전한 아침을 맞는 유일한 사람은 퇴원하는 사람들뿐일 것이다.

때마침 저 멀리서 익숙한 얼굴이 보인다. 다른 사람들과 같이 있지만 같이 있는 것이 아닌 응급실 안에서는 내 가족이 그렇게 반갑게 느껴질 수가 없다.

"엄마 왔어?"

엄마가 아침밥을 조금 싸 가지고 왔다. 철없게도 내 위가 먼저 밥숟가락을 든다. 내 머리는 그런 위를 나무라며 말했다.

"야, 넌 이 상황에 밥이 넘어가냐?"

그 말을 들은 위가 슬그머니 숟가락을 내려놓는다. '네가 무슨 잘못이 있겠어.'라는 생각에 위를 달래 봤지만, 이미 기분이 상한 위는 나도 자존심이 있다며 밥그릇을 몇 번 끼적거리고는 이내 다시 숟가락을 내려놓았다.

"엄마, 어제 나 깨우지 그랬어."

"…."

"엄마, 잠은 잘 잤어?"

"응."

"갈아입을 옷 좀 가져다주지."

"아… 생각을 못 했네."

"밥은?"

"그냥."

"가족들한테는 말했어?"

"응."

엄마는 내 말에 대답만 했다. 하긴 그도 그럴 것이 엄마도 나만큼이나 놀랐고 어안이 벙벙했을 테니까. 우린 스트레이트를 정통으로 맞아 녹다운된 상태였다. 부디 10초가 지나 게임이 끝나기 전에 다시 일어날 수 있길 바라며….

"이주완 환자분!"

간호사님의 목소리가 들리자 나는 무의식적으로 팔뚝을 걷었다. 역시는 역시다. 누군가는 물 한잔으로 상쾌한 아침을 시작하지만, 나는 피검사로 상쾌한 아침을 시작했다.

"곧 의사 선생님 오시니까 어디 가지 말고 계세요."

잠시 뒤 저 멀리서 의사 선생님의 모습이 보였다. 그때 또다시 내 낡아 버린 행복 회로가 작동하기 시작했다.

"이주완 환자분 죄송합니다. 검사 결과가 잘못됐던 것 같아요. 저희가 다시 한 번 정말 죄송하다는 말씀을…."
"아니에요. 괜찮아요. 다 이해해요. 그럴 수도 있죠. 그럼 저 지금 바로 퇴원하면 되나요?"
나는 혹시 모를 상황에 대비해 쿨한 멘트까지도 준비하고 있었다. 하지만 의사 선생님께서는 내 몸 상태를 물은 뒤, 오전 10시에 골수검사 예약이 잡혀 있으니까 알고 있으라고 하셨다.
그렇게 내 낡은 행복 회로는 불타 버렸다.

골수검사라니… 새로운 것을 좋아하고 뭐든 도전하는 것을 즐기는 나였지만, 어쩌다 골수검사까지 도전하게 된 걸까?

그 뒤 정처 없이 떠돌던 착잡한 내 시선이 시곗바늘과 눈이 마주쳤다. 내 눈을 잠시 바라보던 시곗바늘은 씨익 한 번 웃더니 온 힘을 다해 내달리기 시작했다. 시공간이 뒤틀리고, 내 침대가 움직이고 그렇게 어… 어… 하는 사이 벌써 9시 30분, 나는 골수검사실 앞에 있었다. 시간은 내게 마음의 준비를 할 30분조차도 허락하지 않았고, 결국 오전 10시가 되었다.

> "괜찮을 거야."라는 말은 적어도 그와 비슷한 일을 겪어 본 사람이 할 수 있는 말이 아닐까 싶다. 그래서인지 엄마도 내게 "괜찮을 거야."라는 말 대신 "잘 견뎌."라고 말해 주었다.

각종 무시무시한 의료 도구가 즐비하고 수술실의 느낌일 것 같았던 골수검사실 안의 모습은 생각보다 훨씬 단출했다. 보이는 것이라고는 덩그러니 놓인 침대 하나가 전부였다. 간호사님의 말에 따라 나는 골수검사실 침대에 엎드려 누워 있었다. 곧이어 의사 선생님이 들어오셨고, 뒤따라 흰색 가운을 입은 사람들이 들어왔다. 순간 '이렇게 많은 사람들이 필요한가?' 하는 의문이 들었다.

흰색 가운을 입은 사람들은 실습 온 학생들이라고 했다. 아마도 책에서만 보던 것을 실제로 보기 위해 온 것 같았다. 의사 선생님은 내게 골수검사를 받는 모습을 보여 줘도 되겠냐며 동의를 구했다.

나는 내가 의학 발전에 기여할 수 있다고 생각하니 기뻐 흔쾌히 수락했다. 그렇게 많은 사람들이 보는 앞에서 아직까지도 생생한 내 첫 골수검사가 시작되었다.

우선 허리와 엉덩이가 보이게 윗옷을 올리고 바지도 살짝 내렸다. 그리고 잠시 기다리는 동안, '드디어 시작인가? 아 잠깐만, 많이 아플까? 나 아직 준비가 안 됐는데….' 등 오만가지 생각들이 들었다. 아마 번지점프대에 서게 된다면 이때와 비슷한 느낌이 들지 않을까 싶다.

"소독할게요."

짧은 한마디와 함께 차가운 솜이 왼쪽 엉치뼈 부근에 닿았다. 중심부에서 바깥쪽으로 원을 그리며 소독을 끝낸 뒤, "마취 시작합니다. 약간 따끔할 거예요."라는 말이 들려왔고 "아, 잠시…." 하는 내 말이 끝나기도 전에 마취 주사를 놓기 시작하는데, 마치 살에 '스테이플러'를 대고 박는 느낌이었다.

우리가 고기를 썰 때 망설인다거나 손이 떨린다거나 하지 않는 것처럼, 의사 선생님도 한 치의 망설임 없이 7~8번가량 내 허리에 '스테이플러'를 박았다.

지금 생각해 보면 고통의 시간을 줄여 주기 위한 배려였던 것 같다.
그 뒤 의사 선생님은 "골수검사 시작할게요. 아프면 오른손을 드세요."라고 말씀하셨다. '어? 이거 어디서 많이 들어 본 말 같은데.'라는 생각이 들었다.
그 말이 끝남과 동시에 바늘이 들어오는 느낌이 들었다. 그리고 그 바늘은 와인 코르크 마개를 딸 때의 그 뻑뻑한 느낌 그대로 태엽을 감듯이 뼈를 뚫고 들어왔다. 뼈에 대고 드르륵드르륵 돌리는데 그 느낌은 아프다(?) 괴롭다(?) 그런 느낌이 아닌 오묘하고도 더러운 느낌이었다.
팔꿈치 어딘가를 잘못 맞았을 때 전기가 통하는 느낌과 비슷했는데, 한 가지 다른 점이 있다면 강도가 백배 정도는 더 세다는 점이었다.
헉! 악! 윽! 한 번 돌릴 때마다 이 악문 비명이 흘러나왔고 하반신이 내 몸에서 독립하는 듯한 느낌이 들었다.
횟집에서 회를 썰 때 물고기가 움직이지 못하게 하려고 척추 쪽에 긴 철사를 넣어서 마비를 시키는데, 이날 이후로 나는 횟감이 된 물고기의 기분을 조금이나마 이해할 수 있게 되었다.
바늘을 다 넣으니 이제는 뭔가를 빨아들이는 느낌이 들었다. 그 느낌은 가래가 껴서 기침을 하는데 잘 안 나올 때처럼 뭔가 나올락 말락 하는 느낌이었다.

언제쯤 끝날까 고대하던 그때 충격적인 소리가 들려왔다.
"이거 잘 안 나와서 옆에 다시 해야 될 것 같은데요."
정말 오랜만에 진심으로 화가 났던 순간이었다. 힘들면 조금 쉬었다가 해도 된다고 했지만 나는 쉬지 않고 빨리 다시 하기를 원했고, 정말 내 바람대로 쉬지 않고 다시 해서 장장 30분 만에 내 첫 골수검사는 끝이 났다.
나는 엎드린 상태 그대로 원래의 침대에 옮겨져 암센터 입원실로 배달되었다.

머리카락과 함께 사라지다

낮 12시.
평소 같으면 4교시가 끝나고 곧 다가올 점심시간에 들떠 있었을 시간이었지만, 오늘은 침대에 엎드린 채로 암센터에 입원한 시간이다.
나는 지혈을 위해 골수검사를 한 자리에 모래주머니를 얹어 두고 4시간을 엎드려 누워 있어야 했다. 이것 또한 제2의 골수검사라 할 수 있을 만큼 괴로웠다. 화장실도 가고 싶고, 허리 아래는 바람 빠진 풍선처럼 힘이 들어가지 않으며, 몸을 조금만 움직여도 허리가 욱신거렸다.
사실 똥 마려운 것도 참고 있었다.

그렇게 나오려는 자와 막으려는 자의 치열한 사투가 시작된 지 4시간이 지나고, 드디어 바닥에 첫발은 내딘 순간 나는 다리에 힘이 풀려서 넘어질 뻔했다. 하지만 지체할 시간이 없었기에 벽을 짚으며 엉거주춤 화장실로 달려갔다.

그렇게 화장실에 도착해 간신히 변기에 앉았는데, 웬걸 힘을 줄 수가 없었다. 자꾸 시동이 꺼지는 오래된 자동차처럼 힘을 줘도 힘이 빠졌다. 총체적 난국이라는 말이 이럴 때 쓰는 말인 것 같았다. 하늘이 무너져도 솟아날 구멍은 있다고, 어찌어찌 뒤처리까지 한 나는 기어가듯 침대로 돌아왔다.

오후 5시 30분이 되자 "식사 왔습니다."라는 말과 함께 등장한 배식원이 저녁밥을 가져다주었다. 오랜만에 맛보는 저녁 식사였지만 근심 걱정으로 배가 불러 몇 숟가락 뜨지도 못한 채 다시 누웠다.

'하… 지금 저녁 먹고 축구하는 시간인데… 참, 오늘 학생회의는 잘했을까?'

같이 준비한 친구들에게 정말 미안했다. 다 멋지고 똑똑한 친구들이라 내가 없으면 더 잘했을 거라는 생각으로 위안을 삼았다. 내 몸도 아직 교복을 입고 있었고, 내 마음도 아직 학교에 있었다.

이런저런 생각에 잠겨 있을 때쯤 간호사님이 다가와 말을 걸었다.

"이주완 환자분, 내일부터 바로 항암 치료 들어가셔야 해서 오늘 머리를 잘라야 해요."

머리를 잘라? 어떻게?! 친절하게도 병원에는 바리캉이 마련되어 있었다. 아마 나처럼 병원에서 머리를 자르고 항암 치료에 들어가는 사람이 많은 것 같았다.

곧, 빈 샤워실에 간이 미용실이 차려졌다.

'머리를 잘라야 하는구나.'

불타 버렸던 희망 회로는 이제 한 줌의 재가 되어 하늘로 날아가 버렸다.

바닥에 신문지를 깔고 큰 비닐을 목에 두르고 앉으니 간호사님이 숭덩숭덩 머리를 밀어 주었다.
"제가 머리를 잘라 드렸던 분들은 다들 치료를 잘 견뎌 내셨어요. 이주완 환자분도 힘내세요."
간호사님이 머리를 밀어 주며 위로의 말을 건넸다.

윤기 나고 풍성했던 머리카락이 힘없이 떨어지는 낙엽처럼 바닥에 떨어졌다. 거울을 보니 결국 남은 건 짧아진 머리와 체념뿐이었다. 세상은 곧 꽃피는 봄이 올 텐데, 내 인생에는 혹독한 겨울이 찾아오려나 보다.

간호사님이 수건과 환자복을 가져다줬지만 아직 아픈 허리 때문에 머리를 감는 건 무리였다. 결국 낑낑대며 환자복만 겨우 갈아입은 뒤 샤워실을 나왔다. 아직 얼굴 이곳저곳에 머리카락의 흔적이 남아 있었다. 난 그냥 침대에 누웠다.

예전 같았으면 머리를 자르고 바로 눕는다는 건 생각하지도 못할 일이었다. 그렇게 나는 하나씩 하나씩 나를 내려놓고 있었다.

2초간의 천국 여행

"이주완 환자분, 오늘 중심정맥관삽입술이 있어서 피검사 나가요. 그리고 이따가 11시에 무균실로 올라갈 거예요."

아침부터 이건 또 무슨 소리래? 잠이 덜 깬 나는 오른팔을 간호사님에게 맡긴 채 물었다.

"중심정맥관이 뭔가요? 무균실은요?"

"항암 치료를 하려면 중심정맥관이 필요한데… 괜찮아요. 간단한 수술이에요. 이따가 10시쯤 수술실로 가실 거예요. 그리고 항암 치료를 무균실이란 곳에서 받게 되실 거예요."

짧은 설명을 마친 간호사님이 내 피를 가지고 병실을 나갔다. 비몽사몽이었던 나는 스르르 다시 잠이 들었다.

얼마나 지났을까? 부스럭거리는 소리에 눈이 떠졌다. 언제 왔는지 엄마가 짐을 정리하고 있었다.
"엄마 왔어?"
"응. 11시에 무균실로 간대. 들었어?"
"응. 엄마 그리고 이따가 무슨 수술한대."
"뭔 수술?"
….
엄마와 이런저런 이야기를 나누다 보니 벌써 10시가 되어 있었다. '어! 10시네.'라는 생각이 듦과 동시에 나를 부르는 소리가 들렸다.
"이주완 환자분, 수술실로 이동할게요."

어느새 나는 윗옷을 벗은 채로 수술실 침대에 누워 있었다. 처음 와보는 수술실이었지만 많은 조명과 모니터, 기계장치가 있는, 내가 생각했던 전형적인 수술실의 모습이라 그리 낯설지는 않았다. 직접 와보고 나서 알게 된 점이 있다면, 수술실 내부가 굉장히 춥다는 것이었다. 간단한 수술이라고 했지만 긴장을 안 할 수가 없었는데 춥기까지 하니 온몸이 와들와들 떨렸다.
그때 "추우세요?"라는 목소리가 들렸다. 그 말에 나는 뭔가 조치를 취해 주겠구나 생각하며 안심했지만, 돌아온 건 가슴에 닿은 차가운 소독약이었다. 추워도 할 건 해야 한다는 듯 천천히 바깥쪽으로 원을 그리며 소독을 한 뒤, 수술할 부위에 구멍이 뚫린 초록색 천을 덮어 주었다. 그 순간 느꼈던 나른함은 '아….' 거의 천국. 그렇게 약 2초간의 천국 여행이 끝나고 "따끔합니다."라는 말과 함께 오른쪽 가슴에 마취 주사가 꽂혔다.

골수검사를 받을 때 맞았던 마취 주사 느낌이었다. 그 뒤 내 가슴에 젓가락을 대고 긋는 정도의 느낌이 들었다. 분명 살이 벌어지고 피가 나고 있을 텐데 신기하게도 아프지는 않았다. 그렇게 마취의 효과에 감탄하던 찰나 갑자기 숨이 턱 막혀 왔다.

'뭐야, 이 느낌….'

목구멍 안으로 손가락을 집어넣는 것 같았다. "기침하시면 안 돼요. 조금만 참으세요."라는 말이 들렸지만 더 이상 참을 수 없을 것 같던 타이밍에 수술이 끝났다. 짧지만 길었던, 간단했지만 복잡했던 수술이 끝나자 내 가슴에는 주렁주렁 두 개의 관이 달려 있었다. 수술 후 나는 곧바로 암센터 입원실로 옮겨졌다.

정말 귀신에 홀린 것처럼 정신없이 여기까지 왔다. 그러다 귀신이 실수라도 한 건지 무균실로 가기 전 잠깐의 휴식 시간이 주어졌다. 이때 나는 무슨 생각을 했을까? 유일하게 기억나지 않는 순간이다.

내 인생이 송두리째 바뀌는 데 걸린 시간 

나는 지금 '관계자 외 출입금지'라고 쓰여 있는 무균실 문 앞에 서 있다. 다시 한번 주위를 둘러보니, 오늘도 어제와 같은 평범한 하루인 것 같다. 어떤 한 사람만 제외한다면 말이다.
사실 아직까지도 이 상황이 믿기지가 않는다.

'내가 백혈병 환자라고? 그래서 항암 치료를 받아야 한다고? 무균실에서?'
그냥 웃음만 나왔다.

3일.
내 인생이 송두리째 바뀌는 데 걸린 시간이었다. 그렇게 무균실 벨은 눌러졌고, 나는 꿈같은 현실로 한 발을 내디뎠다.

엄마의 고백 01

왜 하필이면 내 자식이

#

당장 고3인데, 공부도 안 하고, 잠만 자고, 눈만 뜨면 컴퓨터 앞에 앉아 있고, 엄마 말 한마디에 열 마디로 대꾸하는 완이한테 화가 많이 나 있었다. 그래서 가급적이면 못 본 척 외면하고 싶었다. 생각해 보면 작년에 걸린 '감기' 아닌 감기가 화근의 시작이었던 것 같다.

그때 엄마가 아들과 눈높이를 맞추고 세심하게 살폈더라면, 작년 가을에 걸린 감기가 추운 겨울이 와서도 머물러 있다는 것을 어찌 무관심하게 넘길 수 있었으랴. 그마저도 짜증스럽게 바라봤을 내가 너무나도 밉고 싫다.

아들의 건강을 너무도 철석같이 믿었던 걸까? 아니면 우리에겐 그런 비극이 일어나지 않을 거라 자만했던 걸까? 가족들한테 완이의 몹쓸 '감기'에 대해 말해 봐도 매한가지였다.

남편한테 말했다.

"주완이가 뼈마디가 아프다 하네. 얼마 전부터 얼굴도 이상하고 눈 주변도 벌겋게 부어 있더라고."

"응, 성장통."

"뭐 자기가 의사야? 자식이 아프다는데 왜 그렇게 성의가 없어."

'만약 무슨 일 있기만 해.'

친척들도 모두 돌팔이의사였다.

나까지 불행하게도 덩달아 돌팔이가 되어, 아프다는 아이한테 "아는 사람들한테 물어 보니 다 성장통이래."라고 남 얘기하듯 전해 주고 넘겨 버렸다.

그런데 지금 곰곰이 생각해 보면 그런 외면은 막연한 두려움이었다. 애써 아무것도 아닐 거라며 의도적으로 외면하고 싶었던 이유다.

#

나는 슬퍼할 수도 없다. 알아들을 수 없는 말을 하고 있다, 지금. 무슨 말인가 하고 싶은데 가슴이 떨려 할 수가 없다. 순간 의사 얼굴이 마귀처럼 보인다. 심장이 잠시 멎는 듯하고, 그 잠깐이 마치 몇백 년처럼 길게 느껴진다. 의연한 척 버티고 서 있는 것이다. 순간 모든 게 내 잘못 같다. 죄책감에 고개가 뻣뻣하게 굳어 우리 완이를 쳐다볼 수가 없다.

'주완아 어떡한데, 주완아 어떡해, 어떡해… 어떡해….'

#

주완이가 살짝 말을 건넨다. 아무 할 말이 없었다. 아니, 할 말이 있다 해도 하고 싶지 않았다. 모든 것이 너무나 어이없고, 아무것도 인정하고 싶지 않았기 때문이다. 무슨 말이든 한다는 것은, 마치 내가 지금 이 상황을 받아들이고 인정해 버리는 거라는 생각이 들어서 아무 말도 하기 싫었다.

앉은 자리에서 움직이고 싶지도 않았지만, 의사는 자꾸만 뭔가 확인할 것이 있다며 나를 모니터 앞으로 불러 댔다. 벙어리가 된 것처럼 모든 대답을 고개로만 끄덕이고 있었다.

수 시간이 흐른 뒤에도 몇 시쯤이면 이 낯선 곳에서 자유로워질까, 그것만 생각한다. 갑자기 숨이 막힌다. 지금 내가 여기서 왜 이러고 있는 건지 기억이 안 난다. 그 순간 주완이가 누군가와 소곤대듯 이야기하는 소리가 들렸다.

"집에서 씻고 오면 안 되나요?"

갑자기 짜증이 확 났다. 의사 선생님 앞에서 주완이한테 몰아붙이고 싶었지만 간신히 참았다. 엄마는 애써 인정하고 싶지 않고 다 괜찮을 거라고 마음을 다잡고 있는데, 마치 결과를 알고 인정하고 있는 듯한 태도가 너무 싫었다.

'이 무슨 날벼락인가. 내가 무슨 죄를 지었길래 이런 일이….'

평소 나이 드신 분들이나 주변에서 이런 말들을 할 때면 참 한심하고 답답하게 느꼈었는데, 나도 모르게 불쑥 푸념처럼 튀어나온다.

세상살이 어느 누구 할 것 없이 다 똑같은 것을, 나만 잘난 것처럼 살더니 벌을 받는 걸까. 정말 아무 도움 안 되는 별별 생각들이 다 스쳐 지나갔다. 악몽을 꾸는 듯….

'왜 하필 내 자식이….'

이 생각은 내 자식만 아니면 괜찮다는 것과 같은 말이니. 이 생각을 하면 그럼 나는 죄를 짓는 거잖아, 그래서 그 벌을 또 내 자식이 받으면 어떡해….

#

내가 왜 여기 서 있는지, 다리가 후들거린다. 두리번거리다 고개를 돌려 유심히 바라본다. 빼곡히 적혀 있지만 평소에 접하던 그런 단어들이 아님을 알 수 있다. 가까이 다가가 꼼꼼히 읽기가 무섭다. 그냥 모른 척 외면한다. 분명 내 아이와 관련된 내용임에 틀림없다. 그래도 싫다, 끝까지 외면할 것이다.

주완이는 간호사님에게 이끌려 내 눈앞에서 사라진다. 차라리 내가 환자 도우미를 자청할까 뭉그적거려 본다.

천 일의 두 번째 이야기

나는 그 바람을 타고
저 멀리 날아가고 싶었다

"바람 나와요. 놀라지 마세…."
간호사님의 말이 끝나기도 전에 모든 구멍에서 바람이 나왔다.

나는 그 바람을 타고 저 멀리 날아가고 싶었다.
하지만 바람을 타고 날아간 것은 아직까지도 내 몸 구석구석 숨어 있던 미련이라는 패잔병들이었다. 끝까지 내 바짓가랑이를 붙잡고 버티던 마지막 패잔병까지 날아가 버리자 동시에 바람도 멈추었다.

두 손으로 얼굴을 한번 쓸어내렸다.
어두운 통로에서 자기 차례를 기다리는 검투사가 바로 이런 심정이었을까?
그렇게 무균실로 향하는 마지막 문이 열렸다.

첫발

철옹성 같은 무균실의 문. 그 문 앞에는 '관계자 외 출입금지'라는 글자가 붙어 있었다. 나만 그랬던 걸까? 어린 시절 나는 '관계자 외 출입금지'라는 글이 붙어 있는 곳을 발견하면 나도 관계자가 되어 그곳에 한번 들어가 보고 싶다는 생각이 들었다. 왠지 그 글자 너머에는 새로운 세계가 있을 것 같았기 때문이다. '관계자 외 출입금지'라는 말은 내게 미지의 세계에 대한 호기심이자 설렘이었던 것 같다.

하지만 지금은?
누군가 내 등을 떠밀면서 귀에 대고 속삭였다.
"너 이런 거 좋아했잖아? 이번엔 안 궁금해? 들어가 보고 싶다면서?"
"아… 제가 그랬었나요? 잘 생각이…."
나는 작은 목소리로 대답하며 뒷걸음쳤다.

하지만 에스컬레이터를 거스르듯 아무리 뒷걸음쳐 봐도 결국에는 제자리였다.

그러는 사이 무균실 벨이 눌러졌다. 이내 문이 열렸고 간호사님이 나를 환한 미소로 반겨 주었다. 간호사님은 엄마에게 몇 가지 설명을 해주었고, 설명이 끝난 뒤 나도 엄마와 짧은 인사를 나누었다.

마침내 무균실 안으로 조심스레 한 발을 내딛자 발이 닿은 곳에 작은 물결이 일었다. 두 눈을 꼭 감고 아직 무균실 밖에 있는 나머지 한 발마저 안쪽으로 옮긴 순간, 갑자기 물결이 커지더니 단숨에 나를 집어삼켰다. 그러곤 언제 그랬냐는 듯 다시 평화롭고 고요한 연못이 되었다. 내가 헤엄쳐 빠져나오지 않는 이상 아무도 내가 이 연못 안에 갇혀 있다는 사실을 알 수 없을 것이다. 그렇게 무균실 문이 닫혔다.

무균실 안으로 들어오니 앞에는 또 다른 문이 있었고, 옆에는 손을 씻기 위해 마련돼 있는 세면대가 있었다. 우선 손을 씻으라는 간호사님의 말에 손을 씻고 또 씻고 또 씻었다.

> 이제는 받아들여야 하는데 솔직히 아직까지도 잘 모르겠다. 나는 원래 지금 책상에 앉아 4교시 수업을 받고 있어야 했고, 곧 다가올 점심시간에 설레고 있어야 했다….

손이 닳을 때까지 씻고 고개를 드니 세면대 앞에 붙어 있는 거울 속에는 빡빡 민 머리에 환자복을 입고 있는 남자아이가 서 있었다.

'재 누구야….'

나는 얼른 고개를 돌리고 간호사님을 따라 또 다른 문으로 들어갔다.

바닥과 벽 그리고 천장까지 여러 개의 구멍이 있는 통로가 나왔고, 그 통로 끝에는 또 하나의 문이 더 있었다.

"그냥 좀 아파요."

세 개의 문을 지나 드디어 무균실에 들어왔다. 무균실이라는 이름 때문이었을까? 내가 상상했던 무균실의 모습은 거리를 가늠할 수 없을 만큼 온통 새하얀 방에, 새하얀 이불과 베개가 올려져 있는 침대 하나만 덩그러니 놓여 있는 그런 모습이었다.

하지만 진짜 무균실은 그냥 평범한 병동의 모습이었다. 병실로 들어가는 자동문이 열리자 안에 있던 다른 환자들이 모두 고개를 돌려 나를 봤다. 나는 그들의 눈빛만 보았을 뿐인데, 그 눈빛 속에서 깊은 한숨 소리가 들리는 듯했다.

침대는 천장부터 바닥까지 늘어져 있는 비닐 커튼으로 에워싸여 있었고, 위에는 에어컨같이 생긴 필터가 있었다. 이 커튼은 세균을 막는 특수한 비닐로 만들어졌기 때문에 답답해도 항상 닫고 있어야 했다. 아무리 무균실이라고 할지라도 세균이 존재하기 때문에 최대한 세균 접촉을 차단하기 위해서다.

간호사님이 나가자 병실에는 다시 어색한 분위기가 흘렀다. 그때 옆 침대 아저씨가 말을 거셨다.

“젊은 학생이 여길 왜…? 어디가 아파서…?”

아저씨는 말끝을 흐리며 물으셨다.

“아… 네… 뭐… 그거죠… 뭐….”

내 어처구니없는 대답에도 아저씨는 “아… 그렇지? 나도 그래.”라며 이해하셨다는 듯 고개를 끄덕이셨다.

“백혈병이에요.”라는 말이 목에 걸려 나오지를 않았다. 내가 나를 혼냈다.

“너 바보야? 왜 말을 못 해! 네가 백혈병이다, 백혈병에 걸렸다, 왜 말을 못 하냐고!”

나는 울먹이며 대답했다.

“내가 거기서 어떻게 말을 해요….”

개그프로그램이나 인터넷, SNS 등에서 “아 진짜 발암이다.”, “답답해서 암 걸릴 것 같아.”, “항암제가 필요해.” 등의 말을 장난처럼 쉽게 하곤 한다.

그런데 나는 그런 말을 듣거나 보면 너무 놀라서 바로 눈을 질끈 감고 다른 채널로 돌리거나 뒤로 가기 버튼을 연사했다. 지금도 그 단어들과 눈을 잘 마주치지 못한다. 물론 악의는 없다는 것, 그냥 장난이라는 것도 안다. 하지만 백혈병을 비롯한 대부분의 암 환자들과 보호자들은 암이라는 단어, 자기 병명을 쉽게 말하지 못한다. 말하는 것만으로도, 떠올리는 것만으로도 무서워지기 때문이다.

그래서 대개 “그냥 좀 아파요.”, “뭐 다 그렇죠.”, “여기 왜 있겠어요.” 등의 말로 돌려 말하곤 한다. 사실 환자들 사이에서, 보호자들 사이에서는 서로 잘 묻

지도 않는다. 그게 얼마나 실례되는 말인지 잘 알기 때문이다.

가끔 암이라는 단어를 떠올리면 왜 해리포터에서 볼드모트를 '그'라고 칭했는지 알 것 같다.

올해로 50년째 수행 중인 스님이 되다

갑자기 누워 있던 아저씨들이 일어나시고 불안한 듯 무언가를 기다리고 계셨다. 오후 5시 30분쯤이 되자 자동문이 열리고 저녁밥이 들어왔다. 저녁밥은 신기하게도 누르스름한 종이에 쌓여 있었다. 나는 침대에 달린 식탁을 올리고 저녁밥을 받았다.
무균실의 밥에는 이름이 있다. 이름하여 무균식! 무균식은 백혈병 환자와 같이 면역력이 떨어져 있는 환자들에게 제공되는 밥이다.

처음 받아 본 무균식이 내 입으로 들어가는 순간, 나는 올해로 50년째 수행 중인 스님이 된 것 같았다. 모든 욕심과 번뇌가 사라진 '무無'의 맛, 맛보는 순간 마음이 차분해지고 모든 식욕을 내려놓게 만드는 그런 맛이었다.

'아니 균을 없앤 건데 맛은 왜 없어져?'

무균식은 맛이 없다는 느낌이 아니라 정말 맛 자체가 없었다. 그래서 밥에 '상상 반찬'을 얹어 먹었다. 그냥 그동안 먹었던 음식 맛을 상상하며 먹었다.
정말 잘 만든 음식 모형을 먹는 기분이었다. 알고 보니 무균식은 무엇이든 고온과 약 처리로 멸균을 시키기 때문에 맛이 없는 수준을 넘어 사라진다고 한다. 심지어 물조차도 멸균을 시킨다. 그래서 무균실의 물맛은 녹슨 철이 녹아 있는 맛이었다.
그때 옆 침대 아저씨께서 나를 보며 의미심장한 말을 하셨다.
"그래도 너는 먹는구나. 먹을 수 있을 때 많이 먹어 둬."
그러고 보니 세 분 모두 숟가락을 들었다 놨다만 하고 계셨고, 심지어 아예 밥 뚜껑을 열지 않으신 분도 계셨다.
그때는 그게 무슨 말인지 알 수 없었다. 또 그게 내 모습이 될 것이라고는 상상도 하지 못한 채 정말 맛이 없는 무균식을 꾸역꾸역 비워 냈다.

감옥에서도 면회 시간이 있듯, 무균실에도 점심시간과 저녁시간에 맞춘 짧은 면회 시간이 있다. 점심에는 낮 12시부터 오후 1시까지, 저녁에는 저녁 6시부터 저녁 7시까지였던 걸로 기억하고 있다. 면회 시간에는 서로의 얼굴도 보고 (아, 물론 만질 수는 없고) 또 환자가 필요한 물건이라든지 먹고 싶은 음식이나 과자, 음료 같은 간식거리를 넣어 준다. 음식도 허용된 거라면 집에서 해다 줄 수도 사다 줄 수도 있는데, 똑같이 멸균 과정을 거쳐 결국엔 무균식이 된다. 과자나 음료도 예외 없이 멸균시키기 때문에 고온에 녹는 과자나, 초콜릿, 탄산음료는 먹을 수 없다. 그 자극적인 과자들도 받아 보면, 무균식만큼은 아니었지만 맛이 희미해져 있었다.

면회 시간에 엄마가 온몸을 꽁꽁 싸맨 채 병실로 들어왔다. 보이는 거라곤 엄마의 두 눈뿐이었다. 엄마도 내가 들어왔던 그 길을 통해 들어왔을 것이다. 환자가 아닌 사람이 그 길을 걸을 때 어떤 생각이 들까 궁금했다. 엄마와 나는 이런저런 의미는 없지만 소중한 일상 이야기들을 나누었다. 엄마도 나도 이 상황에 대해서는 먼저 이야기를 꺼낼 용기가 없었던 것 같다.
그런데 엄마만 보기에도 빠듯한 이 면회 시간에 자꾸만 시선이 내 앞에 있는 투명한 비닐에게 간다. 비닐보단 투명한 벽이라고 해야 맞는 것 같다.

이 얇고 투명한 벽 하나 때문에 엄마와 나는 같지만 서로 다른 세계에 존재한다. 벽 안쪽 세계에 사는 나는 모든 걸 가졌지만 모든 걸 빼앗긴 채로 살아가게 된다.

그게 무슨 말이냐고? 만약 축구공은 있지만 축구는 할 수 없다면, 콘서트 티켓은 있지만 콘서트에 갈 수는 없다면, 맛있는 음식들이 있지만 눈으로만 봐야 한다면 어떤 심정일지 생각해 본 적 있어?
내 말을 듣고 방금 생각해 봤다면 지금 내가 그런 심정이다.
이런 삶을 사는 사람들은 대개 큰 죄를 저질렀다든지 하는 사람들인데 나는 그렇지도 않다. 내게 죄가 있다면 단지 건강을 잃었다는 것, 그거 하나뿐일 것이다.

엄마가 돌아가고 시간이 흘러 잘 시간이 된 나는 침대에 누웠다. 침대에 누워 바라본 하늘은 너무 낮았고 회색빛이었다. 내가 알던 하늘은 어디로 사라진 걸까?

아직 쌀쌀한 봄이었지만 내 눈에는 장맛비가 내렸다. 멈추지 않는 비 때문에 눈물 댐의 수위는 점점 높아지고 있었다. 이대로 가다가는 방류를 해야 할 것 같아서 그냥 그대로 눈을 감았다.

그렇게 무균실에서의 첫날 밤이 저물어 갔다.

하루를 충전할 각자의 방법이 없다면

부산한 소리에 잠에서 깼다. 나만 빼고 다들 일어나 계셨다.

'아, 맞다! 5시에 일어나야 되는데….'

눈 한 번 감았다 뜬 것 같은데 벌써 새벽 5시가 되어 있었다. 어젯밤 그 슬픔도 잠을 이길 수는 없었던 것 같다. 다른 환자분들은 익숙한 듯 각자의 할 일을 하고 계셨다. 그사이에서 나는 투명인간이 된 것 같았다.

머쓱하게 침대에 앉아 있던 그때 간호사님이 들어와 체온과 혈압을 쟀다. 체온과 혈압은 기본적이지만 중요한 것들이라 주기적으로 체크를 한다.

어제 들은 생활 수칙에 따르면 새벽에 간호사님이 체온과 혈압을 잰다. 그 뒤 씻고 좌욕을 하는데, 나는 무균실에 와서 좌욕이라는 걸 처음 알게 되었다. 좌욕은 따뜻한 물에 좌욕 약을 조금 넣고 엉덩이를 담그고 있는 것이다. 항암 치료를 받게 되면 부작용으로 항문이 잘 헐기 때문에 좌욕을 통해 예방하고, 그럼에도 항문이 헐었을 경우 회복에 큰 도움도 준다고 했다. 그렇게 좌욕까지 끝이 나면 몸무게를 잰 뒤 침대로 돌아와 휴식을 취한다. 그러다 아침밥이 나오면 먹고, 중심정맥관 소독과 피검사도 한다고 했다.
무균실에는 보호자가 상주할 수 없기 때문에 전문 간병인분들이 보호자의 역할을 대신한다. 다른 병원들은 어떻게 하는지 모르겠지만 이곳은 그랬다. 눈치껏 정한 암묵적인 순서대로 화장실에 들어가면, 그 빈자리에 온몸을 꽁꽁 싸맨 전문 간병인분들이 가셔서 베개와 침대 커버, 이불을 갈아 주시고 주변을 꼼꼼히 소독해 주신다. 화장실에서 환자가 나오면 그때마다 화장실도 소독을 한 뒤 물기를 말끔히 제거해 주신다.
무균실이라고 해도 세균으로부터 100% 안전할 수는 없기 때문에 위험요소들을 최대한으로 제거하기 위한 방법들과 체계가 마련되어 있는 듯했다.

내 차례가 되어 비몽사몽 졸린 눈을 비비며 화장실에 들어갔다. 너무 졸려서 변기에 3분만 앉아 있다가 씻어야지 했는데, 실수로 자 버렸다. 화들짝 놀라서 깨니 시간이 너무 많이 흘러 있었다. 그래서 대충 세수만 하고 새 환자복으로 갈아입은 뒤 침대로 돌아왔다. 비밀이다. 그래도 아직 캄캄한 새벽이었다.

지금 생각해 보면 새벽에 씻고 난 뒤 해가 뜨기 전까지의 그 짧은 시간이 내게는 가장 편안한 시간이었던 것 같다. 새벽의 고요함에 안겨 눈을 감는 그 짧은 시간이 웃기지만 내게는 하루를 살아가는 원동력이었다. 집에서도 가끔 그때의 그 편안함이 그리워질 때가 있다. 병원생활에서는, 특히 무균실에서는 하루를 충전할 각자의 방법이 없다면 버틸 수가 없는 것 같다.

아침 7시쯤 되면 아침 식사가 나온다. 식사가 끝나고 아침 8시쯤 되면 간호사님들이 들어와 또 눈치껏 정한 암묵적인 순서대로 중심정맥관을 소독하고 피를 뽑는다. 아침 9시쯤 되면 교수님이 회진을 도신다. 이 과정이 끝나야 바빴던 무균실의 아침이 한숨을 돌린다.

내 아침은 교수님의 회진이 끝나면 그 내용들을 엄마에게 알려 주는 것으로 비로소 끝이 난다. 그 뒤로는 시간의 흐름에 몸을 맡긴다.

아침 11시쯤 간호사님이 종이를 하나 들고 내게로 왔다. 내가 받게 될 항암 치료 일정표였다. 이때 나는 간호사님으로부터 내 정확한 병명을 알게 되었다. 그전까지 급성백혈병으로 알고 있었던 내 병명은 조금 더 길어져서 급성림프구성백혈병 ph-가 되었다. 그런데 뒤에 붙은 ph-는 무슨 뜻이지? 간호사님에게 물으니 필라델피아염색체가 음성이라는 뜻이라고 했다.

"아…." 내가 아는 필라델피아는 크림치즈뿐이라 더 자세히는 묻지 않았다.

처음 받는 항암 치료의 이름은 '관해항암'이라고 했다. 관해항암은 쉽게 말해 내 몸을 '관해' 상태로 만들어 주는, 몸 안에 백혈병 암세포를 5% 미만으로 줄여 암세포가 있긴 하지만, 일시적으로 건강한 척할 수 있게 만들어 주는 항암 치료라고 보면 된다. 관해항암이 성공하느냐 실패하느냐에 따라 앞으로의 치료 예후가 하늘과 땅 차이로 바뀌기 때문에 '관해'가 되는 것이 매우 중요하다.

설명을 마친 간호사님은 내일부터 항암 치료를 시작한다고 말한 뒤 병실을 나갔다.

'아… 맞다. 나 항암 치료받으러 무균실에 온 거지.'

정신이 없어 이곳에 온 목적을 잠시 잊고 있었다. 드디어 올 것이 왔다는 생각이 들었다. 모두가 그렇듯 나도 항암 치료의 무서움은 익히 들어 알고 있었다. 그런데 막상 내가 항암 치료를 받는다고 생각하니 그리 무섭지 않았다. 항암 치료가 도대체 어떤 느낌일지 예상조차 할 수 없었기 때문이다.

모르면 용감하다는 말이 이럴 때 쓰이는 말인가 보다. 그런데 솔직히 나는 다를 것 같다는 생각이 들었다. '항암 치료? 다들 힘들다고 하니 힘들긴 하겠지만, 그렇다고 뭐 얼마나 힘들겠어. 항암 부작용? 내가 항암 부작용보다 강하지.'라는 근거 없는 자신감이 들었다. 이 기분은 마치 시험 전날 밤 들었던 그 기분과 같았다.

'이거 왠지 내가 공부한 곳에서만 나올 것 같은데? 느낌이 좋아. 나 100점 맞으면 어떡하지? 너무 잘 보면 재수 없으니까 한 개 정도 틀려 줘야겠다.'

그리고 다음 날 시험지를 받아 보면 나는 '제발 세상에서 제일 재수 없는 사람으로 살게 해주세요.'라고 빌고 있었다.

끝이 안 보이는 망망대해에서 조난을 당했을 때 살아남을 수 있는 방법은 의외로 간단한데, 그것은 헤엄쳐 나오는 것도 살려 달라고 소리치는 것도 아니다.

> 그냥 몸에 힘을 빼고 누워, 파도의 흐름에 따라 떠다니는 것이다. 그러다 운이 좋다면 다른 배에 발견될 수도 있고, 육지에 이르게 될 수도 있다. 발버둥 치면 칠수록 더 빨리 가라앉을 뿐이다. 지금 나 또한 그렇다. 이제는 내 의지로 무언가를 바꿀 수 있는 단계는 지난 것 같았다. 그냥 시간이라는 파도에 몸을 맡기고 그 파도가 이끄는 데로 따라갈 수밖에 없었다. 그렇게 생각하니 마음이 편했다.

2016년 3월 31일, 무균실에서 맞는 둘째 날은 무서울 정도로 잔잔하게 흘러갔다.

드디어 올 것이 왔다

세상에서 가장 냉정하고 잔인한 것은 바로 시간인 것 같다. 잠깐만 멈춰 달라고 애원해도, 조금만 천천히 가 달라고 부탁해도 시간은 뒤도 안 돌아보고 흘러간다.

어젯밤 잠들기 전, 나는 시간하고 '무궁화 꽃이 피었습니다' 게임을 했다. 어린 시절 나 때문에 동상이 돼 버렸던 아이들이 몇이었더라? 나는 시간을 영원히 제자리에 묶어 둘 자신이 있었다.

그래서 내가 먼저 술래를 자청했다. 벽을 보고 "무우-궁화 꽃이 피었습니다!"를 외친 후 재빠르게 뒤를 돌았는데, 시간이라는 놈은 어느새 서로의 눈동자가 맞닿을 정도의 거리까지 다가와 있었다.

어색한 정적이 흐른 뒤, 시간이 나를 툭 치며 말했다.

"빨라서 미안."

그렇게 패배의 대가로 나는 오늘 아침 8시를 맞게 되었다. 긴장돼서 아침도 얼마 먹지 못했다. 일정대로라면 곧 항암제가 들어올 것이다. 이 와중에 내 몸과 머리가 또다시 싸우기 시작했다.

몸: 머리야 미안. 나 도저히 못 하겠어…. 이건 좀 아닌 것 같아.

머리: 야! 너 다 하기로 해놓고 이제 와서 그렇게 말하면 어떡해?

그 모습을 본 시간이 은근슬쩍 항암제를 데려왔다. 항암제의 위용에 몸은 말문이 막힌 듯 얼어붙었고, 머리도 센 척은 했지만 무섭긴 마찬가지였다.

검은 봉투에 쌓여 있는 항암제는 작은 음료수병 정도의 크기였지만, 항암제 뒤로 퍼지는 검은 아우라는 병실을 뒤덮고도 남을 정도였다. 중심정맥관을 소독하고 항암제를 연결했다. 두 시간 동안 들어갈 거라는 간호사님의 말을 끝으로 항암제가 폴대에 걸렸다. 거스를 수 없는 중력과 함께 한 방울 한 방울 내 몸속으로 떨어지는 항암제. 그렇게 길고 긴 항암 치료의 첫 여정이 시작되었다.

'난 이제 어떻게 되는 걸까?'

한 방울씩 떨어지는 항암제를 바라보며 든 생각이다. 스멀스멀 올라오는 나쁜 생각들을 한숨으로 불어 버리고 돌아누웠다.

그러다 문득 시작이 반이라는 말이 떠올랐다. 그렇게 보면 오늘을 시작으로 난 이미 치료의 반은 끝낸 것이다. 또 가만히 있으면 반은 간다는 말이 있다.

'어? 그러면 시작하고 가만히 있으면 다 끝난다는 말이네?'

혼자 킥킥대면서 웃었다. 내 몸에게 해줄 수 있는 게 지금으로서는 이렇게 웃겨 주는 것뿐이었다.

혹시나는 언제나 역시나로

점심에는 無맛인 무균식을 먹었다. 먹을 때마다 신기했다. 구성도 괜찮고, 정성도 느껴지고, 사랑도 느껴지는데 정작 맛은 안 느껴진다.
오후 2시에는 척수항암 치료가 예정되어 있었다. 그런데 2시가 넘어 2시 1분이 되어도 아무 소식이 없기에 입 꼬리가 씰룩쌜룩하려던 찰나, 척수항암을 해주실 의사 선생님이 들어오셨다. 병원에서는 요행을 바라지 않는 것이 좋다. 혹시나 하는 생각은 언제나 역시나로 끝나기 때문이다.
척수항암은 중추신경계의 전이와 재발을 막기 위해 척수로 직접 항암제를 투여해 주는 치료이다. 옆으로 돌아누워 달라는 의사 선생님의 말에 새우잠을 자는 자세로 돌아누웠다. 어릴 때 눈을 감고 딱밤을 맞아 본 적이 있는데, 언제 때릴지 모른다는 긴장감에, 눈을 감으니 모든 감각이 한곳으로 집중되기까지 해 눈을 뜨고 맞았을 때보다 몇 배는 더 아프게 느껴졌던 기억이 난다. 골수검사도 척수항암도 비슷한 것 같다. 바늘이 언제 들어올지 몰라 더 긴장되고 더

욱 선명하게 느껴진다. 아 참, 척수항암은 마취 없이 진행됐다.
"바늘 들어가요. 움직이면 안 돼요."
의사 선생님의 말에 침을 꿀꺽 삼켰다.
바늘이 아래쪽 허리뼈 어딘가로 들어오는 느낌이 들었다. 바늘이 들어옴과 동시에 온몸에 전기가 통하고 또다시 내 다리가 몸에서 독립되는 것 같았다. 새우잠을 자는 자세로 받는 척수항암은 엎드려서 받는 골수검사와는 또 다른 오묘한 느낌을 줬다.
바늘이 다 들어오자 '아…' 떨리는 외마디와 함께 온몸의 힘이 쫙 풀리고 움직일 수 없는 상태가 되었다. 이 작은 바늘 하나에 내 몸이 완전하게 통제되는 어이없는 순간이었다.

한 방울씩 떨어지는 척수 액을 받아 내는 인고의 시간이 지나고, 항암제를 투여하는 것으로 척수항암은 끝이 났다.
골수검사 때는 검사 부위에 모래주머니를 올려 두고 엎드린 자세로 4시간을 보내야 했지만, 척수항암은 정자세로 누워 4시간을 보내야 했다. 휴식을 취해주는 과정이라는데, 만약 제대로 휴식을 취해 주지 않았을 경우 심한 두통이 생길 수 있다고 했다. 내 살다 살다 누워서 쉬라고 강요받는 날이 올 줄은 또 몰랐다. 역시 오래 살고 볼 일이다. 편하게 누워서 쉬니 별로 안 힘들 것 같지만, 이 또한 제2의 척수항암이라고 할 수 있을 만큼 힘든 과정이다.
나는 돌아눕지도 못하고 화장실도 못 가고 정말 아무것도 못 하고 쉬어야만 했다. 누워 있는 도중 저녁밥이 들어왔다. 그렇게 4년 같은 4시간을 보내고 일어난 나는 뒤늦게 식은 저녁밥을 먹었다.

오늘 하루는 걱정과 달리 잠을 자는 순간까지도 평범하게 흘러갔다. 다행히 항암 부작용이라는 게 항암제를 맞자마자 오는 건 아닌 모양이었다. 하지만 항암 치료를 시작하고 며칠이 지나도 불안할 만큼 별일이 없었다. 항암 부작용이 나만 피해 가진 않을 텐데 말이다.

보이지 않는
응원의 마음만 받기로 했다

2016년 3월 31일 목요일, 몇몇의 의심이 모두의 걱정이 된 날이다. 친구가 하루도 아니고, 이틀도 아니고, 나흘째 아무 소식 없이 학교에 안 나오는데 당연히 걱정이 될 것이다. 내게 무슨 일이 생겼다는 것은 기정사실화가 되었고, 이제는 그 일이 어떤 일인지가 관건이었다. 여러 말들이 오갔겠지만 그 누구도 내가 백혈병에 걸려 입원해 있다고는 생각하지 못했을 것이다. '혹시 죽었나?'라고 생각하기가 백혈병에 걸려 입원해 있을 거라고 생각하는 것보다는 쉬웠을 테니 말이다.

솔직히 그 당시에는 내가 백혈병에 걸렸다는 사실을 아직 아무에게도 말하고 싶지 않았다. 심지어 그게 가족일지라도 말이다. 아직도 이 모든 게 그냥 꿈같았다. 환자복을 입고 있는 내 모습이, 이 생활이, 내가 받는 항암 치료가 아주 더럽게 생생한 꿈같았다. 나조차도 아직 인정할 수 없는 이 상황을 누군가에게 말할 용기가 그땐 없었다. 그래서 언제가 되더라도 "미안해 조금 늦었지?" 라고 말하면서 모두가 기억하는 원래의 내 모습으로 그들 곁에 돌아가고 싶었다. 만약 다시 돌아갈 수 없다면 차라리 아프기 전의 모습만 기억해 주길 바랐다. 그래서 몇몇 친구들에게 연락이 왔을 때도 괜찮다고, 별일 아니라고 말했다.

우선 내겐 이 상황을 받아들이고 지금의 내 모습을 인정할 수 있는 시간이 필요했다. 시간이 지나면 내가 먼저 "나 지금 이렇게 아프지만 괜찮아!"라고 말할 수 있을 것 같았다. 시간이 지나면 언제나 그랬듯, 이 아픔도 웃음으로 승화시킬 자신이 있었다.

2016년 4월 1일 금요일, 문제는 바로 이날이었다. 저녁 6시 30분 정도 됐었던 것 같다. 전화벨이 울려 봤더니, '음… 전화까지 할 사이는 아닌 것 같은데….' 하는, 서로 얼굴 정도만 아는 친구의 전화였다. 안 받는 건 예의가 아닌 것 같아 통화 버튼을 눌렀다.
"여보세요?"
"주완아 괜찮아? 너 백혈병이라면서."
다짜고짜 너 백혈병이라면서? 그 말을 듣고 얼마나 흠칫했는지 모른다.
'아니… 뭐지? 난 아무한테도 말한 적이 없는데….'
나는 몇 번이나 숨을 삼킨 뒤 대답했다.
"아… 응 괜찮아, 고맙다."

그 뒤 몇 마디를 더 주고받고 서둘러 전화를 끊었다. 당황스러웠다.

'이게 어떻게 된 상황일까?'

생각하기도 전에 다음 전화가 울렸다. 이번엔 저장도 되어 있지 않은 번호였다.

"여보세요?"

"주완아, 괜찮아? 너…."

"아 그래, 고마워 괜찮아."

나는 말을 다 듣기도 전에 대답을 하고 전화를 끊었다. 별로 듣고 싶지가 않았다. 사람마다 걱정해 주는 방법이 여러 가지가 있겠지만, 적어도 이건 아니었다. 몇 번의 전화가 더 오고 문자도 왔지만 다 흘려보냈다. 내가 왜 이런 연락을 받고 있는 건지 알고 싶었다. 학교에 내가 백혈병으로 무균실에 입원해 있다는 사실을 아는 건 담임선생님뿐인데, 담임선생님은 신중한 분이셨다. 아이들에게 말해야 했다면 내게 먼저 의사를 물어보셨을 것이다. 그럼 대체?

그때 마침 친한 친구에게 전화가 왔다.

"여보세요?"

"주완아, 괜찮아? 소식 들었어. 할까 말까 고민하다가 걱정돼서…."

"괜찮아. 그런데 어떻게 안 거야?"

"나도 그거 말해 주려고. 사실 오늘 보충수업 시간에…."

내막은 이랬다. 보충수업 시간에 들어온 A라는 선생님께서 내 이름을 칠판에 대문짝만하게 쓰고 이렇게 말했다고 한다.

"너희, 이주완 알지? 애가 백혈병에 걸려서 입원했단다. 건강관리를 잘못했으니까 백혈병에 걸리는 거야. 너희도 평소에 운동 열심히 하고 건강관리 잘해라. 선생님은 어떻게 건강관리를 하냐면…."

그러고는 자기는 평소 어떻게 건강관리를 하는지, 또 얼마나 건강한지에 대해 이야기했다고 한다. 그 말을 듣자 화가 나기보단 그냥 어이가 없었다. 누군가의 비극은 멀리서 지켜보면 희극이 된다는 말이 생각나는 순간이었다.

'아니 자기가 뭔데 내가 백혈병 걸려서 입원했다고 말하고 다니며, 또 그 뒤에 한다는 말이 고작 그거야? 내가 건강관리를 못해서 백혈병에 걸렸다고? 그래서 결국 자기 건강하다고 자랑하려고 내 이야기를 한 거야?'

가장 어이가 없었던 건 나는 고등학교 2년 조금 넘는 동안 A 선생님 수업을 한 번도 들은 적이 없다는 것이었다. A 선생님은 그냥 내가 다니는 학교의 선생님일 뿐이었다. 그런데 도대체 나한테 왜 그랬을까?

이건 듣는 아이들에게도, 내게도 절대적으로 예의가 아니었다. 적어도 내 기준으로는 그랬다. 마음이 정리되고 괜찮아지면 내가 먼저 친구들에게 말하려고 했는데, 그리고 내가 건강관리를 못해서 백혈병에 걸린 게 아닌데 마치 백혈병에 걸린 게 내 잘못이 된 것 같아 슬펐다. 그렇다고 A 선생님께 가서 왜 그러셨냐고 물을 수도, 친구들에게 어떻게 된 건지 설명할 수도 없는 노릇이었다. 후에 담임선생님은 선생님들께는 말씀드려야 할 것 같아서 한 건데 이렇게 될 줄 몰랐다며 사과를 하셨고, A 선생님께서도 나쁜 의도는 아니었는데 미안하다며 사과하셨다.

'나쁜 의도가 아니었다… 그럼 어떤 의도였을까?'

나는 정말 듣고 싶었다. 어떤 의도였는지 정말 듣고 싶었다. 그리고 묻고 싶었다, 만약 자기 아이의 일이었어도 그렇게 말할 수 있었을지.

뭐 어찌됐든 간에 이미 벌어진 일이고, 나는 괜찮다고밖에 말할 수 없었다. 나갈 수 없는 무균실에서 항암 치료를 받고 있는 내가 화를 내고 있어 봤자 손해 보는 건 결국 나였기 때문이다.

내가 아닌 다른 누군가에 의해 내 이야기가 전해진다는 건 생각만 해도 무섭다. 그 누군가가 내 이야기를 수백 번 듣고 가서 전한다 할지라도, 남에 의해 전해진 이야기는 왜곡되기 쉽고 그 왜곡은 또 다른 왜곡을 낳을 수도 있기 때문이다.

이야기가 전해지다 보면 졸지에 나는 백혈병에 걸려 살이 쪽 빠진 사람이, 곧 죽을지도 모르는 사람이 되어 있을지도 모르는 것이다. 전해지는 이야기들에 살이 붙고 붙어 내가 어떤 사람이 되고 있을지… 참 씁쓸했다. 어쩔 수 없다는 건 안다. 소문은 그 어떤 전염병보다도 빨리 퍼지기 때문에. 담백한 맛보다 조미료 맛이 더 끌리듯 자극적인 내용일수록 더욱더.
내가 내 소식을 직접 전하려고 한 또 다른 이유다. '누군가에 의해' 내 이야기가 전해지는 게 싫었던 것이 아니다. '사실이 아닌' 이야기가 전해지는 게 싫었던 것이다.

그 후 내 전화기는 뜻밖의 맛집이 되었다. 나는 맛집이 될 준비도 안 되어 있었고, 될 생각도 없었기에 갑자기 밀려드는 손님들에 당황스러웠다. 그래도 처음엔 잘 대접해서 서운하지 않게 보내고 싶었다. 다 날 걱정해서 하는 연락이라고 생각하고 싶었고, 잘못 전해진 이야기들은 그게 아니라고 말해 주고 싶었다.
하지만 "주완아 괜찮아? 어떻게 된 거야?"라는 질문으로 날 걱정해 주는 사람들에게 나는 떠올리기 싫은 아픈 기억들을 내 입으로 답해 줘야 했다. 날 걱정해 주는 사람들은 내게 한 번 물어본 거지만, 그날 나는 똑같은 질문에 수십 번을 대답하고 있었다.

시간이 지나자 한번에 몰려드는 사람들을 감당하기가 버거워졌다. 솔직히 괜찮지도 않은데 웃으며 괜찮다고 말하는 것도 힘이 들었다. 처음, 모두를 서운하지 않게 해주고 싶었던 그 마음이 점점 지치기 시작했다.
그러다 몇몇 사람들이 내가 아닌 내 병에 대해 궁금해한다고 느낄 때, 내가 아닌 내 병의 안부를 묻고 있다고 느낄 때 처음 그 마음은 결국 무너져 버렸다.

> 그 후로 혹시나 내가 좋아하고 믿었던 사람이 내게 실수를 하게 될까 봐 연락을 받기가 무서워졌다. 그냥 모두를 내 기억 속에 오래도록 좋은 사람으로 남기고 싶었다. 살다 보면 피어나는 새싹을 봤을 때, 곧 피어날 꽃의 기쁨보다 그 꽃이 졌을 때의 슬픔이 먼저 생각날 때가 있는 법이다. 그래서 보이는 응원의 말보다, 보이지 않는 응원의 마음만 받기로 했다.

그리고 무엇보다도 가장 컸던 건 걱정을 끼치고 싶지 않다는 마음이었다. 지금의 나는 슬픔과 아픔을 함께 나누면 희망과 행복이 될 수도 있다는 걸 잘 알고 있지만, 그때의 나는 슬픔과 아픔은 혼자 이겨 내야 하는 줄로만 알았다. 슬픔을 나누면 남도 슬퍼지는 줄 알았고, 아픔을 나누면 남도 아파지는 줄 알았다. 그래서 그랬다.
누구는 이런 나를 보며 "많은 사람들이 걱정해 주고 응원해 주면 고마운 거 아니야? 이상하네."라고 말할 수도 있다. 고맙지 않은 게 아니다. 정말 고마운데, 나도 잘 모르겠다.
별것도 아닌데 괜히 호들갑 떤다는 생각도 들고, 그러다 허무한 인생이 웃기기도 하다가, 갑자기 화가 나고 억울했다. 그러다 또 웃고, 웃다가 또 짜증 나고 슬퍼했다. 나도 나를 감당할 수 없던 그런 상황 속에서 다른 이의 마음까지 생각한다는 건 인간의 한계에 부딪히는 일이었던 것 같다. 나를 이상하게 생각해도 이해한다. 겪어 본 자만이 알 수 있는 감정들이기 때문이다. 지금 보면 꼭 다중인격자 같기도 하지만 그때의 나로서는 어쩔 수가 없었다.

100명의 사람이 있으면, 100개의 아픔이 있고, 그 아픔을 이겨 내는 100가지 방법이 있다. 모두가 나를 응원해 주고 있다고 믿고 지내는 것, 그게 그때의 내가 아픔을 이겨 내는 방법이었다.

고통은 느껴 봤기에 더 두려운 법

점심이 나오기 약 한 시간 전인 오전 11시. 오늘 맞는 항암제는 중심정맥관으로 맞았던 기존의 항암제와는 다르게 팔뚝에 주사로 놓는 방식이었다.

간호사님이 항암제와 주사기를 가지고 온 뒤 주사를 놓을 오른쪽 팔뚝을 소독했다. 조금 아플 거라고 말했지만, 주삿바늘도 작고 비교적 간단해 보여 '뭐 얼마나 아프겠어?' 하며 마음을 놓고 있었다.

그런데 주삿바늘이 꽂힌 순간, 나는 뭔가 잘못됐다는 걸 느낄 수 있었다. '주사 한 방 맞는 게 그렇게 아플까?'라고 생각할 수도 있다. 나도 그렇게 생각했었다, 직접 맞아 보기 전까지는.

어…? 어…? 어…?? 어!!!!

항암제가 주사기로 투여되는 약 10초 동안의 내 감정 변화이다.

처음 1초 정도는 아픈지 모른다. 2초 정도가 지나면 조금 아프지만 아직까지는 버틸 만하다고 생각한다. 3초부터 10초까지가 정말 지옥인데, 거짓말이 아니라 정말 주사 맞는 부위가 불타는 느낌이 든다.

> 너무 놀라면 말문이 막히는 것처럼 너무 아파도 소리가 나오지 않는다. 고통에서 도망치려는 팔을 붙잡아 두기가 정말 힘들었다. '팔아, 조금만 참아줘. 4초… 아니 5초, 아니 6초만… 마지막으로 7초만… 정말 마지막으로 8초만… 9초만 참아… 내가 이제 말 바꾸면 사람이 아니다! 멍멍멍!!'

그 주사를 맞는 날이면 아침부터 짜증이 난다. 우리가 음식 맛을 알고 있기 때문에 참기 힘든 것처럼, 고통도 느껴 봤기 때문에 갈수록 더 두려워진다. 항암치료를 시작한 지 5일째. 조금 기운이 없어진 것 같기도 하다.

지루하고 심심한 것이
때론 가장 행복한 것

염치없지만 오늘도 무균실의 하루는 똑같이 흘러갔다. 새벽에 일어나 씻고, 아침밥을 먹고, 중심정맥관을 소독하고, 피검사를 하고, 어떤 자세로 누워야 더 편할까 연구하며 쉬고.

하지만 한 가지 다른 점이 있다면, 오늘은 무균실 안에도 일요일의 공기가 흐른다는 것이다. 무균실이 내게 "나 오늘 뭐 달라진 거 없어?"라고 묻는다면, "음… 평소보다 포근하고 아늑해진 것 같아."라고 대답했을 것이다.

아 그런데 "헐… 그럼 나 살쪘다는 소리야?"라고 하면 어떡하지?

무균실이 토라져서 더 맛없는 무균식을 줄지도 모른다.

"아니, 그 말이 아니라…."

나는 변명을 하겠지만, 실제로 같은 공간, 같은 모습일지라도 무균실의 일요일은 뭔가 더 편안하다. 너무너무 지루한 날들의 연속이다. 항암 부작용

중에 '지루함'은 없었던 걸로 기억하는데….

지금 생각해 보면 끔찍하지만, 그 당시 겁 없는 하룻강아지였던 나는 은근슬쩍 잠자는 부작용의 코털을 건드려 보고 싶었다. 그 정도로 심심하고 지루한 날들이 이어졌다.

가장 지루하다고 느껴질 때가 가장 행복한 순간이었음을 항암 치료를 처음 받아 보는 나로서는 알 수가 없었다. 내가 그 당시의 나를 만날 수 있다면 병원에서는 지루하고 심심한 것이 가장 행복한 것이라는 걸 알려 주고 싶다.

맨들맨들

꿈속에서조차 누워 쉬고 있었는데, 누군가 자꾸 얼굴을 간지럽혔다.

"아~ 하지 마아~"

"간지러워~ 하지 말라고~"

"아! 하지 말라니까!"

얼굴을 긁으며 잠에서 깬 순간 나는 내 얼굴을 간지럽혔던 누군가와 눈이 마주쳤다.

누군가의 정체는 바로 베개에 박힌 머리카락이었다. 드디어 나도 머리카락이 빠지기 시작한 것이다. 항암 치료를 시작한 지 11일 만이었다. 탈모는 가장 흔한 항암 부작용 중 하나이다. 그래서 언젠간 내 머리카락도 빠질 것이라는 것을 알고는 있었지만, 막상 그게 현실로 다가오자 기분이 오묘했다. 샤워를 하며 머리를 감으니 머리카락들이 아무런 느낌도 없이 우수수 떨어져 나갔다.

"안녕… 다음에 또 나줄 거지?"

머리카락들과 작별 인사를 한 뒤 침대로 돌아와 앉은 나는 뽁뽁이를 터트리듯 무의식적으로 남아 있는 머리카락을 뽑고 있었다. 은근 중독성이 있었다. 손으로도 잘 뽑히지 않는 머리카락은 투명테이프를 이용해서 뽑았다. 테이프를 붙였다가 떼면 그 자리만 반짝반짝 빛이 난다. 머리에 잔디 깎는 기계가 지나간 것처럼.

이틀이 지나자 완전한 민머리가 되었다. 뭐 머리카락이 빠질 거라는 것은 알고 있었기 때문에 그리 놀라진 않았는데, 머리카락 말고 다른 털들도 하나둘 빠지기 시작했다. 눈썹과 속눈썹도 빠졌고 심지어 코털도, 그냥 온몸에 털들이 다 빠져 버렸다.

그렇게 얼마 뒤, 내 몸은 성숙한 신생아가 되어 있었다.

난 시간의 이중적인 모습을 보았다

하나둘씩 항암 부작용 형님들이 찾아오기 시작했다. 항암 부작용은 예고도 없이 하룻밤 사이에 스르륵 찾아온다. 머리카락이 빠질 때처럼 말이다.

우선 입안이 헐기 시작했다. 음식을 먹기가 힘들어졌고, 음식을 먹지 못하니 안 그래도 기운 없는 몸이 더 기운 없어졌다. 입안이 헐어 있는데 음식을 넣으면 상처 난 곳에 빨간약을 바르는 느낌이 든다. 아픈 걸 참고 먹어 보려고 하면 또 내 코와 혀가 도와주지를 않는다.

음식에서 이상한 냄새들이 난다. 그래서 어떤 음식이 나오든 간에 반찬과 국 뚜껑은 열지도 못한다. 약 냄새 같기도 한데, 이 냄새들이 음식에서 나는 건지 내 안에서 나는 건지는 잘 모르겠다. 그나마 괜찮은 밥만 몇 젓가락 먹고 있다.

그리고 이미 오래전 파업한 혀는 그저 붉은 살덩이로서의 역할밖에 하지 못하고 있다. 무엇을 먹든 간에 약 맛, 떫은 감 맛, 비릿한 해초 맛, 분필 가루 맛 같은 게 난다. 혀는 "이래도 먹을 거야? 이래도? 아직도? 그럼 이건 어때?"라고 말하며 매일 사람이 느낄 수 있는 최악의 맛을 보여 주고 있었다. 게다가 그 음식들이 무균식이기 때문에 더 심했던 것 같다.

그래서 하루를 통틀어 먹는 음식의 양이 밥 반 공기 정도밖에 되지 않았다. 처음 무균실에 들어왔을 때 옆 침대 아저씨가 내게 하셨던 먹을 수 있을 때 많이 먹어 두라는 말의 뜻을 여실히 깨닫고 있다. 먹을 수 있다는 것이 얼마나 큰 감사함인지 이때 알게 되었다.

흐물흐물 가지 반찬, 시금치 무침, 카레에 들어간 당근, 미역 줄기 등등 내가 싫어했던 모든 음식들에게 정말 미안했고 나중에는 잘 먹어 주리라 다짐했다.

헐어 버린 입과 더불어 헐어 버린 항문은 투병 기간 중 가장 끔찍했던 순간 'best 5'에 항상 랭크되어 있다. 먹는 것도 별로 없는데 항상 같은 시간만 되면 똥이 마려웠다.
신호가 오면 나는 전쟁터에 가는 기분으로 화장실로 가 변기에 앉는다. 심호흡을 하고 힘을 주면 가운데 손가락만 한 똥이 나오는데, 그때의 고통은 정말 상상을 초월한다. 가운데 손가락만 한 똥이 10일 정도는 묵은 팔뚝만 한 똥처럼 느껴지고, 그 똥이 나오는 순간 항문은 청양고추를 갈아 발라 놓은 듯 후끈거린다. 어찌나 아픈지 다리가 덜덜덜 떨리고 땀이 한 바가지씩 흐른다.
이런 상황에서 진가를 드러내는 게 바로 좌욕이다. 나는 미리 준비해 둔 좌욕기에 따뜻한 물을 담고 소독약을 조금 넣은 뒤 엉덩이를 담근다. 좌욕을 하면 마치 사우나에 온 것처럼 온몸이 나른해지고 극심하던 고통도 거짓말처럼 녹아내린다. 만약 좌욕이 없었더라면, 나는 고통이 가실 때까지 10분이든 20분이든 변기에 앉아 있을 수밖에 없었을 것이다.
좌욕 좋다, 정말 좋다. 아직 좌욕을 안 해본 사람이 있다면 꼭 한번 해보길 바란다. 아, 그리고 혹시 오해할까 봐 이야기하는데, 좌욕을 하기 전 당연히 비데로 깨끗이 씻고 사용한 좌욕기는 간병인분들이 소독해서 소독 기계에 넣어 주신다.
아무튼 그렇게 좌욕을 마치고 침대로 돌아가 앉으면, 처음보단 훨씬 덜 하지만 또다시 고통이 찾아온다. 그럼 나는 항문 님의 노여움이 완전히 가실 때까지 바르게 앉지 못하고 무릎을 꿇고 앉아 있어야 했다.

힘든 시간의 연속이지만, 그래도 다행인 점은 시간이 정말 빠르다는 것이다. 그렇기 때문에 조금만 더 견디면 저기 앉아 있는 시간이 다 알아서 해결해 줄 것이다.

"그렇지 시간아? 왜 대답이 없어?"
뒤돌아 앉아 있는 시간에게 다가가 어깨에 손을 올렸다. 그로부터 1시간 후, 시간이 뒤돌며 대답했다.
"느으려어서 미이아안…."

난 시간의 그런 이중적인 모습을 보고 경악을 금치 못했다. 천천히 가 달라 할 때는 그렇게 빨리 가던 시간이 지금은 달팽이와 경쟁 중이다. 그 후론 시간이 숲속에서 길을 잃은 아이처럼 흘러갔다. 많이 갔다고 생각했는데 뒤돌아보면 아까 왔던 그 자리였다.

血生血死
(피에 살고 피에 죽는다)

항암 치료를 받으면 암세포도 죽지만 정상 세포도 죽기 때문에 전반적인 피 수치가 떨어지게 된다. 그래서 아침마다 하는 피검사의 결과를 보고 어느 피 수치가 일정 수준 이하로 떨어지면 수혈을 받는다. 만약 항암 치료를 받고 있는 백혈병 환자가 수혈을 받지 못하게 된다면 결국 죽을 수밖에 없다. 그렇기에 백혈병 치료에 있어 수혈은 항암 치료와 양대 산맥을 이룰 만큼 중요하다.

점심 식사 전에 혈소판 수혈을 받기로 했다. 나는 수혈이라고 하면 빨간색 피만 떠올렸는데 수혈에도 여러 종류가 있었다. 흔히 아는 빨간 피는 적혈구 수혈이고, 노란 피는 혈소판 수혈 그리고 혈장 수혈 등 여러 종류의 수혈이 있다. 백혈구 수혈도 있었는데, 이건 특별한 경우에만 받는 듯했다.

혈소판 수혈 팩은 크고 새빨간 적혈구 수혈 팩과 다르게, 비교적 작고 노랗기 때문에 약간 귀여운 느낌이 든다. 쪽쪽 빨아 먹는 오렌지 주스 같기도 하다.

수혈을 받으면 피부가 가렵다거나 발진이 일어나는 등의 가벼운 부작용부터 호흡곤란, 쇼크 등의 심한 부작용까지 여러 부작용들이 일어날 수 있다. 그래서 수혈을 받기 전 미리 부작용을 방지해 주는 약을 맞는다. 그럼에도 위에서 언급했던 부작용들이 나타날 수 있지만, 나는 다행히도 피부가 가렵다거나 발진이 일어나는 정도의 가벼운 부작용들만 겪었다.

나는 살면서 왜 한 번도 헌혈을 하지 않았는가 하는 후회를 한다. 생각해 보면 수혈은 감히 내가 감사하다고 말할 수 없을 정도로 숭고한 과정인 것 같다. 아무런 대가도 없이 타인을 생각하는 마음 하나만으로 기꺼이 자신의 피를 내놓은 이름 모를 천사들. 나는 그런 천사들의 도움으로 또 하루를 견뎌 낼 수 있었다.

다 된 밥에 '무균식' 뿌리기

오후 4시쯤 의사 선생님이 회진을 다녀가셨다.

회진은 원래 아침에 하는 거 아니었냐고? 맞다. 그럼 지금은? 지금도 회진이다. 침대에 붙어 있는 환자 관리 카드를 보면 담당 교수님이 있고, 진료 의사 선생님이 있다. 음… 그러니까 아침에는 담당 교수님이 진료 의사 선생님과 함께 회진을 다녀가셨고 방금은 진료 의사 선생님만 다녀가셨다.

담당 교수님은 내가 병원과 작별할 때까지 함께 하지만, 진료 의사 선생님은 주기적으로 바뀐다고 들었다. 병원이 어떤 체계를 갖추고 있는지 잘 몰라서 그냥 나는 간단하게 담당 교수님 말고는 전부 다 의사 선생님으로 뭉뚱그려 구분하고 있다. 딱히 별일이 없어서 아침과 마찬가지로 오후 회진도 간단하게 끝났다.

지금은 곧 나올 저녁밥을 기다리고 있다. 그 이유는 오늘의 저녁 메뉴가 무려 돈가스이기 때문이다. 이제 무균식을 안 먹는 거냐고? 갑자기 웬 돈가스냐고? 마침 저녁밥이 들어오고 있으니 먹으면서 알려 주도록 하겠다.

"이야… 이렇게 생겼구나."

나는 저녁밥으로 나온 돈가스를 감상하며 튀김가루 하나를 떼어 먹었다. 젓가락에 묻힌 소스 한 방울도 곁들였다.

"어머, 수프도 있네?"

수프도 숟가락 끝으로 조금 떠서 맛봤다. 작은 그릇에 담긴 피클을 한번 핥았고, 같이 나온 과일 통조림 샐러드에서는 쫄깃한 코코넛만 골라 먹었다. 누군가는 이런 내 모습을 보며 맛있고 신성한 돈가스를 앞에 두고 무슨 짓이냐고 말할 수도 있지만, 내 사정을 아는 사람은 "설마?"라고 생각하고 있을 것이다.

그 설마가 맞다. 겉보기에는 군침 도는 돈가스지만, 이 돈가스도 무균식화가 돼서 실제로 먹어 보면 미안하게도 맛이 없다. 신발도 튀기면 맛있다고 하는데, 내 앞에 있는 돈가스는 무려 고기를 튀긴 음식이었다. 무려 고기를! 하지만 고기와 튀김이라는 사기 조합마저도 무균식화 앞에서는 별수 없는 것 같다. 이게 바로 다 된 밥에 '무균식' 뿌리기라는 건가?

아무튼 그래서 내가 어떻게 돈가스를 먹고 있느냐 하면, 사실 내가 안 먹었던 것뿐이지 무균식에도 여러 메뉴가 있다.

속이 안 좋아 죽을 먹고 싶은 사람은 흰죽, 야채죽, 소고기죽, 흑임자죽, 호박죽 등의 다양한 죽들을 선택해 먹을 수 있고, 이외에도 특별식이라고 해서 자기가 원하면 점심과 저녁에 특별한 메뉴들을 맛볼 수 있다. 많이는 기억 안 나지만 특별식으로는 오늘 나온 돈가스부터 짜장면, 국수, 스파게티, 빵과 시리얼, 해물볶음덮밥, 버섯덮밥 등의 메뉴들이 나왔다.

물론 그냥 일반식을 먹겠다고 하는 사람은 일반식을 먹으면 되는데, 내가 바로 그냥 일반식을 먹겠다는 사람이었다. 무균식화가 되면 무슨 음식이든 맛이 없을 것 같았고, 어차피 잘 먹지도 않을 건데 음식 만드시는 분의 수고로움이라도 덜어 드리려는 심산에서였다.

그랬던 내가 어제부터 특별식을 신청해 먹어 보고 있다. 문득 '이것저것 먹다 보면 하나쯤은 입에 맞는 게 있지 않을까?' 하는 생각이 들었기 때문이다. 그렇게 특별식을 먹은 지 이틀이 지나고 있지만 당연하게도 아직 내 운명의 무균식은 만나지 못했다.

그래도 특별식 덕분에 조금이나마 음식을 먹고 있다. 음식 뚜껑도 열지 못할 만큼 고역이었던 식사 시간이었는데, 특별식을 신청한 후로 오늘의 특별식은 어떤 모습일까 궁금해 음식 뚜껑을 열어 보게 되고, 음식 뚜껑을 열고 나면 맛이 궁금해져 조금씩이라도 맛보게 된다. 밥만 깨작깨작 먹을 때보다는 영양섭취가 잘되지 않을까 싶다. 이 정도 먹는 걸로는 별 차이가 없으려나? 아무튼 그렇다.

> 배가 고프니까 너무 서럽다. 마음 같아서는 하루에 1kg씩 찌도록 먹고 싶은데, 그러지 못하니 더 서럽다. 나는 굶주린 배를 잡고 무균실에게 물었다.
> "내일은 운명의 무균식을 만날 수 있을까?"

무균실이 대답했다.

"차라리 하늘의 별을 따보렴!"

먹킷리스트

침대에 앉아 창문을 바라보고 있다. 창문 밖 풍경은 한 폭의 그림 같다. 아름다워서 그림 같은 게 아니라 항상 그대로여서 그림 같다. 그래서 '혹시 이거 창문이 아니라 벽에다가 그림 그려 놓은 거 아니야?'라는 의심이 들 때도 있다.

시간이 멈춰 버린 걸까? 하지만 때 맞춰 울리는 배꼽시계는 여전히 시간이 흐르고 있음을 알려 주고 있다. 귀찮다는 이유로 끼니를 거르기도 했던 내가 무균실에 오고 나서는 부끄러울 정도로 자주 먹고 싶은 음식들을 생각한다. 지금 이 순간에도 아른거리는 그 음식들을 하나씩 음미하며 내 버킷… 아니 내 마음속 먹킷리스트에 기록해 둔다.

01. 뜨끈한 국밥에 잘 익은 깍두기 얹어 든든하게 먹기

02. 야들야들한 목살이 듬뿍 들어 있는 김치찜에 밥 먹기

03. 김치찌개랑 된장찌개 하나씩 놓고 밥 두 공기 먹기

04. 닭볶음탕에 당면, 떡, 치즈 사리 추가해서 당면 먼저 먹기

05. 소불고기에 밥 비벼서 먹기

06. 닭갈비 배 터질 때까지 먹고, 다 먹으면 국물에 밥 볶아 먹기

07. 바지락 넣고 끓인 시원한 칼국수에 갓 담근 김치 얹어서 호로록 먹기

08. 김치만두랑 고기만두 시켜서 양쪽 볼에 하나씩 넣고 먹기

09. 삼겹살 구워서 쌈 싸 먹다가 질리면 물냉면, 비빔냉면 하나씩 시켜서 면에 싸 먹기

10. 떡볶이 국물에 순대랑 튀김 찍어 먹기

11. 치킨 시켜서 먹다가 목 막히면 콜라 한 잔 마시기

12. 치즈 듬뿍 얹은 피자 시켜서 양손에 하나씩 들고 먹기

13. 탕수육에 소스 부어 먹기

14. 입천장이 까질 정도로 바삭한 돈가스 먹기

15. 디저트 카페에 가서 티라미수, 치즈 케이크, 그냥 있는 거 다 달라 하고 한입씩 먹기

또....

무균실을 나가서 먹고 싶은 음식들을 아주 구체적으로 적다 보면 침이 고이고 배가 부른 것 같은 기분이 든다. 처량하기 그지없지만 먹킷리스트 적기는 무균실에서의 배고픔을 이겨 내는 나만의 방법 중 하나였다.

그렇게 배부른 꿈에 젖어 있을 때쯤, 문이 열리고 배고픈 현실이 들어온다. 그럼 나는 무균식을 앞에 두고 다시 한번 굳게 다짐한다. 반드시 내 먹킷리스트를 완수하겠노라고.

식욕은 생존을 위한 본능 중 하나라고 하지만 항암 치료와 무균식 앞에서는 생존을 위한 본능마저도 움츠러든다.

No pain, No gain

적혈구와 혈소판은 계속 수혈을 받아 일정 수치를 유지하고 있었지만, 백혈구 수치는 시간이 지남에 따라 0에 가까워지고 있었다. 수치가 떨어질수록 몸이 더 힘들어진다. 무기력증에 빠지게 되고, 항암 부작용은 더 심해지며, 똑같은 행동을 해도 평소보다 몇 배는 더 힘들게 느껴진다.

8일 전, 마지막 항암 치료를 받던 날은 백혈구 수치가 이보다 더 떨어질 수 있을까 싶을 정도로 0에 가까워졌었다. 하지만 더 이상 떨어질 곳이 없다는 것은 반대로 이제 오를 일밖에 없다는 말도 된다.

백혈구 중에는 호중구라는 것이 있는데, 이 호중구 수치가 500이 넘으면 무균실을 나갈 수 있다고 했다. 항암 치료가 끝난 날부터 나는 호중구 수치를 올려 주는 촉진제를 맞고 매일 아침 피검사를 하며 무균실 탈출 시험을 치르고 있다.

매일 아침 10시, 떨리는 마음으로 성적표를 받아 보았지만 매번 탈락이었다.

호중구 수치가 0에서 10이 되고, 10에서 100이 되고, 100에서 150이 됐지만, 매번 200의 벽에 막혀 고꾸라졌다.

그러다 마침내 200의 벽을 무너뜨린 날, 티는 안 냈지만 얼마나 기뻤는지 모른다. 기세를 몰아 500까지 올랐으면 좋았겠지만 200의 벽을 무너뜨리는 데 힘을 다 써 버린 듯했다.

그렇게 시간이 흘러 4월 26일 화요일 밤 10시가 되었다.

'내일은 꼭 300 가보자! 몸아!'

나는 몸을 응원하며 눈을 감았다. 얼마나 지났을까? 몇 분 전까지만 해도 괜찮던 허리가 갑자기 욱신거리더니 이내 통증이 온몸으로 퍼져나갔다. 급기야 몸 전체가 움찔거릴 정도로 증세가 심해졌다. 정말 갑작스러웠고 뜬금없었다. 간호사에게 증상을 설명하자 수치가 오르기 전 증상 같다고 말해 주었다.

'수치가 오르는데 이렇게 아프다고?'

단단한 철이 되기 위해서는 뜨거운 불을 견디고 수천 번의 두드림도 견뎌야 한다. 아파야 더 단단해지는 역설 속에서 나는 뜬눈으로 밤을 지샐 수밖에 없었다.

엄마의 고백 02

힘들다는 생각조차도 죄가 될 것 같아서

#

점심, 저녁 시간으로 제한된 면회 시간을 기다리는 무균실 앞 풍경.

환자와 무슨 관계세요?

입원한 지는 얼마나 되셨나요?

몇 번째 항암이신가요?

간식은 주로 뭘 찾아요?

담당 교수님은 누구세요?

….

보호자들끼리 묻고 싶은 말들이 얼마나 많을까.

하지만 서로 약속이라도 한 듯 어떤 이는 차디찬 벽만 뚫어져라 바라보고, 또 어떤 이는 시간 되면 자석처럼 끌어당길 저 문에 몸을 기대고, 또 어떤 이는 애꿎은 운동화 뒤꿈치로 이쪽저쪽 앞발을 짓이기며 그렇게 초조함을 말없이 침묵으로 감추며 버틴다.

#

식사 시간과 맞물려 병실을 찾으면 뭐라도 챙겨 줄 수 있으리라 생각하지만 아무것도 없다. 할 수 있는 것이라고는 그저 서로를 쳐다보며, 말하지 않아도 자식이어서 알 수 있는 것들을 느낌으로 공유할 뿐.

한번 앉은 자세가 고쳐질 때는 주어진 1시간의 면회가 끝나고 일어설 때다. 힘들다는 생각조차도 죄가 되는 것 같아 꼼짝할 수 없었다.

쭈글쭈글 늙은 할머니가 돼 있어도 좋으니 눈을 뜨면 몇 년, 아니 수십 년이 훌쩍 흘러가 있었으면 좋겠다.
'시간아, 넌 왜 오늘도 빈틈없이 꼭꼭 눌러 채우고 내일로 가는 거니? 그렇게 느리게 가면 언제 백 일을 채우고 천 일을 채우고 내 아들이 원래 있던 그 자리로 돌아갈 수 있겠니?'

#

이미 당선된 듯한 들뜬 기분으로 오리고 붙이고, 맘에 안 들면 다시 출력해 오리고, 이것도 다 추억이라며 안 되더라도 출마에 의의를 두자고 속에 없는 소리를 해가며 룰루랄라 했던, 그러면서 한쪽 마음은 꼭 되어야 할 텐데… 걱정하면서 잠까지 설쳤던 그해 12월은 몹시도 추웠다. 더군다나 새벽같이 나가서 선거운동을 준비해야 했던 시간들. 돌이켜 생각해 보니 몸이 아팠을 터인데 얼마나 힘들었을까.

누구한테 '내 자식이 백혈병'이라는 그런 말을 입 밖으로 꺼낼 수가 없어서, 주워들은 전문용어로 말을 해가며 듣는 사람도 애매하게 혼란을 주었다. 그래서 학교에서 보내온 도움의 손길도 마다했고, 가족 누구도 병문안이란 것을 오지 못하도록 차단했다. 괜찮냐고 묻는 것도 싫었고, "괜찮을 거야."라는 말에는 위로인 줄 알면서도 듣기가 싫어 나도 모르게 인상이 찌푸려졌다.

'그냥 조용히 아무 일 없는 것처럼 지내고 싶다. 그러니 내가 연락할 때까지는, 또 내가 말을 꺼내기 전까지는 묻지도 말고 모른 척해 줬으면 좋겠어.'

마주치는 눈빛으로 무언의 경고를 보내는 나였다.

#

하루는 답답하리만치 차분하고 침착한 주완이가 문자로 나를 찾아 주저리주저리 흥분을 감추지 못했다.

몇 시쯤인지 시간을 확인했다. 보충수업 선생님에 대한 얘기를 듣고 나는 교양, 품위 따위는 지킬 여유가 조금도 남아 있지 않았다.

"선생님이시죠? 저 이주완 엄마입니다. 안정을 해야 함에도 원인을 제공했으니, 만약 내 아이에게 어떤 불상사가 생긴다면 온전히 선생님이 모든 책임을 다 지게 될 거예요."

협박하듯 몰아붙이고 일방적으로 전화를 끊어 버렸다.

무슨 이유인지 듣고 싶지 않다, 자식이 먼저인 엄마일 뿐이다.

'누구든 내 자식한테 해를 입히면 가만두지 않을 거야.'라는 비장한 각오를 하면서 내 행동을 합리화했다.

#

간을 하지 않아 맛이 없고, 음식에서 철 냄새가 난다고, 그래서 뚜껑을 열 수가 없다고…. 면회 때 음식을 한번 해다가 넣어 줬더니 끼적거리다 겨우 젓가락으로 살짝 맛만 보고는 나를 슥 올려다보았다.

"뭘 넣었는지 솔직히 말해."

"평소랑 똑같이 했어."

"거짓말, 솔직히 말 안 하면 안 먹어."

"(피식 웃으면서) 말하면 먹을 거지? 소화를 도와준대서 양배추 삶은 물로 요리했어."

그 말을 듣더니 완이가 바로 젓가락을 내려놓았다.

"양배추는 넣지 말라고 했잖아. 근데 왜 아까는 평소랑 똑같이 했다고 거짓말했어. 안 먹어."

"앞으로 절대 안 넣을게. 오늘만 먹어."

"거짓말했으니까 안 먹어."

"(벌떡 일어나며) 그래 이 자식아, 네 맘대로 해. 갈 거야."

영양 섭취시킨다고 음식을 해갔는데 먹지 않는다고 속에다 불을 지르고 왔으니 이중으로 몸에 해를 입히게 된 것 같아, 얼마나 후회하고 또 후회를 했는지… 무균실 문밖에서 면회 시간이 끝날 때까지 서성이다, 아이한테 많이 미안해 문자로 사과했다….

항암을 받으면 이겨 낼 에너지가 필요한데, 병원에서 신경 써 해주는 음식이 환자한테 그렇게 거부감을 주면 어쩌자는 것인지. 맛있게 해주고 멸균을 철저히 하면 왜 안 되는지….

천 일의 세 번째 이야기

어둡기만 할 것 같은 하루에도 결국 아침은 온다

'드디어 나간다!'
무균실 탈출은 일사천리로 진행되었다.
주체할 수 없는 기쁨에 내 안에서는 이미 광란의 파티가
한창이었지만, 아직 고통 중인 다른 환자분들 앞에서
드러낼 수는 없었기에 담담한 척 시계만 보고 있었다.

**나갈 채비를 마치자 저 멀리서 행복이 거대한 파도가 되어
밀려오기 시작했다. 나는 두 팔을 벌리고 눈을 감은 채
행복 파도를 정면으로 맞이했다.
그렇게 파도에 휩쓸려 도착한 곳은 무균실 문 앞이었다.**

최고의 행복전도사는 '무균실'

고요한 연못에 거품이 일고 잠시 뒤 문어 하나가 연못 위로 올라왔다. 연못에 웬 문어? 그 문어가 바로 나다. 나는 날 집어삼켰던 연못 속에서 결국 헤엄쳐 올라왔다. 내 뒤로 무균실 문이 닫혔다. 이게 얼마 만에 바깥세상인가? 공기마저 달콤했다.

무균실에서 나오게 되는 날, 나는 힘껏 내달리며 그동안 쌓였던 답답함을 토해 내리라 다짐했었다. 하지만 지금 그 다짐을 지키기에는 내 두 다리가 너무 말라 있었다. 일반병실까지 어떻게 걸어가나 심란했지만, 다행히 내 앞에 두 다리를 대신해 줄 휠체어가 기다리고 있었다.

무균실에서의 하루는 약간 뻥튀기해서 바깥세상의 1년 정도로, 정말 길게 느껴진다. 그리고 외부와 차단되어 있기 때문에 만약 TV와 휴대폰이 없었다면, 무인도에 갇혀 있는 기분이었을 것이다.

그래서 처음 무균실을 나가게 된다는 말을 들었을 때, '영화의 한 장면처럼 바깥세상이 초고도의 문명사회가 되어 있지는 않을까? 시간이 너무 많이 흘러 날 기다리는 엄마가 할머니가 되어 있지는 않을까?' 하는 상상을 해봤었다.
하지만 휠체어를 타고 일반병실로 가며 바라본 바깥세상의 모습은 무균실에 있었던 29일의 시간이 무색할 만큼 여전히 똑같았다. 똑같은 복도, 똑같은 창문, 똑같은 병실, 똑같은 침대. 먼저 가 버리지 않고 내가 기억하는 예전의 모습 그대로 나를 기다려 준 바깥세상에게 고마웠다.

나는 바깥세상에게 말했다. 이기적이지만 조금만 더 기다려 달라고, 나도 너희가 기억하는 예전의 모습으로 다시 돌아오겠다고.

무균실에서 내려오는 시간과 점심시간이 맞물려 점심은 먹지 못했지만, 일반병실에 내려왔다는 기쁨보다 더 배부른 점심은 없을 것이다.
이런 내 모습에 '무균실이나 일반병실이나 있어 보면 거기서 거기 아닐까? 어차피 다 병원인데.'라는 생각이 들 수도 있는데 절대 아니다. 무균실은 현재 아픔에 더 큰 아픔을 줘서 현재 아픔 따위는 별것도 아닌 것으로, 오히려 행복으로 만들어 버리는 무시무시한 능력의 소유자이다.

100대 때리는 사람이 가고 10대 때리는 사람이 왔을 때, 웃기게도 10대 때리는 사람이 천사로 느껴지는 것과 같은 이치다. 내 생각에 최고의 행복전도사는 바로 '무균실'인 것 같다. 삶이 무료하고 싫증 난다면 딱 일주일만 '나만의 무균실'에서 모든 유혹을 차단하고 지내 보자. 모든 게 감사해지고 삶의 소중함을 느낄 수 있을 것이다.

팔자주름이 생기면 안 되는데 계속 함박웃음이 났다. 딱딱한 병원 침대였지만 오늘만큼은 흔들리지 않는 편안함 침대에 누워 있는 듯 포근했다. 오후 동안은 정말 오랜만에 두 다리를 쭉 뻗고 낮잠을 잤다.

자린고비

잠에서 깼지만 일어나고 싶지 않았다. 한동안 눈을 감고 달콤했던 잠의 여운을 즐겼다. 눈을 떴는데 무균실이 아니었을 때의 그 안도감은 방학 첫날, 습관적으로 아침 6시에 잠에서 깼는데 '아, 맞다! 오늘부터 방학이지.' 하고 다시 잠이 들 때의 기분과 비슷하지 않을까 싶다.

슬슬 배가 고팠다. 그러고 보니 아침부터 지금까지 거의 먹지 못한 상태였다. 너무 많아서 우열을 가릴 순 없지만, 무균실에서 나오고 싶었던 가장 큰 이유 중 하나가 바로 음식이었다. 이제 그놈의 무균식을 더 이상 먹지 않아도 된다. 입도 다 나았고 이제 먹고 싶은 거 내 맘대로 먹어도 된다! 이 세상 음식들 다 긴장하라고 그래! 나는 그동안 마음속에 적어 놨던 먹킷리스트를 꺼냈다.

'뭐부터 먹을까?'

행복한 고민이 시작됐다.

금요일은 야자를 하지 않는 날이었다. 저녁 7시쯤, 학교에서 돌아오면 난 제일 먼저 불닭볶음면을 만들었다. 적당히 쫄깃하게 삶아진 면을 접시에 담고 소스를 뿌린 뒤, 예의를 갖춰 비볐다. 그리고 그 위에 반숙 계란 프라이 하나를 보기 좋게 올리고 김 가루와 깨를 솔솔 뿌렸다.
그렇게 완성된 불닭볶음면을 들고 TV 앞으로 갔다.
"참! 깜빡할 뻔했네."
먹기 전 사진을 찍어 두는 것도 잊지 않았다. 고단했던 평일의 마지막 날 저녁, TV를 보며 먹던 불닭볶음면에서는 맵지만 편안한 맛이 났다.

고민에 대한 답은 불닭볶음면이었다. 그런데 먹기 전 먼저 물어봐야 할 곳이 있었다. 그곳은 바로 내 위와 혀다. 무균실에서의 강제 다이어트 후 먹는 첫 음식이 불닭볶음면이라 부담이 될 수도 있기 때문이었다.
오랜만에 찾아간 위는 쪼그려 앉아 한숨만 쉬고 있었고, 혀는 베개도 없이 벽을 보고 돌아누워 있었다. 분위기가 너무 침울해 그냥 돌아갈까도 생각했지만 용기 내서 말을 걸었다.
"얘들아… 잘 지냈지? 나 불닭볶음면 먹을 건데 같이 먹을래?"
위와 혀는 기다렸다는 듯이 대답했다.
"응! 빨리 먹자! 계란 프라이도 올려!"
"알겠어! (미안, 계란 프라이는 없어.)"
혹시 안 먹는다고 하면 어쩌나 걱정했는데 다행이었다. 봉지 라면을 좋아하는 나지만, 상황이 상황인지라 컵라면으로 타협을 봤다.

엄마에게 부탁하니 만들어다 주겠다고 했다. 엄마는 불닭볶음면을 사러 편의점에 갔고, 그 시간 동안 나는 침을 흘리고 있었다. 마침내 엄마에게 완성된 불닭볶음면을 건네받았는데 평소보다 뭔가 무겁게 느껴졌다. 하지만 '내 팔 힘이 많이 약해졌구나.'라고 생각하니 그럴 만도 했다. 4분 뒤, 나는 보물 상자를 열 때처럼 기대에 찬 마음으로 닫혀 있는 뚜껑을 열었다.

'어?'

불닭볶음면의 모습을 본 나는 두 손으로 입을 가린 채 한동안 말을 잇지 못했다. 라면 용기 안쪽의 표시선에 맞춰 부어져 있는 뜨거운 물, 그 위에 살포시 뿌려진 불닭 소스와 김 가루 그리고 깨. 내 팔 힘이 약해진 게 아니었다. 정말 무거웠던 것이다.

엄마가 만들어다 준 혁명적인 불닭볶음면에 감동한 나는 젓가락으로 면을 들었다 놨다 할 뿐 차마 먹을 수가 없었다.

내 모습을 본 엄마는 "아니야, 요즘은 이렇게도 먹더라. 네가 유행을 모르네~"라고 말하며 조금이라도 먹어 보길 강요했다.

그런데 왜 갑자기 배가 부르지? 보고만 있어도 배가 불렀다. 아니 불러야만 했다. 엄마도 결국엔 웃음이 터져서 같이 웃었다. 그래도 엄마가 준 웃음과 정성에 배고픔은 잊게 되었다.

나는 '다음에는 꼭 내가 만들어 먹어야지….'라고 다짐하면서 불닭볶음면을 좋은 곳으로 보내 줬다.

정말 평범하지만 정말 행복한…

오늘은 아침부터 속이 울렁거려서 토를 했다. 아마 요 며칠 위에 기름칠을 해줬더니 놀란 모양이다. 이럴 땐 천천히 달래 줘야 한다. 어차피 먹을 시간은 많으니까 괜히 무리할 필요 없다.
일반병실에 내려와서도 매일 아침 피검사를 했다. 그 대신 중심정맥관 소독은 3일에 한 번씩만 했다. 회진도 무균실에서 하던 것처럼 진행됐다.
공간만 다를 뿐이지 일반병실에서도 무균실에 있을 때처럼 누워 있거나 휴대폰을 하며 시간을 보냈다. 하지만 질 자체가 달랐다. 무균실이 그냥 커피라면 일반병실은 티오피 정도라고 보면 된다. 아, 이거 요즘 애들은 모르려나? 나 때는 유명한 광고였는데… 뭐 굉장히 좋다는 이야기다.

한 번씩 마스크를 쓰고 꽃 한 송이 없는 회색빛 병원 복도를 산책하거나, 휴게실에 앉아 창문 밖으로 달리는 차를 감상하는 것도 별미 중 별미다.

일반병실에서는 정말 평범하지만 정말 행복한 하루를 보내는 중이다. 오늘도 신나게 쉬었더니 피곤하다. 이만 자고 내일도 신나게 쉬어야지.

끝날 때까지 끝난 게 아니다

무균실에서 일반병실로 내려온 지 13일째 되는 날이다. 그사이 가슴 철렁한 일이 하나 있었다. 무균실에서 일반병실로 내려오고 며칠 뒤, 관해가 잘되었는지 확인하기 위해 골수검사를 진행했었다. 그 당시 나는 행복이라는 마약에 취해 있어서 아픈지도 몰랐다. 내 머릿속에는 골수검사 결과를 듣고 퇴원해 집에 간다는 생각만 가득 차 있었다.

그래서 엄마가 무슨 말을 해도 "응? 퇴원?"이라고 빈 소리를 해댔다. 그렇게 골수검사를 한 뒤 며칠이 지나고, 결과가 나올 때가 된 것도 같은데 아무 소식이 없었다. 하지만 '조금 늦어질 수도 있지 뭐.'라고 생각하며 별로 개의치 않고 있었다. 어차피 나는 곧 퇴원해서 집에 갈 것이었으니까.

그러던 어느 날 교수님이 여느 때와 같이 회진을 오셨다. 오늘은 퇴원하라고 하실까 기대했지만 그런 이야기는 없으시고, 웬걸, 할 이야기가 있다며 엄마와 함께 병실 밖으로 나가셨다.

'왜 나한테 이야기 안 하고 엄마한테 하지? 그리고 왜 나가는 거야? 나가서 해야만 하는 이야기가 도대체 뭘까?'
갑자기 불안감이 엄습해 왔다.

몇 분 뒤, 병실로 돌아온 엄마는 정말 충격적인 이야기를 했다. 무슨 이유에서인지 서론이 굉장히 긴 이야기였는데, 이야기를 듣다 답답해진 나는 엄마에게 물었다.
"엄마, 그래서 어떻게 된다는 건데?"
내 물음에 엄마는 "그래서 관해가 안 되었을 수도 있대. 그럼 무균실로 올라가서 다시 항암 치료 시작해야 된대."라고 대답했다. 엄마가 계속 말을 빙빙 돌린 이유였다. 이 말을 내게 전해야 하는 엄마의 마음도 무너져 내렸을 거지만, 그 말을 들은 내 마음은 갈기갈기 찢겨져 버렸다.
땅이 꺼질 듯한 한숨이 나왔다. 내 한숨 때문에 대한민국 지도를 다시 그려야 할 정도였다. 지금은 관해가 안 될 수도 있다는 것을 알고 있지만, 그 당시의 나는 항암 치료만 하면 관해가 다 되는 줄로만 알고 있었다. 그렇기에 그 충격은 가히 말로 표현할 수 없을 만큼 컸다.

공항에 갔는데 여권이 없었을 때의 충격.
수능 날 아침, 시계를 보니 아침 8시였을 때의 충격.(물론 봐본 적은 없다.)
열심히 다이어트를 하고 체중계에 올라갔을 때의 충격.
한 달 동안 유럽여행을 다녀왔는데 집에 에어컨이 틀어져 있었을 때의 충격….

이 세상에 날고 긴다는 모든 충격을 갈아 넣어도 그때 내가 받은 충격과는 비교할 수 없을 것이다. 나는 처음 백혈병을 진단받고 병원에 왔을 때 받은 충격으로 한 번 녹다운이 됐었다. 그래도 간신히 일어나 비틀거리며 지금까지 견뎌 왔는데, 그 대가는 일어날 수 없을 만큼의 더 큰 충격이었다.

아직 확정된 것은 아니었지만 눈앞에 다시 무균실로 올라가고 있는 내 뒷모습이 보이는 것 같았다.

'아….'

모든 것을 체념한 듯 내 가드는 내려갔고, 사정없이 몰아치는 충격들에 결국 쓰러졌다. 다시 일어나야 하는데 누워 있는 게 왠지 더 편할 것 같았다. 그렇게 두 번째 카운트다운이 시작되었고, 유난히 길게 느껴지는 마지막 1초만을 남기고 있었다.

그런데 진짜 병원은 병원이라고 쓰지만 '반전'이라고 읽어야 한다. 결론은 관해가 됐다고 한다. 뭐 관해가 됐다고 하니 정말 기뻤지만 기쁜 만큼 짜증도 났다. 그리고 아직 끝난 게 아닌데 이미 끝난 것처럼 체념해 버렸던 내 자신이 부끄럽기도 했다. 마지막 1초를 남기고 다시 일어난 나는 승리를 만끽하고 있는 녀석의 뒤통수에 주먹을 날리며 말했다.

"관해 됐다잖아~!! 이 개ㅅ… 아니 멍멍아!"

이 사건은 "끝날 때까지 끝난 게 아니다."라는 말을 내 뼛속 깊이 새겨 줬다.

이때만 생각하면 아직도 심장이 쪼그라든다.

오후 3시에는 두 번째 척수항암이 예정되어 있었다. 시간이 되자 척수항암을 해주실 의사 선생님이 들어오셨다. 의사 선생님은 학생들에게 내가 척수항암을 받는 과정을 보여 줘도 괜찮겠냐고 물어보셨고, 처음 골수검사 때가 생각난 나는 괜찮다고 대답했다.

척수항암을 받기 위해 새우잠을 자는 자세로 돌아누웠다. 대부분 병실 침대는 개인적인 공간을 마련해 주기 위해 ㄴ자 모양이나 ㄱ자 모양으로 커튼이 쳐져 있다. ㅁ자로 침대를 완전히 커튼으로 덮으시는 분들도 종종 볼 수 있다. 내 병실 침대도 ㄴ자 모양으로 커튼이 쳐져 있었는데, 척수항암의 시작과 동시에 커튼이 전부 열렸다.

커튼이 열리는 소리에 새우잠을 자는 자세로 돌아누워 있던 나는 무의식적으로 고개를 돌려 커튼 쪽을 바라보게 됐는데, 커튼이 열린 자리에 커튼 대신 20개의 눈동자가 나를 응시하고 있었다. 많아 봐야 3명 정도일 줄 알았는데 생각보다 너무 많은 학생 수에 식은땀이 났다.

지금에야 그 상황을 떠올려도 웃음이 나지만, 당시에는 내가 실험체가 된 느낌이 들어 약간 당황스러웠다. 척수항암이 끝나고 4시간 동안 반듯이 누워 나는 지루하면서 고통스럽기까지 한 휴식을 취했다.

밝은 빛과 무거운 어둠 사이

2016년 5월 10일, 아침 일찍부터 일어나 앉아 있었다. 심장 소리마저도 흥겨운 오늘은 바로 퇴원하는 날이다.

퇴원하기 전, 약 처방을 받고 중심정맥관을 소독했다. 관과 주변 피부를 소독하고 관이 박힌 부위에 거즈를 덧댄 뒤 넓고 투명한 필름 테이프를 붙이는 것까지는 무균실에서 받던 소독 방식과 같은데, 이번에는 길게 늘어진 관을 똬리 모양으로 만들어 가슴에 댄 다음 큰 반창고로 덮어 고정시켰다. 집에서 편하게 지내라고 이렇게 해주신 모양이었다. 덜렁거리는 관이 없으니까 움직임이 한결 편해졌다.

다음 소독은 퇴원 후 외래진료 때 받으면 되고, 집에서 쉴 때 물이 닿지 않게 조심해 주고, 너무 과격한 움직임은 피해 주라고 하셨다. 안 그래도 그렇게 할 생각이었다. 치료가 끝날 때까지는 미우나 고우나 계속 써야 하는 관이기에 잘 관리해야 했다.

그건 그렇고 으악! 퇴원이라니! 너무 기뻐서 손발이 막 오그라든다. 이름을 '이퇴원'으로 바꾸고 이태원에 살고 싶을 만큼 퇴원이 너무 좋았다.
기다리던 엄마가 집에서 갈아입을 옷을 가지고 왔다. 나는 얼른 환자복을 벗어 수거함에 넣고 정든 내 옷으로 갈아입었다. 그리고 어디선가 들려오는 박수 소리를 들으며 그 어느 때보다 더 당당하게 병실을 걸어 나갔다.

창문을 통해 들어온 햇빛이 내 머리에 반사되어 병실 곳곳을 환하게 비춰주었다. 어두운 병실에 퇴원하는 자가 남기고 가는 희망의 빛은 이정표가 되어 모두를 퇴원의 길로 이끌어 줄 것이다. 병원 문을 열자, 쏟아지는 햇살에 눈이 부셔 얼굴이 찡그려졌다. 얇은 문 하나를 사이에 두고 이토록 밝은 빛과 무거운 어둠이 공존한다는 사실에 조금은 씁쓸해졌다.

뒤돌아보니 정말 힘든 나날의 연속이었다. 처음 입원한 3월 28일부터 오늘까지, 그 모든 시간들이 주마등처럼 스쳐 지나갔다.

그러나 칠흑 같은 어둠이 나를 덮쳐 와도 실낱같은 한 줄기 빛을 가슴에 품고 있다면 어둡기만 할 것 같았던 하루에도 결국 아침은 왔다.

그렇게 내 44일간의 첫 항암 치료는 끝이 났다.

아픈 몸은 약으로,
아픈 마음은 사람으로 치유하다

지금 친구들을 만나러 가는 길이다. 이 몸으로는 할 수 있는 게 많이 없기 때문에 간단히 집 앞 카페에서 만나기로 했다. 아프고 난 뒤 하는 첫 외출에 어색한 내 모습을 감춰 볼까 모자와 마스크를 써봤지만, 내 모습 곳곳에서 환자의 흔적이 느껴졌다.

오히려 감추려고 할수록 "나 환자요."라고 말하는 것 같았다. 오늘따라 유난히 도로의 차 소리가 크게 들리고 작은 바람에도 흠칫하게 된다. 저기 횡단보도 건너에 카페가 있는데, 마침 신호등의 초록불이 깜빡이고 있다. 예전 같았으면 뛰어가서 건넜겠지만 지금은 그럴 수가 없다. 하는 수 없이 다음 초록불이 들어올 때까지 기다렸다가 건넜다.

그렇게 도착한 카페 앞. 안에는 친구들이 나를 기다리고 있을 것이다. 그런데 이상했다. 반가워서 한달음에 달려 들어갈 것 같았는데, 정말 보고 싶었던 친구들인데, 그리 오래 떨어져 있었던 것도 아닌데 왠지 모를 괴리감이 내 발목을 붙잡았다. 어쩌다 친구를 만나는 일이 용기를 내야 하는 일이 되어 버린 건지 모르겠다.

'후….'

나는 심호흡을 한번 한 뒤 카페 문을 열었다.

"오랜만이야 다들 잘 지냈어?"

카페 안에는 다섯 명의 친구들이 나를 기다리고 있었다. 친구들이 나를 보자 웃으며 말했다.

"주완아, 머리 한 번만 보여 줘. ㅋㅋ"

"너는 그게 아픈 친구한테 할 말이냐? 주완아, 그런데 혹시 여기서 쓰러지는 거 아니지? 그럼 나 있었다고 하면 안 된다. ㅋㅋ"

"반지의 제왕 찍다 왔냐? ㅋㅋ"

"재밌는 썰 좀 풀어줘~ ㅋㅋ"

하는 말들을 쭉 들어 보니 내 친구들이 맞는 것 같았다. 음료 한 잔씩들 마시며 나는 병원에서 있었던 일들을 이야기했고, 친구들은 요즘 학교생활은 어떤지, 선생님들은 잘 계시는지, 자기들은 뭐 하고 지내는지와 같은 이야기들을 나누면서 다 같이 웃고 떠들고 참 재미있는 시간을 보냈다.

그러다 문득 매일 학교만 가면 볼 수 있었던, 자는 시간만 빼고 항상 함께했던 친구들과 이제는 시간을 내서 만나야 하는구나 하는 생각이 들어 기분이 참 묘했다. 대화를 하다가 내가 알지 못하는 이야기가 나올 때 나는 말 못 하고 가만히 웃어야만 하는 상황이 참 어색했다.

우리가 만나지 못한 시간의 공백만큼 서로의 일상도 멀어지는 게 당연하다는 걸 머리는 알고 있지만, 가슴이 슬펐다. 즐거운 자리에서 이런 생각이 드는 나 자신이 참 밉기도 했다. 하지만 이내 무거운 생각들은 내려놓고 다시 즐거운 시간 속으로 빠져들었다….

서로의 이야기꽃은 무르익어 가는데, 어째 내 몸은 갈수록 지쳐 갔다. 친구들도 내가 힘든 걸 눈치챘는지 "주완아, 이제 슬슬 일어날까?"라고 말하며 자리를 정리했다. 인사하고 헤어지려는데 내가 집에 가다가 쓰러질 수도 있다며 데려다주겠다는 친구들. 그렇게 괜찮다는데도 꿋꿋이 집 앞까지 데려다주고서는 "주완아, 다음 치료도 잘 받고 퇴원하면 또 보자. 죽지 말고 잘 살아 있어라. ㅋㅋ"라고 말하는 친구들에게 나도 "그래 노력해 볼게. ㅋㅋ"라고 대답했다. 그렇게 농담 반, 진담 반이 섞인 인사를 건네고 헤어졌다.

몸이 아프면 자신이 초라하고 어색하게 느껴져 남들 앞에 서기가 두려워진다. 설령 그게 오랜 친구였을지라도 말이다. 하지만 그럴 땐, 만약 내가 아픈 친구를 만나게 된다면 어떻게 대했을지 한번 생각해 보면 된다.

나라면 친구가 아프다고 무시했을까? 어색해할까? 불편해할까? 생각해 보면 절대 그렇지 않다. 나부터가 친구가 아프든 뭐 했든 그냥 똑같은 친구로 대할 건데, 왜 내가 아픈 사람이 되었다고 친구들이 나를 어색해할 거라 생각했는지 모르겠다. 내가 그렇듯 친구들에게도 나는 그냥 친구 이주완일 뿐인데 말이다.

몸이 아프면 마음도 덩달아 아프게 된다. 아픈 몸은 약으로 치료하고 아픈 마음은 사람으로 치유하는 것 같다.

그날 이후로 나는 더 이상 나를 어색해하지 않게 되었다.

100%를 꿈꾸는 25%

눈 한 번 깜빡였는데, 어느새 5월 21일이 되어 있었다.
어제는 외래진료를 다녀왔다. 외래진료는 오디션을 보는 것과 비슷하다. 나는 그동안 갈고닦은 백혈구와 혈소판, 적혈구들을 피검사라는 무대에 올린다. 피들의 경연이 끝나면 초조하게 결과를 기다린다. 의사 선생님이 내 피검사 결과를 지켜보신 뒤 말씀하신다.
“합격! 드리겠습니다.”
그제서야 나는 반숨을 돌린다.
왜 ‘반숨’이냐고? 아직 검사 결과가 한 가지 더 남았기 때문이다.

내가 퇴원하기 하루 전이었던 5월 9일 월요일.
그날은 군인이었던 형이 휴가를 나와, 형과 내 조혈모세포가 일치하는지 검사를 했었다. 어제가 바로 그 결과를 듣는 날이었다. 조혈모세포 이식을 받기 위해서는 공여자와 수여자의 조직적합항원(HLA) 타입이 전부 또는 일부가 맞아야 한다.
의학의 발달로 예전보다 조혈모세포 이식을 받을 수 있는 경우의 수가 많아졌지만, 형제이면서 조직적합항원이 전부 일치하는 경우가 아직까지는 여러모로 가장 좋기 때문에, 이 경우를 우선순위로 두고 공여자를 찾는 검사를 진행하는 듯했다. 형제자매는 부모가 같으므로 조직적합항원이 일치할 확률은 25%이다.

25%.
누군가에게 25%는 굉장히 낮은 확률로 느껴질 수 있다. 하지만 내게 25%는 정말 높은 확률이었다. 설령 20%, 아니 10%의 확률이었을지라도 말이다. 왜냐고? 그 25%가 맞지 않을 경우 타인 공여자를 찾는 수만 분의 일의 확률에 다른 것도 아닌 내 목숨을 걸어야 하기 때문이다.

교수님이 종이를 꺼내 내 타입을 먼저 쓰시고 형의 타입을 그 아래에 옮겨 적으셨다. 이는 흡사 로또 번호를 맞출 때와 같은 긴장감을 준다. 로또 종이를 들고 추첨 방송이 나올 때 그 번호를 로또 종이 위에 하나씩 쓰며 내 번호와 맞춰 보는 그 기분. 하나가 맞을 때마다 손발이 배배 꼬이는 그 기분.

위에 ○ 하나가 그려지고 그 아래 ○ 하나가 그려진다. 위에 또 ○ 하나가 그려지고 아래에… 그 아래에 그려지는 ×. 총 8개의 타입 중, 형과 나는 그 절반인 4개만 일치했다.
검사 결과를 듣고 난 뒤에도 나는 덤덤했다. 일치하면 좋았겠지만, 일치하지 않는다고 해서 혹여 실망한다거나 하는 감정은 단 1도 들지 않았다. 이건 누구 탓도 아니고 누구 잘못도 아니다. 그냥 형과 내 조혈모세포가 반만 같다는 것, 그게 다였다. 여전히 항상 고맙고 내가 사랑하는 우리 형이다.

검사 결과와 별개로 착잡한 마음이 들긴 했다. 조혈모세포 공여자가 있는 채로 항암 치료를 받는다는 것, 게다가 그 공여자가 형제라는 것은 넓은 바다를 항해하는 선장에게 나침반을 쥐여 주는 것과 같고, 몇 달 뒤 치를 시험의 시험 범위를 알려 주는 것과도 같다.

끝이 안 보일 정도로 넓은 바다를 나침반 없이 항해하는 사람.
시험 범위도 모르는 채, 공부하는 사람.

.

.

.

그 사람이 바로 나였다.

시작 없는 끝도,
끝 없는 시작도 없다

집에서 맞는 마지막 아침. 집에서 먹는 마지막 점심. 집에서 보는 마지막 TV. 오늘은 모든 것이 마지막이었다.

끝은 대체로 슬픈 이미지지만, 내게는 나름대로의 기쁨이었다. 휴가가 끝나지 않는다면 다음 항암 치료를 시작할 수가 없고, 항암 치료가 끝난다는 것은 또 다음 휴가의 시작을 의미하기 때문이다.

> 시작 없는 끝도, 끝 없는 시작도 없기에 현재에 멈추지 않고 나아가기 위해서는 모두를 기쁨으로 받아들이는 게 최선인 것 같다.

오후 5시쯤 입원을 했다. 역시 일요일의 병원은 조용하고 편안했다. 병실에 짐을 푼 나는 한적한 병원 로비를 유유히 헤엄쳐 다녔다.

오늘은 프랑스에 있는 누나가 한국에 입국하는 날이다. 그동안 누나에게는 내 소식을 알리지 않았었다. 괜히 올 수도 없는데 걱정하게 만들고 싶지 않았고, 다른 가족들도 그렇게 생각해서 내린 결정이었다. 무균실에 있을 때, 한 번씩 잘 지내냐고 문자가 왔었는데 그때마다 나는 잘 지낸다고, 학교 잘 다니고 있다고, 요즘 바쁘다고 자괴감 넘치는 하얀 거짓말을 했다.

나중에서야 내 소식을 들은 누나 마음과 그때 그렇게 거짓말을 해야만 했던 내 마음이 복잡하게 얽히고설켜 참 그렇고 그런 상황이었던 것 같다.

피는 물보다 진하다

누나가 병원에 왔다.

누나를 마지막으로 본 게 아마 중학교 3학년 때였을 것이다. 그 후로 누나는 계속 외국 생활을 했기 때문에 정말 오랜만에 보는 누나의 모습이었다.

그대로인 것 같기도, 아니 더 젊어진 것 같기도 했다. 나도 그대로였다면 참 좋았을 텐데, 내 모습은 야속하게도 조금 많이 변해 버렸다.

처음 내 모습을 본 누나는 무슨 생각이 들었을까 궁금했지만, 참았다가 나중에 다 나으면 물어봐야겠다.

누나가 예정에 없는 귀국을 한 이유는 누나와 내 조혈모세포가 일치하는지에 대한 검사를 하기 위해서였다. 만약 형과 일치했다면, 누나는 계속 아무것도 모른 채 프랑스에 있었을지도 모른다.

내심 누나와는 일치해 주면 좋겠다고 생각했다. 하지만 막상 일치해 이식을 진행하게 된다면, 누나가 겪을 아픔과 두려움 등이 떠올라 마음이 무겁기도 했다.
그런데 만약 내가 내 가족에게 조혈모세포를 이식해 주어야 하는 일이 생긴다면, 나는 매일 밤 제발 일치해 주기를 기도했을 것이다.

아프지 않았다면 고3이었을 나였다. 극단적으로 이식 일정과 수능 날이 겹치게 되었는데, 이식 일정을 절대 미룰 수가 없다고 하면 나는 한 치의 망설임도 없이 그깟 수능 따윈 100번이라도 포기하고 이식을 해주었을 것이다.

피는 물보다 진하다는 말이 괜히 나온 말은 아닌 것 같다. 누나도 이런 나와 같은 마음이었을 거라 생각한다.

아픔에 익숙해질 수 있을까

다시 그곳의 문과 마주하게 되었다. 이름조차도 부르기 싫은 그곳, '무균실'.

그렇게 힘들게 나왔는데 다시 내 발로 걸어 들어가야 한다니 무척이나 심란했다. 무균실 벨을 누르니 이내 간호사님이 환한 미소로 나를 반겨 주었다.

무균실 안의 모습은 소름 끼치도록 똑같았다. 나는 똑같은 문을 열고, 똑같은 통로를 지나, 똑같은 병실로 들어갔다.

마치 3월 30일, 내가 무균실에 처음 들어가던 그때로 돌아간 것 같았다. 만약 누군가 "오늘 3월 30일이야."라고 말했다면 나는 오늘이 3월 30일인 줄로만 알고 있었을 것이다.

다시 시작된 항암 치료.

이번에 받는 항암 치료의 이름은 공고항암이었다. 공고항암의 목적은 말 그대로 현재의 관해 상태를 더 단단하게 만들고, 잔존하는 암세포를 쥐어짜내 최대한으로 줄이는 것이다. 공교롭게도 처음 그 침대로 다시 배정받았다. 침대가 말을 거는 것 같았다.
"기다렸어."

'한번 해봤으니 다음번에는 수월하지 않을까?'라는 생각이 들 수도 있다. 이럴 땐 채찍질을 당한다고 생각해 보자. 나는 채찍질을 두 번 당했다고 처음보다 덜 아플 거라고는 생각하지 않는다. 처음도 아팠고 두 번째도 아플 것이다. 오히려 두 번째가 고통을 알기에, 처음 맞았던 상처가 덜 아물었기에 더 아프게 느껴질 수 있다.

기쁨에는 익숙해질 수 있지만 아픔에 익숙해진다는 것은 여간 어려운 일이 아니다. 항암 치료도 마찬가지였다. 처음 관해항암 때보다 공고항암 때 들어가는 항암제가 조금 더 약하다고는 하지만 그래도 항암제였다.
그냥 무균실에 들어왔다는 것과 항암 치료를 받는다는 사실 자체가 몸도 마음도 지치게 만들었다. 하지만 힘들다고 아프다고 포기할 수 없었다. 이보다 더한 아픔이라도 견뎌야 했다. 힘들고 아프다고 포기한다면 내게 남는 선택지는 단 하나이기 때문이다.
항암 치료를 받으며 힘든 몸은 내가 어찌할 수 없었지만, 마음만은 통제할 수 있었다. 항상 긍정적인 생각으로 내 몸을 응원해 주는 것. 내가 할 수 있는 것은 그것뿐이었지만, 그것이 지금의 내가 내일을 꿈꿀 수 있게 만들어 준 것 같다. 아무것도 할 수 없을 것 같은 극한의 상황일지라도, 스스로가 마음의 문을 열어 주지 않는다면 그 어떤 고통과 슬픔으로도 뚫을 수가 없다.

세상에서 가장 안전한 금고인 '마음'. 수많은 도둑들이 그 마음의 비밀번호를 알아내기 위해 고통을 주기도 하고 온갖 감언이설로 유혹하기도 한다. 하지만 나는 아쉬울 게 없다. 내 마음속 가장 빛나는 보석인 희망은 그 어떤 고통과 유혹도 이겨 낼 만큼 값지기 때문이다.

애써 짜증과 슬픔을 감출 필요는 없는 것 같다. 마음껏 짜증 내고 아파하고 슬퍼해도 되는데, 그 끝은 항상 강하고 긍정적인 생각이어야 한다.

이런 생각들로 몸과 마음을 굳게 무장한 나는 그렇게 두 번째 항암 치료 속으로 뛰어들었다.

엄마의 고백 03

우린 가족이니까

#

무균실을 나온다고 한다. 면회 시간이 정해져 있다는 부담감은 이루 말할 수 없었다. 정말 해방이다. 항암을 모두 끝내고, 수치도 모두 올라 일반병실로 내려가면서, 그동안 애써 주신 간호사님, 간병인분들에게 진심 감사드리고 항상 건강하고 잘 지내시라고, 다시는 안 볼 것처럼 마지막 인사를 하고 나왔는데, 아이의 말을 듣고 깜짝 놀라지 않을 수 없었다.

한 간병인분이 "주완아, 잘 지내고 또 보자."라고 했다는 것이다.

그 말을 듣고 어이가 없어, 직접 전화를 해서 따지고 싶은 마음을 간신히 누르고 뒷담을 했다.

"다 치료하고 나가는 애한테 또 보자는 말을 어떻게 할 수 있냐? 정말 다시는 마주치고 싶지도 않은 사람들이네."

그것이 1차 항암의 결과라는 것을 까마득히 모르고….

#

골수검사 결과를 보고 무균실에 다시 들어갈 수 있다는 말에 몸을 복도 난간에 기댔다. 간신히 붙들고 있는 새끼손가락이 전기가 통한 것처럼 찌릿했다. 이내 만질 수 없을 정도로 통증이 왔다….

결론적으로 골수 주변에 안 좋은 백혈구가 하나도 남아 있지 않아 수치가 안 잡혔다는 것. 결국 해프닝처럼 끝나고 완이의 퇴원이 결정되었다.

이 길로 병원 문을 나가면 다시는 오고 싶지 않은 곳. 매 순간 가슴 철렁한 일이 이제 내 일상이 되어 가고 있다. 사람들을 보면 의도적으로 피하게 되고, 두 번 세 번 보호자를 불러 대도 잘못 들은 척, 못 들은 척 능청을 떠는 안 좋은 행동이 습관처럼 익숙해져 갔다.

#

영문도 모르게 끌려간 지 44일 만에 남아 있는 세 식구가 모처럼 한자리에 마주했다. 그런데 왜 이렇게 어색하고 서먹할까. 남편은 주완이를 똑바로 쳐다보지 못했다. 그 순간 만감이 교차했을 것이다.

44일 전까지만 해도 공부 열심히 해라, 방 정리 좀 해라, 일찍 좀 일어나라, 아침밥 먹고 학교 가라… 서로 앙앙대던 피붙이 가족이, 그 며칠 사이에 낯선 사람처럼 멋쩍은 표정으로 바라보고 있었다. 그 숱 많던 새까만 머리는 온데간데없고, 얼굴은 부석부석 자다 일어난 아이처럼 뒤죽박죽이다.

잘 지냈냐?

고맙다.

미안하다….

그저 자신들만이 알 수 있는 언어로

잘 견뎌 줘서 고맙다.

한 번도 못 가서 미안하다.

아빠 다 이해해요… 등을 전하고 있었다.

우린 가족이니까.

눈빛으로 충분히 교감되고 있으니 그것마저 어색하다 할 순 없겠지.

#

아들이 퇴원하고 처음으로 친구들을 만나러 나가 얼마나 기뻤는지 모른다. 마음의 상처가 생겨 세상 사람들에 대한 두려움이 생기면 어떡하나? 온갖 걱정들이 답답한 마음을 더욱 답답하게 만들었었다. 하지만 희망의 첫 외출이 모든 시름에서 나를 구제해 주었다. 또 다른 상처를 받으면 어쩌나 하는 걱정보다는 내 아들이 외출을 했다는 것, 그것만으로 분에 넘치게 행복했다.

#

주완이한테는 누나와 형이 있다. 누나는 프랑스에 있고, 형은 군인이다. 골수이식을 위해 먼저 형과 검사를 했지만 절반밖에 일치하지 않아 이식을 못 해준다는 결과다.

"엄마, 나는 다리 밑에서 주워 왔어?"

주완이 형이 하는 말이다.

그 말을 한다는 것은 본인이 맞아서 해주고 싶었던 모양이다. 그런데도 안 맞는다는 말을 듣고 이유 없이 주완이 형이 밉고, 말하는 것조차도 듣기 싫을 만큼 짜증스러웠다.

'맞았으면 누나가 올 일도 없고, 쉽게 갈 텐데, 왜 안 맞는 거냐고! 대체….'

누가 들어도 나는 지금 억지를 부리는 것이다. 아이한테 직접 언급은 하지 않았지만 우리 엄마가 갑자기 왜 저러지? 눈치를 챘을지도 모른다.

큰애가 검사를 받기 위해 귀국하고, 그렇게 며칠이 흘러서 마음이 조금 가라앉았다.

너무너무 미안했다.

동생에게 살갑고 따뜻하고 정 많은 형인데.

내 속에서 낳은 자식, 내가 누구보다 잘 아는데….

천 일의 네 번째 이야기

평생을 갚아도 갚지 못할 감사함

엄마가 헌혈증을 받아 왔다.
학교 친구들이 십시일반으로 모아 줬다고 했다.
헌혈증 한 장 한 장이 내게 말해 주는 것 같았다.
"너 이제 이거 받았으니까 꼭 나아야 해!
그냥 주는 거 아니다! 빌려주는 거다! 나중에 건강해지는 걸로 갚아!"

아프고 나서 정말 많은 사람들의 도움을 받았다.
가족부터 친구 그리고 이름도 얼굴도 모르는 사람들까지.
그들이 그렇게 많은 도움을 주며 내게 바랐던 것은
'내가 건강해지는 것.' 단지 그거 하나뿐이었다.
나는 빚지고는 못 사는 성격이다. 받았으면 최소한 받은 만큼은 돌려주고 싶었다.
평생을 갚아도 갚지 못할 감사함이란 빚을 두고 도망칠 만큼 내 담은 크지 않다.

나는 그들의 바람대로 꼭 건강해질 것이다.
꼭!

오늘 나는 끝을 보았다

저 멀리서 익숙한 소리가 들린다. 교수님이 회진을 오신 것 같다. 회진은 짧으면 짧을수록 좋다. 회진이 짧다는 것은 그만큼 별문제가 없다는 뜻이기 때문이다. 감사하게도 내 회진은 항상 짧게 끝난다.

오늘 회진도 평소처럼 짧게 끝나는 듯했다. 그런데 이만 나가실 줄 알았던 교수님께서 "그리고…"라며 말을 이어 나가셨다. 순간 나는 무슨 일이 생긴 줄 알고 침을 꿀꺽 삼켰다.

"그리고 지난번에 누나랑 일치하는지 검사한 거 말이야… 누나에게 이식받을 수 있을 것 같아."

교수님의 말을 들은 나는 "아 네."라는 대답 말고는 어떤 말도 할 수가 없었다. 그 말을 끝으로 교수님이 무균실을 나가셨고, 그렇게 조금 길었던 회진도 끝이 났다.

그동안 잊고 있었던, 아니 잊은 척하고 있었던 25%가 100%가 되는 순간이었다. 세상에는 수많은 표현들이 존재하지만, 그 표현들로는 설명할 수 없는 그런 기분이 있다. 처음 백혈병을 진단받았을 때 그랬고, 오늘 그랬다.

눈을 감으면 여전히 나는 어두운 바다를 항해하고 있었다. 평소와 똑같은 풍경이었다. 저 멀리 희미하게 보이는 등대 불빛만 빼고는. 세상에 무조건이란 없기 때문에 성공할지 실패할지는 해봐야 알 수 있다. 하지만 끝이 있다는 걸 알게 되었을 땐 적어도 도중에 포기하지는 않게 된다.

굵직한 일들은 왜 이렇게 한 번에 일어나는지 모르겠다. 또 오늘부터 나는 더 이상 고등학생이 아니게 됐다. 아침에 학교에 다녀온 엄마가 나 대신 자퇴서에 사인을 하고 왔다. 나는 휴학을 하는 건 줄 알았는데 고등학교에는 휴학이 없는 모양이었다. 고등학교 자퇴라니, 정말 한 번도 생각해 본 적 없는 일이었다. 많이 아쉽고 아쉬웠지만, 학교는 나중에도 갈 수 있는 거니까 지금은 치료에만 집중할 때라고 나를 달랬다.

누군가의 마지막 숨소리가 내게 남기고 간 것

두 번째 항암 치료를 마치고 무균실에서 일반병실로 내려가는 중이다. 오늘은 병실 자리가 빨리 안 나와서 평소보다 조금 늦게 내려가는 것 같다.

내가 무균실에 있는 동안 암센터가 대대적인 리모델링을 시작했다고 한다. 최신화 작업을 진행 중이라는데 얼마나 좋아져 있을지 기대가 된다. 그래서 지금은 본관 6층에 마련된 임시 암센터로 가고 있다.(내가 마지막 퇴원을 하기 전까지 리모델링이 끝나지 않았다는 건 비밀!)

빨리 가서 눕고 싶다. 무균실 침대와 일반병실 침대는 하늘과 땅 차이이다. 무균실 침대가 아무리 좋아도 일반병실 침대를 못 따라온다. 눕는 자리보다 누울 때의 기분이 편안함을 좌우한다는 사실을 알 수 있다.

드디어 일반병실에 도착했다. 피곤했던 나는 낮잠 한숨 푹 자고 무균실에서

쌓인 피로를 푼 뒤, 맛있는 것을 먹어야겠다는 원대한 계획을 세웠다. 그렇게 침대에 누운 지 한 시간째. 내 원대한 계획은 물거품이 되어 버렸다. 바로 저 소리, 내 옆 침대에 누워 계시는 할아버지의 숨소리 때문이었다.
숨을 쉬시는 건지 소리를 지르시는 건지 구분이 안 갈 정도로 큰 숨소리다. 게다가 정말 빠르고 규칙적으로 숨을 내뱉으시는데, 계속 듣다 보니 한 번씩 긴 숨을 내뱉으신 다음에는 30초 정도 고른 숨을 쉬시는 것 같았다.
병실 안에 모든 사람들이 말은 않고 있지만 이 숨소리에 신경을 많이 쓰고 있다는 것이 느껴졌다. 나도 처음엔 조금 짜증이 났다. 큰 숨소리 때문에 잠도 못 자고 계속 신경이 쓰이니 머리가 다 아플 지경이었다. 하지만 병원은 아픈 사람들을 위해 존재하는 곳이다. 다 같은 처지의 사람들인데 응원해 주지는 못할망정 짜증은 내면 안 되겠다는 생각이 들어, 마스크를 쓰고 병실 밖 의자에 앉아 있었다.

저녁 8시쯤 되었을까? 할아버지의 아들과 딸로 보이는 분들이 오셨다. 그때도 할아버지는 여전히 가쁜 숨을 내뱉고 계셨다. 그분들은 다른 환자들과 보호자들에게 듣는 내가 다 죄송할 정도로 연신 신경 쓰이게 해드려서 죄송하다고 말씀하셨다. 할아버지는 그런 자식들에게 가쁜 숨을 내뱉다 쉬어 버린 목소리로 끊임없이 어떤 말을 하고 계셨다. 숨소리와 말소리가 합쳐져 무슨 내용인지는 알아들을 수 없었다.
잘 시간이 되었는데도 숨소리는 멈출 줄을 몰랐다. 하지만 지금은 그 숨소리를 들을수록 짜증 대신, 오히려 할아버지가 걱정되고 얼마나 힘드실까 하는 생각이 들어 마음이 아팠다. 물론 그렇다고 해서 소리가 작게 들리는 것은 아니었기에 침대에서 뒤척이긴 했다. 그러다 어느 순간 할아버지의 숨소리가 잦

아드는 것을 느낄 수 있었다. 나는 그 틈을 타서 다시 가쁜 숨을 쉬시기 전에 얼른 잠을 청했다.

다음 날 아침, 잠에서 깼다. 할아버지의 숨소리가 들리지 않았다. '다행히 좋아지셨나 보다.'라고 생각하며 옆을 봤는데, 비어 있었다. 나는 내 앞 침대의 환자분께 물었다.
"여기 할아버지 어디 가셨어요?"
"아… 밤사이에 돌아가셨어."

너무 큰 충격에 잠시 말문이 막혔다. 살면서 처음으로 누군가의 죽음을 가장 가까이서 느낀 순간이었다. 할아버지의 가쁜 숨소리는 지금껏 살아오신 삶과 시간들을 다시 세상에 내려놓는 과정이었던 것 같다. 자식들에게 끊임없이 하셨던 말씀에는 아픈 몸이지만 그런 상황 속에서도 자신보다 자식을 더 생각하는 부모의 마음이 담겨 있지 않았을까.

그렇게 이 세상에서 가지고 느꼈던 모든 것들을 단 한숨도 남김없이 내뱉으시고 가벼워진 몸으로 그렇게, 자신이 왔던 곳을 향해 돌아가신 것 같았다. 그 숨소리는 누군가의 아버지로서, 누군가의 남편으로서, 또 누군가의 친구, 그리고 이 세상에 살았던 한 사람으로서 조금 더 이 세상에 누군가의 나로서 존재하고픈 최후의 몸부림이자 마지막 숨소리였던 것 같다.
내가 참 경솔했다. 잠시나마 할아버지의 숨소리를 듣고 짜증을 냈던 나를 반성하고 또 반성했다.

그날 이후로도 나는 병원에서 밤새 소리를 지르시는 분도 봤고, 하루 종일 한숨을 쉬는 분도 봤고, 큰 소리로 욕을 하시는 분도 봤다. 하지만 나는 그분들의 소리가 더 이상 시끄럽게 느껴지지 않았다.

어쩌면 그것이 그분들의 마지막 숨소리가 될 수도 있었으니까.

세상에 조금 더
가까이 있을 수 있다는 건

세 번째 항암 치료를 위해 무균실로 들어왔다.

…라고 써야 맞는데, 아직도 나는 일반병실에 있다.

"헉! 무슨 일 있어?"

무슨 일 있지. 그것도 아주 행복한 일! 세 번째 항암 치료와 네 번째 항암 치료는 피 수치가 많이 떨어지지 않아, 일반병실에서 진행한다고 했다.

"헐! 대박~"

물론 그렇다고 해서 밖을 자유롭게 돌아다닐 수 있는 건 아니다. 하지만 격리되지 않고 조금이나마 세상에 더 가까이 있을 수 있다는 건 큰 행복이었다.

'야 무균실, 바보야! 너 나 또 괴롭힐 생각에 신나 있냐? 그런데 어떡해… 나 이번엔 안 가는데… 킥킥킥'

날 기다리고 있을 무균실에게 혼잣말로 작은 복수를 해줬다. 일반병실에도 무균실만큼은 아니겠지만, 필터가 돌아가고 특수 비닐로 둘러진 전용 침대가 마련되어 있었다.

이번 항암 치료에 사용될 항암제는 오전 11시부터 밤 11시까지, 12시간 동안 들어갈 거라고 했다. 항암제가 들어간 뒤에는 해독제를 맞는데, 해독제를 맞고 내가 얼마나 빨리 회복되느냐에 따라 퇴원 시기가 앞당겨질 수도 있을 거라고 했다.

초등학교 때 간 극기 훈련에서 조교 선생님이 하셨던 말씀이 떠올랐다.

"여러분이 어떻게 하느냐에 따라 극기 훈련이 천국이 될 수도, 지옥이 될 수도 있습니다. 아시겠습니까?"

"네!"

"목소리 봐라! 아시겠습니까?!"

"네!!"

극기 훈련을 항암 치료로 살짝 바꿔 보면 딱 내 상황이었다. 무균실에 가지 않는 것만으로도 행복해서 정신을 못 차리겠는데, 퇴원 시기까지 빨라질 수 있다니! 온몸이 의욕으로 빵빵해졌다.

한정된 공간이긴 하지만 그래도 마스크를 끼고 병원 복도 정도는 걸을 수 있다는 것, 무엇보다도 무균식을 먹지 않아도 된다는 사실은 잠시나마 나를 세상에서 가장 행복한 사나이로 만들어 주었다.

달콤한 초콜릿은 달콤한 만큼…

벌써 뜨거운 햇볕이 내리쬐는 8월이 되었다.
남들은 시원한 계곡과 바다로 휴가를 떠날 때 나는 시원한 병원으로 휴가를 왔다.
'병원에서 바다 사진 보면 그게 바다 가는 거지~ 하하하… 윽… 흐윽… 흑흑… 흑….'
"네 번이나 항암 치료를 받고 또 무슨 일로 입원했니?"라고 누군가 묻는다면, 네 번이나 항암 치료를 받고 또 다섯 번째 항암 치료를 받기 위해 입원했다고 대답해 줄 것이다.

7월 한 달간 일반병실에서 행복했었다. 다섯 번째 항암 치료는 다시 무균실에서 진행된다. 오늘 아침 회진에서 앞으로의 항암 치료 일정에 대한 설명을 들었다. 짧게 요약해 보면 내게 예정되어 있는 항암 치료는 총 8회이고, 지금까지 네 번의 항암 치료를 받았고, 남은 네 번의 항암 치료는 지금까지 받았던 항암 치료를 똑같이 한 번 더 진행하는 것으로 채워질 것이라고 했다. 항암 치료가 길어질수록 힘들어지긴 하겠지만, 그만큼 암세포를 쥐어짜 내는 것이므로 치료에는 더 긍정적인 영향을 줄 것 같다.

한두 번 복습하고 시험 보는 사람보다, 여덟 번 복습하고 시험 보는 사람의 성적이 아무래도 더 나을 테니까. 물론 해봐야 아는 것이긴 하지만 말이다.

잠시 잊고 있었던 무균실의 공포가 머릿속을 잠식해 갔다. 달콤한 초콜릿은 달콤한 만큼 빨리 녹아 사라진다. 일반병실에서의 마지막 밤도 달콤한 초콜릿처럼 녹아 없어지고 말았다.

선인장도 가끔은 목이 마르다

열심히 잘 살다가도 이따금 내 마음대로 따라와 주지 않는 세상이 야속하고, 인간관계도 어렵고, 나만 뒤처지는 것 같고, 나만 슬픈 것 같은 삶의 회의감이 들 때가 있다. 나 같은 평범한 사람들은 물론, 누구에게나 존경받는 현인들까지도 살면서 한 번쯤은 겪어 봤을 감정들이다.

오늘따라 그랬다.
투병생활 동안 항상 행복하게 지내려고 하고 있지만 오늘따라 조금 우울했다. 아무것도 없는 마른 사막에서 하루하루를 살아가는 선인장도 가끔은 목이 마른 것처럼. 뭐 내일이 되면 무슨 일이 있었느냐는 듯 다시 바보처럼 웃고 있을 테지만….
오늘따라 유난히 그랬다.

단골손님 서비스

무균실에 다시 들어온 지 16일째 되는 날이다. 이번에도 한결같다. 똑같은 무균실 생활, 항암제, 항암 부작용, 무균식, 그렇게 견디며 흘러가는 하루. 이제는 단골손님이 되어 버린 내게 무균실은 말하지 않아도 알아서 이것저것 챙겨 주었다.

요즘은 매번 똑같은 코스에 내가 질릴까 봐 걱정이 됐는지, 서비스로 답답함이 나오고 있다. 전에는 그럭저럭 견딜 만했던 것 같은데, 이번 무균실 생활은 너무 답답하게 느껴진다. 장마철, 갑자기 내린 비 때문에 옷이 흠뻑 젖은 상태로 버스에 탔는데, 에어컨은 고장 나 있고 설상가상 정류장마다 사람들이 10명씩 타는 기분이다. 무균실의 넘치는 사랑에 속이 다 울렁거린다.

답답함만큼이나 나를 힘들게 한 것이 또 있는데, 바로 저려 오는 두 다리였다. 저렸다기보다는 안절부절못했다는 표현이 더 정확할 것 같기도 하다. 누워 있어도, 앉아 있어도, 서 있어도, 그냥 어떤 자세로 있든지간에 다리가 너무 저렸다. 마치 두 다리가 답답함을 견디지 못하고 내게서 도망치기라도 하려는 듯 말이다.

이번 항암 치료는 유난히 더 힘든 것 같다.
하루하루를 그날의 커트라인에 맞춰 간신히 버텨 내고 있다.

착각은 자유니까!

좋은 시간들은 왜 이렇게 빨리 흘러가는지 모르겠다. 아마 영원히 풀리지 않는 미스터리로 남지 않을까. 하지만 그게 좋은 시간의 매력인 것 같다. 뭔가 덜 채워진 듯한 2%의 아쉬움이 다시금 좋은 시간들을 찾게 만든다.

나는 여섯 번째 항암 치료를 받기 위해 다시 무균실로 들어왔다. 아무리 나를 힘들게 해봤자 어차피 시간은 어떻게든 흘러간다는 걸 이젠 잘 알고 있고, 이번 항암 치료만 잘 견뎌 내면 일곱 번째 항암 치료는 또다시 일반병실에서 진행될 것이다. 그렇게 따지면 오히려 마음이 급한 건 내가 아니라 무균실이다. '안 들렸겠지?' 다행히 안 들린 것 같다. 감히 무균실 님을 앞에 두고 한 번씩 해주는 이런 귀여운 착각들은 나를 더 강하게 만들어 준다.

어차피 착각은 자유니까!

초심을 잃은 자의 최후

척수항암을 받는 날이다.

예전 같았으면 아침에 "오늘 척수항암 받는 날이에요."라는 말을 들었을 때 긴장되고 무서웠겠지만, 이제는 뭐 "네 알겠습니다."라고 대답하고 바로 휴대폰을 할 정도로 아픔에 익숙해졌다. 아니 익숙해지지는 않은 것 같다. 똑같이 아프지만, 한 가지 달라진 점이 있다면, 이제는 그 아픔 속에 두려움과 공포는 없다. 이제 내게 아픔은 그저 '아, 아프구나.' 하고 마는 하나의 감각으로 자리 잡아 버렸다.

척수항암이 끝나고 누워서 휴식을 취하고 있다. 휴식은 척수항암의 부작용으로 찾아올 수 있는 두통을 예방하기 위한 중요한 과정이다. 4시간 동안 누워 있어야 하기 때문에 미리 화장실도 다녀오고 휴대폰에 영화도 다운받아 놓곤 한다.

그런데 한 시간이 지난 지금 약간 느낌이 안 좋다. 다리가 배배 꼬이기 시작했다. 분명 화장실에 다녀왔었는데 다시 화장실에 가고 싶다. 일어나면 안 되는 걸 알고는 있지만, 그렇다고 바지에 오줌을 쌀 수는 없다.
솔직히 말하면 지난번 척수항암 때 딱 한 번 3시간 조금 넘어 일어난 적이 있었는데, 아무 이상이 없었다.

> 원통에 유리구슬을 반쯤 채워서 흔들면 대부분의 유리구슬은 깨지겠지만, 신기하게도 멀쩡한 유리구슬이 한 개씩 나온다. 이 유리구슬이 깨지지 않은 이유는 다른 게 아닌 단지 운이 좋았다는 것뿐이다. 하지만 정작 자신은 그 사실을 모르고 자기가 다른 유리구슬보다 단단해서 깨지지 않은 거라고 생각한다.

나도 그랬다. 한 번 운 좋게 아무 이상이 없었으면 감사하게 생각하고 다음번에는 그러지 않았어야 했는데, '이번에도 괜찮겠지? 3시간이나 1시간이나 거기서 거기겠지?'라는 생각을 해 버렸다. 그래서 엉거주춤 화장실로 가서 오줌을 쌌다. 그런데 싸고 나니 왠지 참으면 참을 수도 있었겠다는 생각이 들었다. 오줌을 쌌지만 왠지 모를 찝찝함에 기분은 별로였다.

지금 생각해 보면, 무균실이 나를 시험에 들게 한 것이 아닌가 싶다. 의아한 점이 한두 가지가 아니다. 원래 안 그랬는데 왜 갑자기 오줌이 마려웠을까? 평소처럼 미리 화장실도 다녀오고 일부러 몇 시간 전부터 물도 안 마셨는데 말이다. 그리고 왜 3시간이나 1시간이나 똑같을 거라는 말도 안 되는 판단을 한 거지?

이건 아무리 생각해 봐도 무균실이 나를 시험에 들게 한 거라는 결론 말고는 답이 나오지 않는다. 무균실은 미끼를 던진 것이었고, 나는 그것을 콱 물어 버린 것이었다.

그렇게 나는 미끼를 물어 버린 죄로 딱 한 번 남은 마지막 척수항암에서 그 힘들다는 척수항암 부작용을 겪게 되었다.

인생사  새옹지마라더니!

척수항암 부작용을 두통이라고 표현하는데, 앞에 '세상에 없던'이라는 글자가 빠진 것 같다. 내가 웬만하면 죽을 것 같다는 표현을 안 쓰는데… 와! 이건 진짜 머리가 죽을 것같이 너무 아팠다.
누워 있을 땐 그나마 괜찮았다. 그래서 그 틈을 타 조금이라도 일어나려고 하면, 어디선가 두통이 벼락같이 찾아왔다. 마치 아빠가 뉴스를 틀어놓고 자고 있는 것 같기에 재미있는 것 좀 보려고 채널을 돌리면 "아빠 뉴스 보고 있다."라고 말하는 것처럼 말이다. 그래서 원래 잘 못 먹던 밥을 더 잘 못 먹게 되었고, 화장실도 큰 맘 먹고 다녀와야 했다.

누가 내 머리로 팽이를 돌리고 있는 것처럼 어지러웠다. 너무 어지러운 나머지 나도 모르게 눈물이 흘렀다. 어이가 없었다. 하루 종일 머리가 아프니 불면증까지 찾아왔다.

> 매일 밤 나는 잠과의 사투를 벌였다. 나는 네가 이기나 내가 이기나 해보자는 심정으로 눈을 감고 잠이 오길 기다렸는데, 매번 먼저 항복하는 건 나였다. 휴대폰조차도 잠든 새벽 4시에 나만 말똥말똥 깨어 있었다.

그렇게 뜬눈으로 밤을 지새우다 보면 어느새 씻을 시간이 되어 있었다.
잠을 못 자는 날이 길어질수록 내 모습은 더 초췌해졌다. 결국에는 수면제까지도 처방받아 먹어 봤는데, 내 불면증을 이기기에는 역부족이었다. 오히려 수면제를 먹은 내게 벌이라도 주듯, 정신이 더 맑아지기에 이르렀다. 잠을 자지 않으니 지금이 밤인지 낮인지도 모르겠고, 안 그래도 긴 하루가 더 길게 느껴졌다.

두통과 불면증에서 해방되어 정신이 들 때쯤 달력을 보니 벌써 또 한 장의 달력이 넘어가, 시간은 10월 중순을 달리고 있었다. 그래도 두통과 불면증 덕분에 여섯 번째 항암 치료는 기절한 듯 지나갔다.

좋은 소식과 안 좋은 소식

오늘은 여섯 번째 항암 치료를 마치고 퇴원하는 날이다. 8일 전 내려온 일반병실에는 좋은 소식 하나와 안 좋은 소식 하나가 나를 기다리고 있었다. 먼저 안 좋은 소식부터 말해 보자면, 중심정맥관에서 세균이 검출되었다고 한다. 그래서 3일 전에 중심정맥관을 제거하는 수술을 받았다.

중심정맥관을 넣어 본 적은 있지만 아직 빼본 적은 없었기에 조금 설렜던 나였다. 넣는 것보다 빼는 게 더 간단했다. 소독 후, 가슴에 마취 주사를 놓고 칼로 어딘가를 쓱싹쓱싹하더니 “숨 한번 깊게 들이마시고 참으세요!”라고 말했다. 숨을 깊게 들이마신 뒤 참았더니, 한 손으로는 내 가슴을 누르고 다른 한 손으로는 관을 잡은 뒤 한 번에 쑤-욱 뽑아 냈다.
관을 뽑고 나니 고통도 잠시, 너무 개운했다. 처음엔 관에서 발견됐던 그 세균을 욕했는데, 지금은 쑥스럽지만 고맙다. 일반병실에서 받는 항암 치료는 팔에 있는 혈관으로도 받을 수 있기 때문에 이번에 뺀 중심정맥관은 조혈모세포 이식을 받을 때쯤 다시 심게 될 것 같다.

좋은 소식은 바로 다음에 받을 일곱 번째 항암 치료가 내 마지막 항암 치료가 될 것이라는 소식이다. 치료 경과와 이식 일정을 종합해 보니 일곱 번째 항암 치료로 마무리해도 될 것 같다는 교수님의 자비로운 판단으로 인해, 나는 드디어 마지막 항암 치료를 눈앞에 두게 되었다.

> 내게 이런 행운이 찾아오다니 역시 항암 치료 오래 하고 볼 일이다. 아직 진짜는 시작도 하지 않았기에, 생각하면 아직도 첩첩산중이긴 하지만 지금은 그런 생각보다는 퇴원의 기쁨을 즐길 때이다. 오늘의 기쁨을 내일로 미루지 말자!

나는 사막을 걷고 있는 여행자

병원으로 가는 길.
봄바람을 맞으며 걸었던 길, 뜨거운 햇살을 피해 나무 밑으로 걸었던 그 길을 이제는 낙엽 소리와 함께 걷고 있다. 한때 모두의 그늘이 되어 주던 나무도 가을이 되자, 태양을 뒤덮었던 푸른 나뭇잎은 눈물처럼 떨어지고 모두가 떠난 자리에 앙상한 가지만을 내놓은 채 홀로 서 있다.

하지만 저 나무가 쓸쓸한 가을을 견디고 시린 겨울까지도 이겨 낸다면, 나무가 흘린 눈물은 거름이 되어, 어느새 모두의 그늘이 되어 주던 그때 그 모습으로 우리를 기다리고 있을 것이다. 나는 알고 있기에 기다릴 것이고, 나무도 알고 있기에 견뎌 낼 것이다.

오늘은 마지막 항암 치료를 받는 날이다. 엄청 신나야 하는데, 그토록 기다렸던 마지막 항암 치료 날인데 정작 마지막 항암 치료가 다가오니 '정말 이게 마지막일까?'라는 생각이 들어 내 마음은 김빠진 콜라처럼 밍밍해져 갔다.

물론 마지막 항암 치료다. 길고 길었던 항암 치료의 마지막인데 또 보면 마지막이 아니었다. 처음 항암 치료를 시작했을 때 그토록 기다렸던 마지막이란, 다가갈수록 멀어지는 무지개와도 같았다. 그렇다고 포기할 순 없었다. 포기하기엔 너무 아름다운 무지개니까 말이다.

"이번에만 잘 버티자. 거의 다 왔어. 정말 마지막이야."
머리가 아무리 속여 봐도 내 눈코입이, 내 피부가 이제는 의심을 하기 시작했다. 곧 끝난다는 그 한마디에 속아 지금껏 버텨 온 내 몸이었다.
생각해 보면 내 몸은 다 알면서도 속아 준 것이 아니었나 싶다. 그렇게 속아야만 버틸 수 있는 시간들이었다. 나는 사막을 걷고 있는 여행자였다. 앞뒤가 구분이 되지 않을 정도로 광활한 사막이었다. 이런 상황 속에서도 나를 걷게 하는 것은 저 멀리 보이는 오아시스였다.
하지만 간신히 도착한 그곳에서 날 기다리는 것은 모래바람의 웃음소리였다. 신기루였던 것이다. 머릿속이 하얘졌지만 걸음을 멈출 수는 없었다. 여기서 멈춰 버린다면 나도 이 사막의 모래가 되어 버릴 것이기에.

그때 저 멀리 또 하나의 오아시스가 보인다. 나는 그 오아시스를 향해 또다시 무거운 발걸음을 옮긴다. 이번에 보이는 저 오아시스는 진짜일 수도 있으니까 말이다.

같은 날,
다른 시험

웬일인지 일찍 일어난 나는 베란다 창문 밖으로 눈 산책을 했다. 그런데 오늘따라 거리가 참 조용하다. 도로에 차들도 없고, 걸어 다니는 사람도 없다. 시곗바늘도 평소보다 더 조심히 흘러가는 것 같고, 공기마저도 얼어붙은 듯 조용하다.

'오늘 무슨 일 있나?'
단언컨대 오늘은 우리나라에서 가장 많은 사람들이 긴장하고 있을 날일 것이다. 전국에 있는 고3들이라면, 또 그들과 조금이라도 관련되어 있는 사람들이라면 오늘만큼은 겉으로든 속으로든 긴장하며 마음을 졸이고 있을 것이다. 오늘은 바로 수능이라고 불리는 대학수학능력시험이 치러지는 날이기 때문이다.
오늘 아침을 맞은 수험생들은 어떤 기분이었을까? 누군가는 오늘이 후회될 수도 있을 것이고, 매일을 오늘처럼 치열하게 살아온 누군가는 오늘이 무덤덤할 수도 있을 것이고, 또 누군가는 오늘이 후련할 수도 있을 것이다.
시험장에 들어선 수험생들은 지금쯤 한창 국어시험지를 넘기고 있을 텐데, 이때도 누군가는 벌써 SKY 정문에 들어가고 있을 수도, 누군가는 헷갈리는 답에 식은땀을 흘리고 있을 수도, 또 누군가는 이미 내년 시험을 생각하고 있을 수도 있을 것이다.
뭐 이런저런 생각들은 전부 내 추측일 뿐, 그들이 어떤 기분이었고, 지금 어떤 심정으로 시험을 보고 있을지는 알 수 없다. 하지만 한 가지 확실하게 알고 있는 건 오늘의 결과와 상관없이 이들 모두가 대단한 사람들이고, 박수 받을 자격이 있다는 것이다.

우린 초등학교에 들어가 학생이란 이름을 달면서부터 마라톤을 시작해 수능이라는 결승점을 향해 장장 12년 동안을 달려간다. 12년간의 마라톤이라니, 말만 들어도 등골이 오싹한데 더 등골이 오싹해지는 것은 거의 대부분의 학생들이 이 12년간의 마라톤을 완주한다는 사실이다.

사실 이 마라톤에는 슬프지만 순위라는 게 존재하고, 그 순위에 따라 등급이 나뉘며, 그 등급에 따라 12년간의 노력이 평가된다. 이 평가로 인해 누군가는 일등이 되고 누군가는 꼴등이 된다. 하지만 나는 일등에게도, 꼴등에게도 똑같이 잘했다고 말해 주고 싶다.
마라톤 경기를 보면 일등 목에는 금메달이 걸리고, 꼴등 목에는 완주 메달이라는 게 걸린다. 일등도 물론 대단하지만, 완주자도 정말 대단하다는 것을 모두가 인정하기 때문에 꼴등 목에도 완주 메달이 걸리는 거라고 나는 생각한다.

단 한 번의 시험으로 12년간의 노력이 평가된다는 게 참 씁쓸하지만, 결과가 어떻게 나오더라도 자신이 12년간의 마라톤을 완주했다는 게 얼마나 대단한 일인지, 그 대단한 일을 해낸 자신은 또 얼마나 대단한 사람인 건지 꼭 생각해 봤으면 좋겠다. 성적표에 적힌 숫자가 인생의 순위가 아니라는 것도 함께 말이다.

비록 나는 완주는 못 했지만, 11년 동안은 같이 달려왔던 동지로서 그들이 얼마나 애써 왔을지 잘 알기 때문에, 부디 모든 수험생들이 실수 없고 후회 없이 12년간의 노력을 전부 발휘하길 진심으로 바랐다.

그런데 생각해 보니 나도 시험이라면 시험을 보는 중이다. 내가 보고 있는 시험의 이름은 음… 뭐, '주완 건강 회복 시험'쯤으로 보면 될 것 같다. 아무튼 이 시험은 절대 떨어지면 안 되는 시험이다. 결과보다 과정이 더 중요할 때도 있지만, 이 시험은 과정이 어찌됐든 결과가 제일 중요하다. 무슨 수를 써서라도 무조건, 무조건 잘 봐야 한다.
떨어지면 어떻게 되냐고? 아직 생각 안 해봤고, 하고 싶지도 않다. 다행히 지금까지는 그럭저럭 잘 보고 있지만 아직 제일 어려운 과목이 남아 있다. 원래 시험의 결과는 가장 어려운 과목에서 판가름 나기 때문에, 만약 이 과목에서 삐끗해 버리면 그동안 잘 해왔다는 건 그저 자기 위로밖에 되지 않을 것이다.
떨어지더라도 다음에 잘 보면 되는 거 아니냐고 말할 수도 있지만, 문제는 다음 시험이 없을 수도 있다는 것이다.
'휴우….'
늘 그랬듯 압박감이 어깨를 짓누른다. 하지만 또 언제나 그랬듯 잘 해낼 것이다.

아프지 않았다면 나도 그들과 같은 날, 같은 시험을 보고 있었을 것이다. 그런데 어쩌다 보니 같은 날, 다른 시험을 보게 되었다.

마지막 
단 하나의 퍼즐 조각

11월의 마지막 날이다.
오늘 밤이 지나면 쉼 없이 달려왔던 2016년 11월은 12월에게 시간을 맡기고 영원한 휴가를 떠날 것이다. 오늘은 심장초음파를 받는다. 사실 지금까지 받아 왔던 모든 항암 치료는 조혈모세포 이식을 위한 준비 과정이었다고 봐도 무방하다.

> 수만 개의 퍼즐 조각을 맞춰도 마지막 단 하나의 퍼즐 조각을 맞추지 못한다면, 그동안 맞춰 왔던 수만 개의 퍼즐 조각은 단지 커다란 조각일 뿐, 작품이 될 수 없다.

마지막은 자의든 타의든 그 시간의 결과라는 책임을 지게 된다. 축구에서 골을 넣었을 때 우리는 그 골이 처음 누구의 패스로부터 시작되었는지보다 마지막에 누가 골을 넣었느냐를 기억한다. 하지만 골이 먹혔을 때도 우리는 처음 실수한 사람보다 가장 마지막에 실수한 사람을 비난한다. 그래서 마지막은 영웅이 될 수도, 역적이 될 수도 있다. 병원에서도 이 마지막의 중요성을 알기 때문에 만반의 준비를 한다.

조혈모세포 이식을 받기 위해서는 이식 전 전처치라고 불리는 기존의 항암 치료보다 더 강한 항암 치료를 받게 되고, 때에 따라 방사선 조사도 받게 된다. 이로 인해 더 많은 부작용들이 발생하게 되며 그 정도가 기존보다 심각할 수도 있다.

그러므로 조혈모세포 이식을 계획하는 의사는 이식이 환자에게 득이 될지 실이 될지를 면밀히 판단하기 위해, 현재 이식을 받는 환자에게 감염원이 될 만한 질환은 없는지, 주요 장기의 기능은 이식의 과정을 견딜 수 있는지 등에 대한 정밀검사를 진행한다. 심장초음파도 그 정밀검사 중 하나였다.

이렇게 치밀한 준비 과정은 나뿐만이 아니라 누나에게도 적용된다. 단순히 이해관계로만 계산해 보면 누나는 건강한 사람이고, 나는 환자이다. 누나는 자신의 모든 계획을 바꿔 가면서까지 내 치료 일정에 맞춰 주었고, 나는 가만히 기다리기만 했다.

> 한마디로, 누나는 대가 없이 날 살리기 위해 희생만 하는 사람이고, 나는 받기만 하는 사람인 것이다. 하지만 이런 천사 같은 누나임에도 절대 희생할 수 없고, 나도 절대 받을 수 없는 것이 하나 있는데, 그것은 바로 누나의 건강이다.

건강한 사람이 환자를 살리기 위해 자신의 건강을 잃는다? 절대 있어서도, 일어나서도 안 되는 일이다. 누나가 내게 조혈모세포 이식을 해준 뒤 누나의 머리는 그 사실을 기억할지라도, 누나의 몸은 그 사실을 기억하면 안 된다.
그래서 오늘 누나도 나와 같이 심장초음파를 받았고, 내게 조혈모세포를 이식해 주는 날까지 여러 검사를 받고 관리를 받았다. 그리고 오늘 누나는 심장초음파와 더불어 1차 자가헌혈을 했다. 누나가 내게 조혈모세포 이식을 해주는 날, 많은 피를 뽑게 되는데 그때 자가수혈을 통해 피를 보충해 주기 위함이었다.
심장초음파는 정말 간지러운 검사였다. 심장부터 배까지 미끌미끌한 액체를 바른 뒤, 탁구공 같은 것이 박혀 있는 초음파 기계를 대고 이리저리 굴린다. 심장초음파인데 왜 배까지 기계를 대고 확인하는 건지는 잘 모르겠다. 아무튼 그렇게 광범위하게 초음파검사를 하는데 이거는 뭐, 적당히 간지러워야지 참지 너무 간지러웠다. 재밌는 상황이 아닌데 계속 웃는 나 때문에 검사해 주시는 분도 웃음이 터졌다.

그렇게 재미있는(?) 심장초음파를 끝내고 집으로 돌아왔다.

사람이 사람을 살린다는 것

공증을 받으러 가는 날이다.
공증은 특정한 사실 또는 법률관계의 존재 여부나 내용을 공적으로 증명하는 행위라고 한다. 나도 이날 공증이라는 것을 처음 알게 되었다.

그래서 무엇을 공증받느냐 하면?
원래 조혈모세포 이식이라는 것이 위협이나 협박, 무언의 압박 같은 그 어떠한 외부적 요인 없이, 그리고 그 어떠한 보상이나 대가도 없이, 순전히 이름도 얼굴도 모르는 저 사람을 살리고 싶다는 자발적 의지 하나만으로 이루어져야 한다.
그렇기 때문에 누나는 조혈모세포 공여가 자신의 자발적 의지라는 것을, 나도 무한한 감사함만을 줬을 뿐이라는 것을 공증받았다.

사람이 사람을 살린다는 것.
이보다 더 숭고하고 고결한 일이 또 있을까?

나는 누나에게 이식을 받기 때문에 평생 감사하기라도 할 수 있지만, 타인에게 이식을 받을 때는 성별과 나이 정도만 알뿐 서로의 이름도 얼굴도 모르는 채 진행되기 때문에, 이것은 온전한 자기희생 그리고 그것을 받아들이는 겸허한 마음만이 존재하는, 그 어떤 말로도 포장할 수 없는 신성함 그 자체의 일이다.

그렇게 그날은 공증을 통해 조혈모세포 이식 날에 한 발 더 다가서게 됐다.

엄마의 고백 04

다시금 겸손해야 함을 느끼며

#

누나와 100% 일치 판정으로 나왔다.

정말 어려울 수 있는 경우는 피하게 되어 얼마나 감사한지 고개를 들어 하늘을 봤다.

평소에 이기적이고 자신이 항상 우선이었던 누나였다. 그런데 동생이 아프다고 하니 두말도 하지 않고 적극적으로 협조하는 모습이, 어찌 보면 동생이고 가족인데 당연한 것 아니냐고 할 수 있지만, 그렇게 단순한 말 한마디로 넘겨 버릴 만큼 단순한 게 아니라고만 말해 두자.

좋은 일이 있으면 또 마음 상하는 일도 있기 마련이다.

학교에 자퇴서를 내고 왔다.

몇 개월 동안의 행적이 모두 없었던 일로 처리되어 고2 상태에 머물게 된다고 한다. 못내 아쉬움에 발걸음이 떨어지질 않았다. 내 안에 아직도 작은 욕심이 도사리고 있음을 느끼면서 씁쓸해지는 마음을 추스를 길이 없었다.

그래도 주완이한테는 절대 내색하지 말자 다짐, 다짐 또 다짐을….

#
벌써 수능이다.
교복을 입고 지나가는 학생들…. 우리 완이가 아프기 전까지는 아무 데서나 재잘재잘 장난치고 떠들면서 신경 쓰이게 하는 학생들이 못마땅하게 느껴질 때가 많았다.
그런데 지금은 너무 부럽다. 주완이도 수능을 치러야 대학을 갈 텐데… 아직 졸업도 못 했으니. 참 세상이 마음대로 되지 않는다.
다시금 겸손해야 함을 느낀다. 언제, 어디선가, 누구에게, 무심코 상처를 주었을 수도 있을 잘못까지 다 떠올려 본다. 어디 사는 누군지, 이름도 성도 알 수 없는 그 누군가에게 사과를 한다.

혹시라도 나로 인해 상처를 받았으면 진심으로 사과한다고, 그땐 정말 미안했다고….
한없이 약해지는 마음을 추스를 길이 없었다.

#
좋은 일이 아닐 수 있지만, 분명 좋은 일이다.
다행이지만 좋지 않은 일. 이식 절차를 하나하나 밟아 가고 있기 때문이다.
그 덕분에 큰애도 귀국해 있고, 근사한 레스토랑은 아닐지라도 맛있는 치킨도 배달시켜 같이 둘러앉아, 서로가 서로에게 애틋한 가족애도 느끼면서 든든한 의지가 되어 주었다.

우리는 그렇게 한마음이 되어 가고, 더 소중한 가족이 되어 가고 있다.

천 일의 다섯 번째 이야기

살고자 하면 죽을 것이고
죽고자 하면 살 것이다

불안감이 엄습하던 그때,
내 안의 백혈병이 "생존율 40%면 네가 어쩔 건데?"라고 속삭였다.
맞다, 생존율 40%든 20%든 내겐 아무런 상관이 없었다.
조혈모세포 이식을 받지 않는다면 내게 남은 선택지는 하나뿐이기에
나는 생존율이 단 1%였을지라도 이식을 진행했을 것이다.
살아남는 한 명이 내가 될 수도 있는 거니까 말이다.

만약 내가 살아남는 그 한 명이 된다면, 그 1%가 나에게는 곧 100%인 것이다.
솔직히 백혈병 진단을 받은 그 순간부터 이미 내 인생에서 확률은
무의미한 것이 되었다. 확률은 숫자에 불과하다는 말.
나는 그 말을 꼭 증명해 볼 생각이다.

5년 생존율 40%

이번 설명회의 주제는 바로 조혈모세포 이식. 설명회에는 나와 이주완의 최대주주인 누나, 그리고 대주주인 엄마가 대표로 참석했다. 교수님의 입장과 함께 회의실 불이 꺼지고 프로젝터가 켜지며 조혈모세포 이식에 대한 설명회가 시작되었다.

턱을 쓰다듬고 고개를 끄덕이며, 진지하고 심각한 자세로 교수님의 설명을 주의 깊게 들었다. 그렇게 나는 교수님의 설명을 통해 교수님의 말씀이 한국말이라는 것을 잘 알 수 있었다.

조혈모세포 이식 설명회에서는 내가 앓고 있는 급성림프구성백혈병에 대한 간단한 설명, 그동안 내가 받아 왔던 항암 치료에 대한 설명, 현재 나의 상태에 대한 설명이 차례를 이뤘고, 드디어 조혈모세포 이식에 대한 설명이 시작되었다.

그동안의 항암 치료는 내 몸 안의 암세포를 최대한 제거하는 과정이었다고 한다. 조혈모세포 이식은 조혈모세포 이식을 받기에 앞서 전처치라고 불리는 아주 강력한 항암 치료를 통해, 잔존 암세포와 암세포를 만들어 내는 환자 자신의 조혈모세포까지도 제거한 다음, 새로운 조혈모세포를 이식해 주는 치료법이라고 했다. 한마디로 조혈모세포 이식은 불량품을 생산해 내는 내 공장을 부수고 새로운 공장을 짓는 것이었다.

때에 따라 조혈모세포 이식을 하지 않는 경우도 있지만, 나는 유전자 변이로 인해 조혈모세포 이식을 받아야만 완치를 바라볼 수 있다고 하셨다. 뒤이어 내 유전자 변이 타입에 대해 설명해 주셨다.

"이주완 환자의 유전자 변이 타입은 …으로 조혈모세포 이식을 받았을 때 5년 생존율은 40% 정도입니다. 조혈모세포 이식을 한 뒤…."

'아 그렇구나… 그런데… 자… ㅈ… ㅏ… 잠깐만… 뭐… 뭐라고?!'

병실로 돌아가 초콜릿을 먹을 생각을 하고 있던 찰나에 정신이 번쩍 들었다.

'5년 생존율 40%라니?! 이 말 나만 들은 건가? 아니 잘못 들은 건가?'

싸늘했다.

교수님이 설명을 이어 나가셨지만, 내 머릿속에는 이미 5년 생존율 40%만이 맴돌고 있었다.

설명이 끝나자 교수님은 궁금한 점이 있으면 물어보라고 하셨다. 나와 엄마, 누나는 서로의 눈을 피한 채 귀를 만지고 머리를 쓸어넘기며 앞만 보고 있었다. 역시 그 말을 나만 들은 게 아니었던 모양이다. 끈적한 어색함이 회의실 안을 가득 채웠다.

정적을 깨고 용기를 낸 건 누나였다.

"저… 5년 생존율 40%라는 게… 왜…."

하지만 당황한 마음을 다는 감출 수 없었는지 누나는 말끝을 흐렸다. 그도 그럴 것이 오늘 아침까지만 해도 우리는 "이식만 잘 이겨 내면 다 낫는 거니까 조금만 더 힘내자."라며 서로를 다독였었다. 그렇게 이식만 하면 다 낫는 건 줄 알았던 우리에게 5년 생존율 40%라는 말은 큰 충격으로 다가왔다.
누나의 질문에 교수님은 내가 항암 치료를 일정대로 잘 소화해 냈고, 무엇보다도 젊기 때문에 잘 이겨 낼 거라고 말씀하셨다.
5년 생존율 40%. 쉽게 말하면, 똑같은 날 조혈모세포 이식을 받은 10명의 환자가 5년 뒤 다시 만나기로 약속하고 헤어졌는데, 5년 뒤 약속 장소에 나온 사람은 4명뿐이었다는 뜻이다.

누나는 2차 자가헌혈을 한 뒤 집으로 돌아갔고 나는 병실로 돌아왔다. 침대에 누운 나는 한동안 천창만 바라보았다. 재미있었다.
'백혈병 얘 그냥 온 게 아니구나. 정말 준비 단단히 하고 찾아왔구나.' 하는 생각이 들었다. 또 한편으로는 '잘 살던 나한테 갑자기 찾아와서 이 지경까지 만들어 놓고… 그래 내가 많이 양보해서 거기까지는 이해할 수 있다고 쳐. 그런데 이 정도 했으면 서로서로 좋게 끝내야지! 지는 하나도 양보 안 하려고 그러네?'라는 생각도 들어 조금 괘씸하기도 했다.

나도 참을 만큼 참았다. 더 이상의 타협은 없다. 네가 없어져야 내가 사는 게임에서 이제는 승부를 봐야만 했다. 또다시 마음을 굳게 먹었다.
"살고자 하면 죽을 것이고 죽고자 하면 살 것이다."라는 말이 괜히 나오지는 않았을 것이다. 그렇죠? 이순신 장군님… 장군님만 믿을게요.

복도 끝의 문이 열린 날

무균실에 입성했다.
심호흡을 크게 하고 익숙한 병실로 들어가려는 나를 간호사님이 붙잡았다.
"이번엔 저쪽으로 가야 해."
간호사님이 가리킨 곳은 복도 끝의 문이었다.

2016년 3월 30일, 내가 무균실에 처음 들어온 날이자, 복도 끝의 문과 처음 만난 날이다. 분명 그날 나는 무균실의 모습을 둘러보며 복도 끝의 문을 봤던 기억이 난다. 하지만 그때는 다른 무언가를 신경 쓰거나 궁금해할 정신이 없었기에 복도 끝의 문과의 첫 만남은 그렇게 스치듯 기억 속에서 사라졌다.
그 뒤로도 무균실을 들락날락하며 그 문을 계속 봐왔지만, 인기척도 느껴지지 않고 항상 조용했기 때문에 창고나 쓰지 않는 병실이라고만 생각했었다. 그 문을 볼 때면 드는 느낌이 하나 있었는데, 대략 표현해 보자면 이렇다.

오래된 저택에 중학생 딸과 초등학생 아들을 둔 젊은 부부가 이사를 온다. 직장 때문에 멀리서 이사를 온 부부는 다시 생각해 봐도 이렇게 넓고 관리가 잘된 저택을 이 가격에 샀다는 것이 믿어지지가 않는다.
이사 온 첫날, 저택에 오래 근무했다는 집사 할아버지에게 인사를 하고 부부가 바쁘게 짐을 정리하는 동안, 아이들은 희한하게도 꼭 숨바꼭질을 하기 시작한다.
그러다 대개 숨을 곳을 찾던 초등학생 아들이 장롱 뒤라든지 다락방에서 심하게 긁히고 불에 그슬린 자국이 있는 오래된 나무 문(싼 값에 집을 살 수 있었던 결정적인 이유)을 발견한다.
무언가에 이끌린 듯 그 문으로 다가가 손잡이를 돌리려는 순간, 어디선가 갑자기 나타난 집사 할아버지가 아이의 손을 잡아채며 낮고 단호한 목소리로 말한다.
"이 문을 절대 열어서는 안 돼. 절대."
그렇게 집사 할아버지의 손에 이끌려 허둥지둥 방을 나서는 아이는 자신을 부르는 듯한 목소리에 뒤를 돌아보게 되는데, 그때 닫히는 문틈 사이로 오래된 나무 문과 눈이 마주치게 된다….

복도 끝의 문이 딱 이 오래된 나무 문 같았다.
생각해 보면 그렇게 호기심 많은 내가 왜 한 번도 복도 끝 문의 정체에 대해 물어보지 않았을까 하는 의문이 든다. 내가 그 문에 대해 물어보지 않은 이유는 어쩌면 그 문을 처음 본 순간부터 이미 내게 다가올 운명을 예감했기 때문은 아니었을까?
아이는 반드시 그 오래된 나무 문 앞에 다시 서게 될 것이다. 그 문을 열었을 때, 진짜 이야기가 시작될 테니까 말이다. 나도 돌고 돌아 내 진짜 이야기를 시작하기 위해 복도 끝의 문 앞에 섰다. 고개를 들자 선명히 보이는 네 글자 '이식병동'. 궁금하지만 궁금해할 수 없었던 그곳의 정체는 바로 조혈모세포 이식을 받는 이식병동이었던 것이다.

그동안 받았던 한 번 한 번의 항암 치료들도 올해의 공포영화상 후보에 들 만큼 쟁쟁했는데, 조혈모세포 이식 앞에서는 코믹물에 불과했다. 앞으로 펼쳐질 진짜 이야기는 도대체 어떤 이야기일지 짐작조차 할 수 없었다.

간호사님이 짐을 가져오는 그 짧은 시간이 내가 마음을 추스를 수 있는 유일한 시간이었다. 간호사님이 짐을 가져오자 어느새 나는 문 안쪽으로 들어와 있었다. 내 앞에는 두 개의 이식병실이 있었고 나는 왼쪽에 있는 이식병실로 들어갔다.

이식병실은 나 혼자 사용하는 1인실이었다. 5평 정도 되는 이식병실의 정면에는 매우 큰 창이 있었고, 문 바로 옆에는 뭔가 훨씬 더 좋아 보이는 침대가 있었다. 이식병실의 침대는 비닐 커튼으로 둘러싸여 있지 않았다.

구석에는 화장실과 샤워실이 있었는데, 재미있는 건 화장실과 샤워실에 문이 없다는 것이었다. 아마 응급상황이 발생했을 때를 대비해 문을 없앤 것 같았다. 대신 열고 닫을 수 있는 불투명한 비닐 커튼이 쳐져 있었다. TV도 있었는데, 침대에 누워 편히 볼 수 있는 각도에 놓여 있었다.

'휴우….' 깊게 숨을 내쉬었다. 백혈병과의 전쟁도 이제 끝을 향해 가고 있었다. 아직까지 진 적이 없는 나지만 그렇다고 해서 이번에도 이길 것이라는 보장은 없다. 내 뒤로 조용히 문이 닫혔다. 그렇게 백혈병과 나 오롯이 둘만이 존재하는 이식병실에서 서로의 사활을 건 마지막 전쟁이 시작되었다.

눈사람과 한 약속은 지키지 못했다

오늘은 사이톡산을 맞는 날이었다. 사이톡산은 굉장히 강력한 항암제라고 했다. 강력한 항암제라는 이야기는 부작용도 그만큼 심하다는 소리다. 그래서인지 재미있는 경험을 했는데, 나는 사이톡산을 맞는 동안 입에 얼음을 물고 있어야 했다. 얼음이 입안이 허는 부작용을 최대한 예방해 준다고 한다. 나는 부디 입안이 헐지 않기를 바라며 얼음을 두 개씩 넣었다가… 바로 뱉었다. 두 개는 입이 너무 시렸고, 하나씩 넣어 녹을 때까지 이리저리 굴렸다.

밤사이 눈이 내렸다. 나는 눈이 참 좋다. 눈은 차가운 것 같지만 그 안은 정말 따뜻한 친구이기 때문이다. 실제로 눈이 오는 날은 더 추울 것 같지만 오히려 더 포근하다.

아프기 전, 눈이 내리는 날이면 나는 밖에 나가 눈사람을 만들었다. 올해 1월에도 눈이 참 많이 내렸었다. 아팠을 때였지만 모르는 게 약이랬던가? 함박눈이 쏟아지던 1월의 어느 날도 나는 어김없이 밖에 나가 눈사람을 만들었다. 유난히 힘들었지만 기분 탓인 줄로만 알았다. 왠지 이번 겨울엔 눈사람을 조금 더 오래 보고 싶은 마음이 들어 힘들어도 눈덩이를 굴려 크게 크게 만들었었다.

눈사람이 녹을 때쯤 내년 겨울에도 다시 만나자고 약속하고 헤어졌는데, 그 약속을 지키지 못할 것 같다.

육체적 고통보다 정신적 고통

항암 치료를 받다 보면 육체적으로도 정신적으로도 매우 힘들어지는 시기가 찾아오는데 개인적으로는 정신적 고통이 육체적 고통보다 더 힘든 것 같다.

> 육체적 고통은 약을 쓰거나 진통제를 써서 꾸역꾸역 버텨 내면 대개 언제 그랬냐는 듯이 낫지만, 정신적 고통은 그렇지가 않다. 정신적 고통은 손에 박힌 가시처럼 매우 작은 것 같지만 굉장히 신경 쓰이고 오래도록 느껴진다. 어디에 박혔는지도 모르는 그 가시를 찾아낼 때까지는 그 고통을 계속 참아 내야 한다.

지금은 많이 찾아내서 빼냈지만 아직도 내 손에는 가시가 많이 박혀 있다. 무서운 것은 이 가시들을 전부 빼낸다 하더라도 이 고통이 완전히 사라지지는 않을 것 같다는 느낌적인 느낌이다.

> 정신적 고통은 참 많은 이름을 가지고 있다. 외로움이라고 불릴 때도, 불안함이라고 불릴 때도, 두려움이라고 불릴 때도 있다. 정신적으로 고통스러운 순간, 그 순간의 감정이 곧 정신적 고통의 이름이 된다. 오늘 나는 유난히 외롭고 불안하고 두려웠다.

그러고 보니 오늘은 크리스마스이브다. 밖은 크리스마스트리가 반짝이고 캐롤송이 울려 퍼지겠지만, 이식실 안은 적막 속에서 기계 소리만 간간이 울려 퍼지고 있다.

해가 빨리 져서 그런지 하루 종일 밤인 것 같다.

최고의 크리스마스 선물

조혈모세포 이식 날이 하루 앞으로 다가왔다.

방금 누나가 병원에 입원했다는 엄마의 전화를 받자 심장소리가 이식실 안을 가득 채울 만큼 떨려 왔다.

지금 이 순간 그 누구보다도 누나의 마음이 가장 떨리고 있을 것이다. 누나의 떨리는 마음속에는 걱정과 두려움도 있을 테지만 분명 걱정과 두려움을 잊게 하는, 내가 알 수 없는 그 무언가도 함께 있을 것이다.

그 무언가가 날 위하는 마음이었을 거라 조심스럽게 생각해 봤지만, 감히 누가 지금 누나의 마음을 예상할 수 있을까 싶어 이내 고개를 가로저었다.

누나 말고는 누구도 누나 마음속의 그 무언가가 무엇이었는지 알 수 없다. 아니 어쩌면 누나도 알 수 없을지도 모르겠다. 그것은 사랑이라는 본능이었을지도 모르니까.

오늘은 12월 25일 크리스마스다.

오늘 나는 나만을 위해 존재하는, 나만이 느낄 수 있는 거룩한 희망을 선물로 받았다.

다시 태어난 날 

두 시간 전, 누나가 수술실에 들어갔다는 엄마의 연락을 받았다. 헌혈하는 방식으로 조혈모세포를 채취해 이식해 줄 수도 있었지만, 누나는 직접 골수에서 조혈모세포를 채취하는 방법을 선택했다. 골수를 통해 채취한 조혈모세포를 이식 받으면 '이식편대숙주반응移植片對宿主反應'이 적다는 교수님의 말을 들은 누나는 한 치의 망설임도 없이 대답했다.

"골수에서 채취할게요."

아무리 가족이라고 하지만 티 없는 진심이 아니고서야 선뜻 결정하기 힘든 일이었다. 이것 또한 조금이나마 내게 좋은 조혈모세포를 주고 싶은 누나의 사랑이라는 본능이 아니었을까 싶다.

골수에서 조혈모세포를 채취하기 위해 누나는 전신마취를 받았다. 전신마취를 한다는 것부터가 큰 수술임을 보여 준다. 조혈모세포를 채취하는 일부터 그것을 준비하는 과정까지, 정말 이 모든 일들이 용기와 사랑 없이는 할 수 없는 일이라는 생각이 다시 한번 든다.

오전 11시, 나는 이식병실 침대에 앉아 누나가 보내 준 뜨겁고 붉은 희망을 기다리고 있다.

그때 무균실 문이 열리는 느낌이 들었다. 복도 끝에 있는 이식병실에 앉아 무균실의 문이 열리는 느낌을 받는다는 것은 말도 안 되는 소리다. 하지만 분명 나는 느낄 수 있었고 말도 안 되는 그 소리는 곧 현실이 되었다.

분주한 소리가 들리고 이내 내가 있는 이식병실의 문이 열렸다. 내 앞에 있는 것은 커다란 하나의 심장 같았다. 내 예상을 훌쩍 뛰어넘는 거대한 그 모습에 압도되는 동시, 누나에 대한 걱정이 교차했다. 너무 놀라면 오히려 아무렇지 않은 척하게 된다. 한동안 나는 넋을 놓고 그것을 바라만 보았다.

혈압과 체온을 재고 몸에 여러 기계 장치를 부착한 뒤 누나의 조혈모세포를 내 중심정맥관으로 연결했다. 아직도 온몸이 떨릴 정도로 잊히지 않는, 경이로움 그 자체의 순간이었다.

> 붉고 뜨거운 피는 살아 있다는 가장 큰 증거이다. 그렇기에 피는 그 어떤 것과도 비교할 수 없는, 생명이라는 절대적인 의미를 가진다. 그런데 그런 피를 만들어 내는 조혈모세포를 나누어 준다는 것은 자신의 생명을 나누어 준다는 것과도 같은 의미였다.

피는 인간이 가지는 감정의 상위 개념으로 비유될 때가 많다. 목숨과도 바꿀 수 있다는 강한 의지를 드러내기 위해 피로 글씨를 쓰거나, 서로에 대한 굳건한 믿음을 증명하기 위해 술에 피를 떨어뜨려 마시는 것처럼 말이다. 이외에도 피로 표현되는 상위 감정들은 수없이 많다. 이런 피를 나는 누나와 공유하고 있으니 그 상황이 가지는 의미를 내가 어떻게 말로 다 표현할 수 있을까.

똑… 똑… 한 방울씩 떨어지는 조혈모세포가 관을 타고 내 몸으로 들어오기 시작했다. 내 몸으로 들어오는 조혈모세포 하나하나에서 누나의 따뜻한 마음과 나를 위하는 간절함이 느껴지는 듯했다.

점심시간, 엄마의 전화였다. 받아 보니 이쪽을 좀 보라고 한다. 엄마가 서 있었다, 이식병동으로 들어오는 자동문 앞에. 이게 이식병실에서의 면회다. 그동안의 면회와는 달리, 그저 서로의 모습을 조금이라도 더 눈에 담아가는 것, 이게 이식병실에서의 면회다. 내가 이번엔 면회 오지 말라고 했었는데, 오늘은 왔다. 그렇게 가만히 서서 나를 바라보던 엄마는 어느새 사라지고 없었다.

지금 이 순간, 고마운 사람들이 왜 이렇게 많은지 모르겠다. 예전에 연기대상 시상식에서 어떤 배우가 "부모님께 감사드리고 애써 주신 감독님 그리고 스태프 분들께 정말 감사드립니다. 또…."라며 고마운 사람들을 끊임없이 이야기했던 것이 기억나는데, 나는 그 배우의 마음이 어떤 마음이었을지 안다. 단언컨대, 그 배우는 자리에서 내려올 때까지 자신이 생각했던 고마운 사람들을 10%도 다 이야기하지 못하고 내려왔을 것이다.
오늘 나와 내 가족 그리고 나를 도와준 모든 사람들이 함께 다져 놓은 땅에 누나가 눈부시게 빛나는 빨간 씨앗을 심어 주었다.
2016년 12월 26일, 내가 조혈모세포를 이식받은 날, 그리고 다시 태어난 날.

진짜 감사함은
말보다 행동으로 먼저

누나가 퇴원했다.
정말 고맙고 감사한 누나다.

감사하다는 마음이 한두 번 들었다면 그것은 특별함이겠지만, 누나에게는 하나하나가 다 고맙고 감사하니 그것은 익숙함이 되고, 곧 일상이 되어 버렸다.
우리가 숨을 쉰다고 말을 하고 숨을 쉬지 않는 것처럼 몸에 배어 버린 누나에 대한 감사함은 말보다는 행동으로 먼저 드러난다.

치킨을 먹을 때 다리 두 개는 누나 것, 소보로빵을 먹을 때 겉 부분은 다 누나 것, 비 오는 날 우산이 하나라면 누나에게 씌워 주고, 또….

먼저 생각하고, 다음에 이뤄지는 게 아니다. 누나에 대한 감사함이 너무 큰 나머지, 내 몸의 '반사신경'이 되어 버려서 무의식적으로 행해지는 것이다. 밑 빠진 독일지라도 그 안을 누나에 대한 감사함으로 채운다면 항상 가득 차 있을 것이다.

나는 누나에게 평생을 갚아도 다 갚지 못할 것들을 받았다.
절대 잊지 않을 것이다.
절대.

엄마를 보면
눈물이 날 것 같아서

어제는 하루 종일 열이 나고 기침을 했던 탓에 어떻게 보냈는지도 모르게 지나갔다. 명색이 한 해의 마지막 날인데 제대로 작별 인사도 못 한 것 같아 마음이 아팠다.
여전히 콜록… 기침은 하고 있지만 열은 내려서 정신이 든다. 다른 건 다 참아도 열이 나면 그냥 몸을 놓아 버리게 된다.

오늘은 2017년 1월 1일.
훌훌 털어 버리고 모든 걸 새롭게 시작하는 날이다. 내게도 정말 뜻깊은 새해가 될 것이다. 2016년을 병원에서 보냈다면, 2017년은 세상으로 돌아가 꺾인 것이 아닌 잠시 접어 두었던 날개를 펼치고 다시 한번 비상하는 한 해가 되었으면 좋겠다. 물론 뜻대로 안 되는 게 인생이지만 말이다.

새해를 맞아 들떠 있는 마음과 달리 몸은 힘이 없다. 쉴 새 없이 찾아오는 기침과 콧물에 진이 빠지고 무엇보다도 3일째 아무것도 먹지 못하고 있다. 입안이 헐어서 이제는 입이 벌어지지도 않는다. 입을 조금이라도 벌리려고 하면 마치 손가락 사이사이에 칼집을 내고 벌리는 것 같은 느낌이 든다. 배고픔? 배고플 힘도 없다.

아침에 엄마에게 전화가 왔다. 내가 춥기도 하고, 가까이서 보지도 못하는데 면회 오지 말고 집에서 쉬라고 다시 한번 말했더니 요즘은 전화가 온다. 사실 고개를 틀어 저기 서 있는 엄마를 보면 눈물이 날 것 같아서 오지 말라고 한 거다. 그래서 그런 거니까 엄마가 서운해하지 않았으면 좋겠다.

음… (엄마!)

음… (나 잘 있어.)

음… (지금 목소리가 안 나와서 그래.)

음… (밥 잘 먹고 있지.)

음… (좋아, 별일 없어.)

음… (그래 엄마도.)

음… (응, 다음에 또 전화해.)

하고 싶은 말은 많았는데 목소리가 나오질 않았다. 간신히 뱉어 내는 신음 소리에 내 마음이 전해졌기를 바랄 뿐이었다.

2017년 1월 1일 일요일.

누군가는 친구들, 사랑하는 가족들 그리고 연인과 웃으며 함께 보내고 있겠지만 나와 함께 있어 주는 건 창문으로 들어오는 햇살뿐이다. 이제는 햇살마저도 떠나고, 나는 햇살이 떠난 검은 창문만 바라보고 있다.

새해의 첫날도 오후 5시면 지는 겨울 해처럼 그렇게 저물어 갔다.

내 차례

오늘의 백혈구 수치 0, 호중구 수치 0.
드디어 수치가 0이 됐다. 수치가 내려가면 몸은 더 힘들어지지만 기분은 좋다. 수치가 내려갔다는 말은 이제 올라갈 일만 남았다는 말(지금까지는 그랬다)이기 때문이다.

> 그간의 경험을 통해 깨달은 것이 하나 있는데, 역설적이게도 몸이 힘들어질수록 퇴원하는 날은 빨라진다는 것이다. 고통 없이 치료되면 얼마나 좋겠느냐마는, 하나를 얻으려면 하나를 줘야 하는 게 세상의 이치라 하니 받아들이는 수밖에 없다. 삶과 죽음 중, 나는 삶을 택했기 때문에 고통의 시간을 보내고 있다.

이제 마음이 급해지는 건 백혈병이다. 예전엔 나를 위로하기 위해 한 번씩 해

왔던 말인데, 이제는 정말 백혈병에게도 시간이 얼마 남지 않았다. 그렇기에 마지막 남은 모든 힘을 짜내서 나를 공격할 것이다. 그 몇 번의 공격만 잘 버텨내면 된다. 나를 향한 공격이 강해질수록 백혈병이 더 초조해지고 있다고 생각하면 된다.

물론 힘들 것이다. 하지만 둘 중 하나는 사라져야 끝나는 이 지독한 게임에서, 이 정도의 고통도 견뎌 낼 자신이 없다면 이길 자격이 없다.

아… 
혈압 올라

혈압이 오른다.
화나는 일 있냐고? 짜증 나는 일 있냐고? 아니, 진짜로 혈압이 오른다.
방금 전 혈압을 재니 160/100이 나왔다. 나는 그 수치를 보고 혈압측정기가 고장 난 줄 알았다. 생전 처음 보는 혈압 수치였다. 그런데 지금 내 상태를 보면 그리 높은 혈압도 아닌 것 같다는 생각이 든다.

불 꺼진 방 안, 들리는 거라곤 내 숨소리뿐이다. 헉… 헉… 가만히 있는데도 숨이 차다. 귀는 물이 들어간 듯 먹먹하다. 코와 입을 막고 숨을 내뱉을 때처럼 얼굴이 터질 것 같다. 우주에서 우주복을 벗으면 이런 느낌일까 싶다.

만화를 보면 어지러울 때 눈이 회오리 모양으로 변하곤 하는데, 만화니까 재밌게 표현하려고 그런 줄로만 알았다. 그런데 정말 어지러우니까 내 눈도 그렇게 됐다. 물론 진짜 만화처럼 눈이 회오리 모양으로 변하는 건 아니었지만, 정말 계속 뱅글뱅글 돌아갔다. 침대에 누워 눈을 감고 있으면 나도 모르게 얼굴까지 돌리고 있을 정도였다.

> 나는 이 모든 고통이 고통스럽다기보다는 신기하게 느껴졌다. 이때가 아니면 정말 다신 느껴 보지 못할 고통일 것 같았기 때문이다. 가장 신기했던 고통은 세상의 모든 중력이 내 머리에만 적용되는 것 같은 고통이었다.

머리가 너무 무거웠다. 예전 척수항암 부작용으로 두통을 겪었을 때와 비교해 봐도 우열을 가리기 힘들 만큼 무거웠다. 화장실에 가려고 침대에서 일어나면 어김없이 누군가 나타나 "누워."라고 말하며 내 머리를 톡 미는 것 같았다.
간신히 침대에서 일어나면 이제는 화장실까지 가는 그 몇 발자국이 문제였다. 무협영화를 보면 무림의 절대고수들이 "이것만은 안 하려고 했는데…."라고 말하며 발목에 둘러 놓은 납덩이를 풀어 땅에 던진다. 그럼 무슨 운석이라도 떨어진 것처럼 흙먼지가 위로 솟구쳐 오르는데, 내 발목에도 그런 납덩이가 둘러져 있는 것 같았다. 어찌어찌 소변을 보고 돌아온 나는 침대에 몸을 내던졌다.

또 하루를 그렇게 견뎌 냈다.

최고의 스무 살 생일

오늘은 11일째다.
뭐가 11일째냐면, 아무것도 못 먹은 지 11일째다.
"에이~ 거짓말… 말도 안 돼~ 11일 동안 아무것도 안 먹고 어떻게 살아?"라고 말하는 사람도 있겠지만, 정말 아무것도 먹지 못했다.

인간의 생존 본능은 생각보다 훨씬 더 대단하다. 호랑이 굴에 들어가도, 바다에서 상어를 만나도, 사막에서 길을 잃어도 살아 나올 수 있는 이유는 바로 생존 본능이 있기 때문이다. 살아야 한다는 생존 본능이 발휘되는 순간, 인간은 초인적인 힘을 발휘하게 된다.

평소 턱걸이 하나도 못 하던 사람이 절벽에 한 시간을 매달려 구출되는 것부터 무너진 건물 더미에서 2주를 버텨 구출되는 것, 그리고 작게는 시험을 하루

앞두고 하는 공부가 가장 잘되는 것까지, 생존 본능이 보여 주는 초인적인 힘은 우리의 삶 곳곳에서 확인할 수 있다.
나도 이 지독한 배고픔을 생존 본능에서 나오는 초인적인 힘으로 견디고 있다. 하지만 생존 본능에서 나오는 초인적인 힘은 그리 오래가진 못한다. 매일 매일 자신이 쓸 수 있는 힘은 정해져 있는데, 당장에 급하니 나중에 쓸 힘들을 미리 당겨서 쓰는 것이기 때문이다.

한마디로 그 힘들은 대출받은 거라고 보면 된다. 그래서 초인적인 힘이 발휘되고 난 뒤에는 대출받아 쓴 힘들에 이자까지 쳐서 갚아야 하기 때문에 한동안 더 오래 자고, 더 많이 먹고, 더 많이 쉬어 줘야 한다.

사실 그동안 뭐든 먹어 보려고 시도는 해봤지만 번번이 실패했다. 음식을 보기만 해도, 냄새만 맡아도 구역질이 났다. 입이 헐어 음식이 닿으면 매우 쓰라리기도 했고, 결정적으로 입이 벌어지지가 않으니 먹을 수가 없었다. 유일하게 내 몸속으로 들어오는 건 입안으로 흘려 넣는 물과 목구멍으로 욱여넣는 약 그리고 중심정맥관을 타고 들어오는 약이었다.

오늘은 1월 9일, 내 생일이다.
이번 생일은 내 나이 앞자리가 바뀌는 역사적인 날이었다. 인생에 있어 의미가 꽤 큰 날인 걸로 알고 있는데, 역시 나답게 그런 의미 있는 날을 아주 멋지고 예술적인 공간에서 보내고 있다.

신이 있다면, 그 신이 생일 선물로 소원을 하나 들어준다고 한다면, 부디 역사상 무균실에서 스무 살 생일을 맞는 사람이 내가 마지막이 되길 빌어 본다.

빛나는 문어 머리, 해골도 큰절 올리고 갈 얼굴, 누가 더 가느다란지 경쟁 중인 팔다리… 스무 살의 내 모습이다. 어릴 적 꿈꿔 왔던 스무 살의 모습과는 많이 다르지만 이 모습도 난 좋다.
'정말 고생 많이 했다, 20년 된 몸아… 내가 꼭 호강시켜 줄게.'
오늘은 주인 잘못 만나 고생만 하는 몸을 위해 뭐라도 꼭 먹어 주고 싶었다.

포도 봉봉!
항암 치료받을 때 한 번씩 마셨던 음료다. 평소에 즐겨 먹던 음료도 아닌데 희한하게 꼭 한 번씩 생각이 났다. 냉장고에 넣어 뒀다 속이 안 좋을 때 마시면 조금은 속을 진정시켜 줬던 고마운 음료였다. 요즘엔 파는 곳이 잘 없어서, 엄마가 이 마트, 저 마트 돌아다니며 사 왔던 기억이 난다. 이식병실에도 몇 개 사서 들어왔는데 먹지 못하고 있었다. 하지만 오늘만큼은 참고 먹어 볼 생각이다.

침대에 달린 식탁을 올리고 생일상을 차렸다. 누군가는 축하해 줄 사람도 없고 선물도 없는 이런 생일이 최악의 생일이라고 말할 수 있겠지만, 내게는 최고의 생일이었다. 내 몸속에 흐르는 수많은 사람들의 피가 내 생일을 축하해 주었고, 어쩌면 오지 않을 수도 있었던 스무 살 생일을 선물로 받았다.

수많은 사람들이 축하해 주고 새 삶을 선물로 받은 생일, 게다가 내가 먹을 수 있는 최고의 음식이 함께하는 생일이었다. 나보다 멋진 생일 보낸 사람 있으면 나와 보라 그래! 그런데 눈에 먼지가 들어갔나? 눈에서 자꾸….

생일상을 앞에 두고 나를 위한 생일 축하 노래를 불렀다. 나만 들릴 정도로 아주 작게 부른 노래였는데 병실 안에 메아리가 되어 울려 퍼졌다.

종이컵에 음료를 따르고 입을 최대한 벌려 흘려 넣었다. 포도알은 혓바닥과 입천장으로 으깨 삼켰다.

시원한 포도 주스와 말랑한 포도알이 입안을 씻겨 주는 것 같았다. 그런데 너무 적게 먹은 탓인지 맛을 느낄 새도 없이 입속에서 사라져 버렸다. 아쉬웠지만 두 번을 마시기에는 무리였기에 입맛만 다셨다.

'몸아 미안해. 우선 이걸로라도… 다음 생일에는 집에서 맛있는 거 많이 먹자.'

쓰라렸다. 정말로 쓰라렸던 건 내 입이었을까 내 마음이었을까.

뒤로 문이 닫힌 날

다신 열리지 않을 것 같았던 이식병실의 문이 열렸다. 그토록 바라왔던 퇴원이었지만 이식병실을 나서서 무균실 문 앞까지 걸어가는 시간이 생각보다 그리 가볍지만은 않았다. 세상에서 가장 무서운 것 중 하나가 미운 정이라더니 나는 무균실에 미운 정이 들어 버렸던 모양이다.

나는 무균실의 모습 하나하나를 머릿속에 담고 나서야 무균실 문 앞에 설 수 있었다. 이 문을 열면 정말 마지막이다. 그때 누군가 어깨에 손을 올렸다. 뒤돌아보니 나를 아프게 했던 시간들이 배웅을 해주기 위해 나와 있었다.

아팠지만 아픈 줄 몰랐던 시간들.

교복을 입고 백혈병을 진단받던 2016년 3월 28일.

머리를 자르고 중심정맥관을 삽입했던 2016년 3월 30일.

첫 항암 치료 2016년 4월 1일.

첫 퇴원 2016년 5월 10일.
공고항암을 마치던 2016년 11월 17일.
이식병실에 들어온 2016년 12월 18일.
그리고 2017년 1월 10일 오늘까지.
그 많은 시간들 중 오늘이 조심스레 다가와 내 손을 잡고 말했다.
"잘 가. 그리고 미안했어."
그렇게 미웠던 시간들이었는데 이렇게 보니 마음이 또 그게 아니었다. 나도 그 시간들에게 대답했다.
"괜찮아, 너희가 일부러 그런 것도 아닌데 뭘."
돌아서며 생각했다.
'아픈 시간이었다고 해서 미워하지는 말자. 그 시간들이 있었기 때문에 지금의 행복도 온 거잖아.'

아프지 않을 수 있다면 좋겠지만 애석하게도 우리 삶은 어떤 의미로든 반드시 아픈 시간들을 겪게 된다. 우린 그런 아픈 시간들 때문에 힘들고 괴로워 무릎 꿇게 될 때도 있다. 하지만 무릎을 꿇었을지라도 주저앉지만 않는다면, 그 아픈 시간들은 아픔을 극복할 수 있는 추진력이 되어 줄 뿐만 아니라 잊지 못할 행복까지 선물해 준다.

스프링은 강하게 누르면 누를수록 더 멀리 튀어 나간다. 힘들어 무릎 꿇게 되었을 땐 항상 기억하자. 내가 무릎 꿇었던 시간들이 나를 더 멀리 나아가게 해 줄 수도 있다는 걸.

엄마의 고백 05

생존율 40%?

#

초조하고 긴장된 마음이 나의 모든 통로를 막아서 버린 듯, 열심히 설명하는 교수님의 목소리만 소음처럼 들릴 뿐, 무슨 말을 하는지 도대체가 들리질 않는다.
또렷이 들린 한마디는 분명하다.

"생존율 40%?"

그렇게 많은 항암 치료를 받고, 골수를 주는 사람조차 철저하게 검사하고 안정을 취할 만큼 진중하게 여기까지 왔는데, 그래서 눈앞에 이식만을 앞두고 있는데, 왜 통쾌하게 "이식하면 모든 치료가 끝납니다. 생존율 100%로 완벽하게 치료가 끝납니다." 라는 말을 왜 못 하는지….

난 믿는다.
우리 주완이를 믿고, 큰애를 믿고, 교수님을 믿고, 나 자신을 믿는다.

#

전날 입원해 있던 큰애가 수술실로 들어갔다.

전광판에 큰애 이름이 뜬다.

'수술 중'이라고.

그것을 쳐다보고 있노라니 참 기가 막힌다.

이 무슨 운명의 장난이란 말인가.

갑자기 눈물이 핑 돌아 화장실로 들어갔다.

애써 태연한 척 마음을 다잡아 보았지만 거침없이 흘러내린다.

수술이 끝나고 열린 문으로, 채취한 조혈모세포를 가슴에 꼭 부둥켜안고 있는 교수님이 보인다.

"전 바로 주완이한테 갑니다."

"네, 수고 많으셨습니다. 정말 감사합니다."

#

회복 후 수술실에서 나오는 큰애가 춥다며 자꾸 나를 흘겨본다.

많이 복잡하고, 많이 아팠나 보다.

내가 이 아이를 위해 무엇을 해줄 수 있을지 곰곰이 생각했다.

나중에 들은 이야기지만 주완이한테 필요한 양을 최대한으로 채취했다고 한다.

병실에서 회복하는 동안 핏기가 하나도 없이 걷다가 휘청하는 아이를 보며, 자식이지만 정말 고맙고 기특하고 감사하다.

이제 완이만 잘 견뎌 주길 바랄 뿐이다.

부귀영화가 다 무슨 소용인가.

힘든 고비 다 지나고 나면 열심히, 지금보다 더 열심히, 욕심 부리지 않고 착하게 살겠다고 다짐하고 또 다짐했다.

감사함에 보답하며….

#

이식병실 창문 너머로 멍하니 앉아 있는 주완이의 모습이 너무나 슬프다.

"엄마, 나 빨리 나가고 싶어…."

눈짓을 한다.

"완아, 조금만 더 버텨… 곧 끝나."

알아들었다는 듯 또 멍하니 쳐다본다.

가슴이 미어진다.

그래도 웃는다.

천 일의 여섯 번째 이야기

눈을 감으니 반짝이는 별들이 보였다

항암 치료를 받을 때마다 이번 치료가 끝나면 뭘 먹을까 생각했다.
먹는 즐거움은 치료를 견디는 정말 큰 행복 중 하나였는데,
한동안 그 행복을 맛볼 수가 없게 되었다.
참 씁쓸했다. 뭐 이 또한 시간이 해결해 주긴 하겠지만,
이제는 하다 하다 미각까지 잃게 됐다는 생각에 허탈한 웃음이 나왔다.

그날 밤, 눈을 감으니 반짝이는 별들이 보였다.
힘들고 지친 내 마음을 비춰 주는 희망의 별들이었다.
그런데 그때 저 멀리서 유난히도 밝게 빛나던 별 하나가
별똥별이 되어 떨어지고 있었다.

흡.

무균실에서 나오자 나도 모르게 숨이 막혔다. 순간 여러 생각이 들었는데, '바깥 공기도 깨끗하겠지? 공기 중의 세균이나 바이러스에 감염되면 어떡하지?'와 같은 것들이었다. 무균실에서 정화된 공기만 마시다 갑자기 바깥 공기를 마시려니 걱정이 됐던 모양이다. 이식 후의 면역력이 항암 치료 후보다 훨씬 더 약해져 조심해야 할 것들이 많다고, 귀에 못이 막히도록 들었기 때문에 더더욱 그랬던 것 같다.

그토록 벗어나고 싶었던 무균실이라는 족쇄가 풀리자 오히려 걱정을 하고 있는 내 모습이 참 재미있게 느껴졌다. 무균실이라는 족쇄는 나를 가둬 둠과 동시에 나를 지켜 주는 모순적인 공간이었던 것이다.

하지만 인간은 언제나 자유를 갈망한다. 아무리 살기 좋은 곳이라도 자유가 없다면 들짐승이 도사리는 벌판으로 자유를 찾아 나서는 게 인간이다. 허나 자유에는 언제나 책임이 따르는 법. 자유를 얻었으니 이제 그것을 지키는 것도 오롯이 내 몫이 되었다. 그렇기에 기쁨보다 걱정이 먼저 든 것은 어쩌면 당연한 것일지도 모르겠다.

매번 그랬듯 문 앞에서 날 기다리고 있는 휠체어를 타고 일반병실에 도착했다. 병실 안은 낮잠 바이러스가 퍼져 고요했다. 나도 낮잠 바이러스에 감염된 것 같았다. 유일한 치료법은 침대에 눕는 것이다. 가져온 짐을 대충 내려놓고 마스크도 벗지 않은 채 침대에 누웠다. 그렇게 나는 내가 내뿜은 따뜻한 숨을 다시 들이마시며 스르륵 잠이 들었다.

눈만 조금 붙이려고 했는데 일어나 보니 저녁 6시가 넘었다.
"일어났어? 푹 자라고 일부러 안 깨웠어."
어느새 온 엄마가 짐을 정리해 놓았다. 간이침대에는 언제 놓고 갔는지 식은 저녁밥이 놓여 있었다. 방금 일어나서 입맛은 없었지만, 아니 원래도 없었지만 약을 먹어야 하니 몇 숟가락이라도 먹어야 했다. 환자의 건강만을 생각한 저녁 식단이라 그런지 딱히 젓가락이 가는 반찬은 없었다. 그래도 무균식만 아니라면 물에 밥만 말아 나와도 진수성찬이었다.
그런데 이거 분명 일반식이 맞는 거지? 국도 한번 떠먹어 보고 반찬도 조금 먹어 봤는데 내가 알던 그 맛이 아니다. 저 멀리서 친구가 뭐라고 소리치는 것 같은데, 정확히 뭐라고 하는지는 모르겠는 그런 희미한 맛이었다. 요리하시는 분이 간을 너무 싱겁게 했나? 아니면 내 입이 텁텁해서 그런가?
"엄마 이거 한번 먹어 봐. 너무 맛이 없다."

"왜 맛있는데? 네가 입맛이 없어서 그런가 보다. 그럼 다른 거 먹을래? 밑에서 죽 좀 사다 줄까?"
엄마는 내가 밥을 먹지 않을까 봐 걱정됐는지 얼른 병원 지하에 있는 죽집에서 죽을 사다 줬다. 일반병실에서 입맛이 없을 때나 무균실에서 갓 퇴원했을 때, 위에 부담 가지 않게 하려고 종종 먹던 죽이었다. 따끈따끈한 죽이 내 앞에 도착했지만 한 입, 두 입, 세 입 먹고 숟가락을 내려놓았다. 애써 사다 준 엄마에게 미안해서 속이 안 좋아 못 먹겠다고 말했지만, 사실은 맛이 너무 없어서 도저히 먹지 못했다. 원래 맛있게 먹었던 죽인데 너무 밍밍했다. 오늘따라 요리하시는 분들이 간을 잘 못 맞추시는 것 같았다.

밤 9시 조금 넘었을까? 갑자기 초콜릿이 먹고 싶어져 엄마에게 부탁했다. 엄마가 편의점에서 평소 내가 좋아하던 초콜릿을 종류별로 사다 줬다.
초콜릿을 보자 벌써부터 달콤해질 생각에 침이 고였다. 가장 좋아하는 초콜릿을 먹기 좋은 크기로 톡 잘라 먼저 엄마에게 건넸다. "어때? 맛있지?"라고 물으며 나도 하나 톡 잘라 입에 넣었는데 사르르 녹아내리는 게 정말 달콤했다. 달콤했다? 달콤…? 이걸 달콤하다고 해도 되는 걸까? 혹시 이거 불량품 아니야? 다른 초콜릿들도 다 열어서 먹어 봤지만 마찬가지였다.
초콜릿이 이렇게 맛없기도 힘든데 정말 맛이 없었다. 나 없던 한 달 동안에 초콜릿 대혁명이라도 일어난 건가 싶을 정도로 내가 알던 맛과 너무 달랐다.
엄마는 초콜릿을 즐겨 먹지 않아 잘 모를 수도 있지만 이건 초콜릿이 아니다. 최대한 좋게 봐줘도 초콜릿 향이 나는 흙덩이 정도였다. 불량품이 확실했다. 그런데 어떻게 전부 다 불량품일 수가 있지? 어이가 없었다. 맛있냐고 묻는 엄마에게 미안해서 맛있다고 말했지만, 내 혀는 정직했다. 더 먹으라는 엄마에게 “아껴 먹어야겠다.”라고 대충 둘러대며 초콜릿들을 서랍 속에 넣었다.
생각해 보니 이상했다. 아까 저녁밥도 그렇고, 죽도 그렇고, 초콜릿도 그렇고 원래 맛있게 먹던 것들인데 오늘따라 유독 맛이 없었다. 아직 입이 텁텁해서 그런가? 약 기운 때문인가? 설마 내 혀에 무슨 문제라도 생긴 건 아니겠지?
‘에이 설마.’

밤 11시가 넘어 엄마는 집으로 돌아가고 나는 자기 위해 살살 양치질을 한 뒤 누웠다.
‘오늘은 일반병실로 내려온 기쁜 날인데 왜 아무것도 먹질 못할까?’
참 속상한 하루였다.

미각상실

교수님이 회진을 오셨다.

교수님은 내게 몸은 좀 어떤지, 불편한 곳은 없는지 물어보셨다. 아직까진 딱히 아픈 곳도, 불편한 곳도 없었기에 괜찮다고 대답했다. 그렇게 여느 회진 때와 같은 대화가 오가던 중, 교수님께서 뜻밖의 질문을 하셨다.

"밥은 잘 먹고 있어?"

마치 나를 계속 지켜본 것 같은 교수님의 질문에 흠칫하며 대답했다.

"아… 아니요. 잘 못 먹고 있어요."

입맛이 없냐고 되물으시는 교수님에게 나는 이런 말까지 해야 하나 싶었지만, 설마 하는 마음에 뒤이어 대답했다.

"사실 입맛이 없거나 그런 건 아닌데 음식이 맛이 없어서요. 맛이 좀 잘 안 느껴지는 것 같기도 하고…."

스쳐 지나갈 수도 있는 내 대답에 교수님은 청천벽력과도 같은 말씀을 하셨다.

"그럴 것 같아서 물어봤어. 원래 이식 후에 많은 환자들이 맛이 잘 안 느껴진다고 말해. 그 증상이 오래갈 수도 있는데 대개 3개월 정도 지나면 서서히 괜찮아지니까 너무 걱정은 하지 말고. 그래도 끼니 거르지 말고 잘 먹어야 빨리 회복될 거야."
교수님은 몇 마디 격려의 말씀을 더 해주시고 병실을 나가셨다.

정말 충격이었다. 수상했던 퍼즐 조각들이 하나둘 맞춰지는 순간이었다. 음식이 전부 싱겁게 느껴졌던 이유, 초콜릿이 달지 않았던 이유는 음식의 간을 잘못 맞춘 것도 아니었고, 초콜릿이 불량이었기 때문도 아니었다. 그냥 내 혀가 맛을 느끼지 못한 것이었다.
늦잠을 자서 받아만 두고 아직 먹지 않은 아침밥을 서둘러 상에 올렸다. 미역국을 한 숟가락 떠먹어 봤다. 멸치볶음도, 장조림도, 심지어 시금치나물까지 먹어 봤지만, 아무 맛도 나지 않았다. 곧바로 떨리는 손으로 서랍을 열고 초콜릿을 꺼내 먹었다. 역시 아무 맛도 나지 않았다. 이제는 초콜릿 향이 나는 흙도 아닌, 그냥 초콜릿 모양의 양초를 먹는 느낌이었다. 끝내 나는 초콜릿을 다 삼키지 못하고 뱉어 냈다. 그토록 싫었던 무균식에서 간신히 도망쳐 나왔는데 이제는 모든 음식이 무균식이 되어 있었다.

오늘은 누나의 조혈모세포가 잘 생착되었는지 보기 위한 골수검사가 예정되어 있었다. 나는 침대에 멍하니 앉아 있다가 시간이 되어 골수검사를 받고 왔다.
"야, 골수검사야. 골수검사라니까? 뭐야… 골수검사라고!"
누군가의 목소리가 자꾸 나를 흔들었지만, 나는 그냥 흔드는 대로 흔들리며 침대에 엎드려 지혈을 하고 있을 뿐이었다.
무균실에서는 음식을 거의 안 먹다시피 했기 때문에 내가 맛을 느낄 수 없다는 사실을 알 수가 없었다. 곱씹어 볼수록 이 증상이 오래갈 수도 있는데 대개 3개월 정도 지나면 서서히 괜찮아질 거라는 교수님의 말씀이, 대개는 이 증상이 오래가는데 3개월 만에 좋아질 수도 있다는 말로 변질되어 내 머릿속을 어지럽혔다.

항암 치료를 받을 때마다 이번 치료가 끝나면 뭘 먹을까 생각했다. 먹는 즐거움은 치료를 견디는 정말 큰 행복 중 하나였는데, 한동안 그 행복을 맛볼 수가 없게 되었다.
참 씁쓸했다. 뭐 이 또한 시간이 해결해 주긴 하겠지만, 이제는 하다 하다 미각까지 잃게 됐다는 생각에 허탈한 웃음이 나왔다.

그날 밤, 눈을 감으니 반짝이는 별들이 보였다. 힘들고 지친 내 마음을 비춰 주는 희망의 별들이었다. 그런데 그때 저 멀리서 유난히도 밝게 빛나던 별 하나가 별똥별이 되어 떨어지고 있었다.

냄새와의 전쟁

내 혀가 맛을 느끼지 못하는 게 기분 탓이 아니었다는 것을 알게 된 후로 더더욱 밥을 못 먹고 있다. 또 다른 이유가 있다면, 미각을 잃고 난 뒤 생긴 정말 신기하면서도 괴로운 능력 때문이다. 그 능력은 바로 '탈인간' 급으로 민감해진 후각이다.

미각을 내주고 후각을 강화한 느낌이랄까. 어디선가 음식 냄새가 나서 엄마에게 "엄마 어디서 음식 냄새 안 나?"라고 물어보면 엄마는 냄새가 안 난다고 한다. 하지만 몇 분 뒤 거짓말처럼 밥이 나온다. 나도 처음엔 그냥 우연의 일치라고 생각했다.

그런데 어디서 치킨 냄새가 나서 보면 나와 한참 떨어진 병실에서 치킨을 먹고 있었고, 갑자기 라면 냄새가 나서 보면 휴게실에서 보호자가 늦은 저녁으로 컵라면을 먹고 있었다. 또 한번은 식사 시간도 아닌데 자꾸 음식 냄새가 나서 보니 엄마 옷에 점심에 먹었던 국이 한 방울 튀어 있었던 적도 있다. 이렇듯 다른 사람은 맡을 수 없는 거리에서 나는 냄새와 아주 미세한 냄새까지도 내 코에는 감지된다.

누군가는 "음식 냄새라도 잘 맡아서 다행이네. 냄새로라도 맛을 느끼면서 밥을 먹어 봐."라고 말할 수도 있는데, 내 이야기를 조금 더 들어보면 생각이 바뀔 것이다.
각각의 음식 재료에는 고유의 냄새들이 있다. 예를 들면 생선에서 나는 비린내라든지, 고기에서 나는 누린내라든지, 마늘 냄새, 양파 냄새, 파 냄새, 오이나 당근 같은 채소들의 냄새라든지, 젓갈 냄새, 밀가루 냄새 같은 것들이다. 재료 하나하나로만 보면 썩 좋은 냄새는 아니다.
하지만 이것들을 한데 섞어 요리로 만들면, 서로의 냄새를 잡아 주고 덮어 줘서 맛있는 냄새로 탈바꿈을 한다. 그런데 내 코에는 요리로 만들기 전, 재료 상태일 때의 냄새가 난다. 생선이 나오면 비린내가 나고, 고기가 나오면 누린내가 나고, 나물이 나오면 풋내가 나고, 김치가 나오면 젓갈 냄새가 난다. 이런 냄새를 맡으면서는 도저히 음식을 먹을 수가 없었다.
식사 시간이 되면 병실에 갖가지 음식들이 들어오는데, 그럼 내 코는 과부하가 된다. 뜨끈한 겨울 병실 안, 코에 스며드는 전국팔도 음식 냄새에 나는 버티지 못하고 식사 시간 때마다 밖에 나가 창문을 열고 있었다.

가만히 있어도 어디선가 화장품 냄새와 향수 냄새가 솔솔 풍겨 오고 소독약 냄새, 피비린내, 심지어 화장실 냄새까지 났다. 이런 상황을 누구한테 말하기도 뭐했다. 내가 예민해서 그렇다고 하면 할 말이 없었기 때문이었다.

가장 힘들었던 냄새는 내 속에서 나는 냄새였다. 밖에서 나는 냄새는 그 자리를 벗어나든지 입으로 숨을 쉰다든지 해서 어찌어찌 피할 수 있어도 내 속에서 나는 냄새는 피할 수가 없었다.

내 속에서는 아까 먹은 약 냄새, 신물 넘어올 때 나는 냄새, 단내가 났다. 이러니 조금만 방심하면 냄새 때문에 비위가 상하고 구역질이 난다. 구역질이 나올 때면 물도 마시고 심호흡도 하면서 목구멍까지 올라오는 토를 삼켜 내지만, 그럼에도 나오는 토는 막아 낼 수가 없다.

이 능력은 서서히 사라지더니 6개월 정도 지나자 나도 모르는 새 사라져 있었다.

면역억제제

먹는 밥은 갈수록 줄어드는데 먹는 약은 갈수록 많아진다.
이 약들은 원래 무균실에 있을 때부터 폴대에 걸려 중심정맥관을 통해 들어오던 것들인데, 하나둘씩 먹는 약들로 바뀌고 있다. 그렇게 폴대는 점점 가벼워지는데 내 손바닥은 점점 무거워져 간다.
손바닥의 일부를 채우던 약들이 이제는 반을 덮을 만큼 많아졌다. 대충 봐도 10개는 훌쩍 넘어 보인다. 더 놀라운 것은 이 약들이 하루 동안 먹는 양이 아니고 한 번 먹는 양이라는 점이다.
중심정맥관으로 맞던 약을 먹는 약으로 하나씩 바꾸는 이유는 퇴원을 준비해야 하기 때문이다. 퇴원을 하면 더 이상 중심정맥관으로 약을 맞을 수 없기 때문에 먹는 약으로 하나씩 바꿔 가며 약 먹는 연습을 하는 것이다. 내 몸이 이 상황에 적응해서 토하지 않고 무리 없이 약을 다 먹을 수 있어야 퇴원을 할 수 있다.

그런데 진짜 하루 세 번씩 이 많은 양의 약들을 먹고 있으니 속이 너무 울렁거린다. 환하게 피어 있는 꽃에게 다가가 입김을 내뱉으면 바로 시들어 버릴 만큼 속에서 약 냄새가 심하게 올라왔다. 속이 울렁거릴 때 완화해 주는 약을 맞고는 있지만 효과가 있는지는 잘 모르겠다.

그런데 바로 오늘 이 모든 것들을 애교로 만들어 버릴 최종 보스급 약이 등장했다. 그 이름도 무시무시한 '면역억제제'다.

오늘 아침을 시작으로 매일 아침 10시와 밤 10시에 한 번씩 하루 두 번을 먹게 됐다. 면역억제제에도 여러 가지 종류가 있는데 그중 내가 먹는 면역억제제는 회색의 말랑말랑한 캡슐이다.

먹을 때마다 100mg짜리 큰 캡슐 하나와 25mg짜리 작은 캡슐 세 개 해서 총 175mg을 먹는데, 이 캡슐의 크기가 정말 어마무시하다. 100mg짜리 큰 캡슐은 거의 새끼손가락 두 마디만 하고, 25mg짜리 작은 캡슐도 새끼손가락 한 마디만 하다.

물론 굵기도 포함이다. 며칠 굶은 사람처럼 고구마를 입안 가득 넣고 허겁지겁 먹다 보면 목이 막힌다. 그때 물을 마시면 고구마가 빽빽하게 식도로 넘어가면서 순간 목과 가슴이 꽉 조여 오지만, 곧 개운해지는 그 느낌이 이 약을 먹을 때도 똑같이 든다. 약이 얼마나 큰지 목구멍을 타고 꾸물꾸물 내려가는 게 다 느껴질 정도다.

약을 먹고 나면 그때부터는 넘어오려는 약과 그걸 막으려는 나의 숨 막히는 눈치 게임이 시작된다. 기존의 울렁거림이 회전목마를 타는 수준이었다면, 면역억제제를 먹고 난 뒤 울렁거림은 맨 뒷자리에 앉아 바이킹을 타는 수준이다. 이 약을 먹고 난 뒤엔 고정된 자세를 유지하는 것은 기본이고 숨 쉬는 속도, 눈을 깜빡이는 횟수, 고개나 손을 움직이는 것까지도 일정하게 유지해야 한다.
만약 조금이라도 더워지거나 큰 소리에 놀란다거나 해서 생체리듬이 깨지면 곧장 목구멍까지 토가 치고 올라온다. 만약 여기서 한 번 더 구역질을 하게 되면 게임 오버이기 때문에 초집중을 해서 생체리듬을 되찾고 목구멍까지 올라온 토는 다시 밀어 낸다. 그렇게 30분 정도를 버텨 약이 몸에 흡수되면, 이겨야 본전인 눈치 게임에서 승리하게 되는 것이다.
초반엔 내가 질 때도 많았다. 결국 참지 못하고 토해 버리면 별수 있나? 다시 먹어야지. 그래서 나는 약을 다시 먹지 않기 위해 더 기를 쓰고 참았던 것 같다. 한번은 약을 먹자마자 토를 해서 햄스터처럼 입안이 토로 가득 찼던 적이 있었다.
그 순간 나는 다른 것보다 이걸 뱉어 내면 약을 다시 먹어야 한다는 생각이 먼저 들어서 나도 모르게 입안 가득 차 있는 토를 다시 삼켰다. 지금 생각해 보면 조금 더럽지만 그 당시에는 그런 것까지 생각할 겨를이 없었다. 뭐든 면역억제제를 다시 먹는 것보다는 나았기 때문이었다.

조혈모세포 이식 후에 면역억제제를 복용해야 하는 이유는 바로 '이식편대숙주반응'을 예방하기 위해서이다. 이식편대숙주반응은 이식받은 조혈모세포에서 만들어지는 면역세포 중 하나인 T림프구가 내 몸의 주요 장기들을 공격하는 현상으로 조혈모세포 이식의 주된 부작용이라고 볼 수 있다.
T림프구는 나와 타인을 구분하고 나를 나로 인식을 하면 공격하지 않지만 타인으로 인식하면 공격하는 특성을 가지는 면역세포다. 그렇기 때문에 세균이나 바이러스같이 타인으로 인식되는 외부 물질이 몸 안에 들어왔을 경우, 면

역체계를 통해 정보를 받아 직접 공격해 제거하게 된다. 여기까지는 정말 고마운 T림프구인데 문제는 T림프구가 환자의 주요 장기 또한 타인으로 인식해 공격한다는 것이다.

"헐… T림프구 걔 뭐야? 너 지켜 주러 간 거 아니었어? 도대체 왜 그러는 거래?"
조금만 생각해 보면 쉽게 그 이유를 알 수 있다. 그 이유는 애초에 T림프구를 비롯한 면역세포들을 만들어 내는 조혈모세포가 내 것이 아니기 때문이다. 나 같은 경우 누나에게 조혈모세포를 이식받았기 때문에 현재 내 몸속의 T림프구가 공격하지 않는 것은 누나 몸에 있는 세포들뿐, 그밖의 것들은 다 외부 물질로 간주하고 있을 것이다.
T림프구는 이렇게 항변할 수 있을 것이다.
"나로 인식이 안 되는데 어떡하라고! 그냥 아무것도 안 하고 가만히 있을까? 그걸 원하는 거야?"
그럼 아쉬운 입장인 나는 이렇게 대답한다.
"아니야 미안해. 가서 할 일 해줘…."

경미한 수준의 이식편대숙주반응은 오히려 긍정적인 의미로 해석되기도 한다. 그만큼 T림프구가 자기 역할을 잘해 주고 있다는 뜻이기 때문이다. 하지만 그렇다고 해서 내 몸을 공격하는데 가만히 있을 수는 없는 노릇이다. 그럼 T림프구가 세균과 바이러스로부터 나를 지켜 주지만 내 몸도 공격하게 되는 이 어처구니없는 상황을 해결할 방법은 정말 없는 것일까?

있다. 그것은 바로 내 T림프구가 나를 나로 받아들여 주는 것이다. 하지만 그 과정이 말처럼 순탄치만은 않다. 솔직히 T림프구는 납치를 당한 거나 다름이 없다. 원래 살던 집에서 가족, 친구들과 평화롭게 잘 지내고 있는데 별안간 어디론가 빨려 들어가서 정신을 잃게 되었다. 시간이 지나 눈을 떴는데 생판 처음 보는 집에 와 있고, 낯선 사람이 와서 오늘부터 여기가 네 집이라고 하니까 화가 날 법도 하다. 그렇기 때문에 어찌 보면 나를 공격하는 게 당연한 것일지도 모른다.

그럼 나는 화가 나 있는 T림프구가 이 상황을 이해할 때까지 설명을 해줘야 한다.
"이러이러한 일이 있어서 원래 너네 집 주인이 너희를 내 집으로 보내 줬어. 그러니까 화 풀고 잘 지내 보자. 응?"
하지만 T림프구들은 "내가 그 말을 어떻게 믿어?"라고 말하며 나를 계속 공격한다. 그래도 나는 몇 날 며칠이고 계속 설득해야 한다….

그런데 어쩌다가 이야기가 여기까지 온 거지? 내가 무슨 이야기를 하고 있었더라? 아 맞다, 면역억제제 이야기를 하고 있었지. 그래서 결론은 면역억제제를 먹는 게 정말 힘들다는 것이다.

진짜 다 끝난 거 맞지?

교수님께서 오늘 당장 퇴원을 하라고 하셨다. 빨라도 주말에나 퇴원할 줄 알았는데 뜻밖의 횡재였다.

아.이.고.아.쉽.네.하.루.더.있.고.싶.었.는.데!

게다가 아예 중심정맥관까지 빼고 퇴원하라고 하셨다. 교수님께서 아주 나를 편히 쉬게 해주고 싶어서 작정을 하신 모양이었다. 마침 어제 병무청에 제출할 서류도 신청해 놨었는데 정말 오랜만에 일이 딱딱 들어맞는다.
나는 서둘러 엄마에게 이 소식을 알렸다. 그리고 콧노래를 부르며 침대에 누워 있으니 어느새 수술실 문 앞에 도착해 있었다. 침대째로 옮겨질 때는 마치 내가 공중부양을 하고 있는 것 같은 묘한 기분이 든다. (지금도 한번씩 생각나는 색다른 경험이다.)

차례가 되어 수술실로 들어간 나는 수술실 침대로 몸을 옮겼다. 네 번째 보는 수술실의 풍경에 내 눈은 더 이상 호기심을 느끼지 않았다.
소독, 따끔, 쓱싹, 푹, 꿰맴이 끝나고 다시 침대에 누워 둥실둥실 병실로 향했다. 가슴이 뻐근해 지금 당장은 움직이기 불편하지만, 3일 정도만 지나면 내 가슴은 이제 영원한 자유를 되찾을 것이다.

병실에 도착하니 엄마가 짐을 정리하고 있었다.
"잘하고 왔어?"
"응, 병무청 서류는 가져왔어?"
"응 가방에. 집에 가서 봐."
그런데 궁금함을 참고 집에 가서 볼 수 있을 사람이 과연 얼마나 있을까 싶다. 나는 궁금한 마음을 참지 못하고 엄마 가방을 열어 봤는데, 웬 백과사전이 하나 들어 있었다.
"엄마, 이거 맞아?"
꺼내 보니 한 손에 겨우 다 잡히는 두께였다. 서류가 많다고는 들었지만 이렇게나 많은 줄 몰랐는데 놀라웠다. 나는 서류를 대충 촤르르 넘겨 본 후 궁금한 마음과 함께 다시 가방 안으로 밀어 넣었다.
'괜히 팔만 아팠네.'
역시 엄마 말은 잘 들어서 해될 게 없다.

오전 11시쯤 약사 선생님이 오셔서 처방된 약과 함께 복약 지도를 해주셨다. 처방된 약은 기존에 하루 세 번 먹던 약과 아침과 밤 10시에 먹는 면역억제제 그리고 주말에만 먹는 폐렴 예방 항생제였다.

퇴원하는 과정은 이제 익숙해졌지만 퇴원 자체는 여전히 즐겁다. 원빈이나 강동원은 아무리 많이 봐도 잘생겨 보이는 것과 같은 이치라고 보면 될 것 같다.

하얀 눈이 쌓여 있는 밖은 생각보다 더 추웠다. 가녀린 몸을 두꺼운 외투와 모자, 마스크로 중무장했지만 세찬 바람은 소용없다는 듯 내 살갗을 파고 들었다. 그래도 다시 추울 수 있다는 게 너무 기뻤고 서걱거리는 눈을 다시 밟을 수 있다는 게 너무 좋았다. 약해진 다리로 이렇게 많이 걷는 건 정말 오랜만이라 다리가 후들거렸다. 그렇게 나는 두 줄로 이어지는 발자국을 남기며 택시 정류장을 향해 질질 걸어갔다.

오전 11시 40분, 드디어 집에 도착했다. 집 안을 쭉 둘러보니 나만 빼고 모든 게 다 그대로였다. 나는 헨젤과 그레텔이 떨어뜨린 빵조각처럼 옷을 하나씩 벗어던지고 침대에 누웠다. 손은 씻었냐는 엄마의 외침에 "나 주머니에 손 넣고 와서 아무것도 안 만졌어! 깨끗해!"라고 소리쳤다. 물론 손 정도는 씻고 자야 하는데 살다 보면 본능이 이성을 이길 때도 있는 법이다.
퇴원은 항상 좋았지만 이번 퇴원은 그 어느 때보다도 기쁘고 포근했다. 사실 그동안의 퇴원은 완전한 의미의 퇴원이 아니었다. 다시 병원으로 되돌아가야 했기 때문이다. 하지만 이제는 더 이상 되돌아가지 않아도 되는 퇴원을 했다. 완전한 의미의 퇴원을 한 것이다.

믿기지가 않는다. 거짓말 같다. 아직도 꿈같다. 사람의 마음이란 참 희한하게도 바라왔던 뭔가가 정말 현실이 되어 버리면 먼저 부정하고 싶어진다. 부정할수록 눈앞의 현실이 더 단단해지는 느낌이 들어서일까? 정확한 이유는 알 수 없지만, 한 가지 확실한 건 부정하면 할수록 자꾸만 웃음이 난다는 것이다. 아마 내일부터는 이 현실이 조금씩 피부에 와닿지 않을까 싶다.

'와… 진짜 다 끝났다. 진짜… 진짜… 끝이야. 진짜….'

거의 1년 동안 응축돼 왔던 긴장이 풀리자, 몸이 침대와 하나가 된 것처럼 노곤하다. 하고 싶은 것도 많고, 해야 할 것도 많지만 우선 한숨 푹 잘 생각이다. 이젠 급할 게 하나도 없다. 내일도 모레도, 아니 그 언제라도 편안한 집에서 눈을 뜰 수 있게 됐으니 말이다.

'몸아, 이제 다 끝났으니까 앞으로 좋은 일만 있을 거야.'

고생하고 고생한 내 몸에게 넌지시 말을 걸어 봤지만 대답이 없었다. 너무 피곤했는지 나보다 먼저 잠든 듯했다. 나는 무거워지는 눈꺼풀을 겨우 들어 올리며 몸의 대답을 기다렸지만, 아무래도 다음에 들어야 할 것 같았다. 스르르 눈이 감기던 그때, 어렴풋이 몸이 뭐라고 대답을 하는 것 같았다. 하지만 이미 멀리 가버린 나는 그대로 잠이 들었다.

즐거운 나의 집

어제는 하루 종일 잠만 잤다.
아침 8시, 아직 꿈나라에 있는 나를 깨운 건 엄마의 목소리였다.

"주완아, 밥 먹고 약 먹고 다시 자!"
처음엔 작게 들렸던 엄마의 목소리가 이제는 일어나지 않고는 못 배길 정도로 커졌다. 나는 온몸을 비틀며 침대에서 일어났다. 식탁에서는 따뜻한 아침밥 냄새가 나를 반겨 주고 있었다. 엄마의 목소리, 아침밥 냄새 이제야 정말 집에 온 기분이 난다.
식탁에는 병원에 있을 때 주문한 청국장과 김이 모락모락 나는 흰쌀밥이 소박하게 놓여 있었다. 원래는 퇴원하고 나면 항상 엄마가 상다리를 부러뜨렸었는데, 이번엔 엄마에게 그러지 말아 달라고 했다. 어차피 맛도 못 느끼고 속도 안 좋기 때문에 어떤 음식을 해도 먹지 못할 게 뻔했기 때문이다. 그래서 지금은 그냥 살기 위해 먹는 정도로만 먹고, 나중에 맛도 느끼게 되고 속도 나아지면 그때 다시 상다리를 부러뜨리기로 했다.
그런데 거의 한 달 넘게 밥을 못 먹다시피 해서 그런지 밥을 한두 숟갈만 먹어도 배가 부르고, 그 이상 억지로 먹으면 하루 종일 속이 더부룩하다. 엄마는 그럴수록 더 먹어서 위를 늘려야 한다고 말하는데, 엄마… 내가 누구보다도 그러고 싶은 사람이야. 아무튼 그래서 나는 밥을 한 숟갈 먹고, 두 숟갈 먹고 그 다음부터는 엄마 눈치를 보며 먹는 척을 한다.
그리고 "엄마가 밥을 너무 많이 준 것 같아. 너무 배부르다."라고 말하며 마치 나는 엄청 많이 먹었는데 처음부터 밥이 많았던 것처럼 말한다. 마지막으로 "엄마 밥 남은 게 너무 아깝다. 더 먹으면 속이 안 좋을 것 같은데 그냥 먹어야겠다."라고 말하면 엄마는 아니라고, 그만 먹으라고 한다. 내가 생각해도 나는 너무 나쁜 것 같다.
엄마, 미안해!
그렇게 아침밥을 먹는 둥 마는 둥 하고 아침 약을 먹는다. 주말엔 먹던 약에 폐렴 예방 항생제까지 추가돼 약이 더 많아진다. 대충 봐도 10개는 훌쩍 넘어 보이는 약들을 세 덩이로 나눈 뒤 한 덩이씩 삼킨다.
'으… 약 냄새….'

약을 먹자마자 속에서 약 냄새가 올라온다. 만약 어떤 사람이 어제 아침 8시부터 소주 한 병, 아침 10시에 보드카 한 잔, 점심에 소주 한 병, 저녁에 소주 한 병, 밤 10시에 보드카 한 잔을 먹고 잤는데, 아침에 일어나자마자 시원한 콩나물국은커녕 밥 두 숟갈 먹고, 어제처럼 아침 8시부터 소주 한 병을 마시고, 아침 10시에 마실 보드카를 기다리고 있다면 내 속과 조금 비슷하지 않을까 하는 생각이 들었다. 그래도 병원에서 나는 냄새들은 더 이상 나지 않으니 그나마 속이 덜 매스껍다.

아침 약을 먹고 식탁에 앉아 토를 참으며 졸고 있으면 아침 10시가 된다. 아침 10시에는 면역억제제를 먹을 차례다. 큰 거 한 알, 작은 거 세 알을 손바닥에 올리고 우선 한숨을 크게 쉰다. 방바닥이 조금 꺼진 게 느껴지면 큰 거부터 삼키고 작은 거 세 알을 따라 넘긴다.

그럼 엄마 오리 따라가는 새끼 오리들처럼 약들이 목구멍을 타고 꾸물꾸물 내려간다. 면역억제제를 먹고 나면 토를 참기 위해 본능적으로 정신이 맑아진다. 우선 넘어오고 보려는 토가 잠잠해질 때까지 나는 허리를 곧게 펴고 앉아 오로지 토를 하지 않기 위해 온 신경을 집중시킨다.

약 한 시간 정도를 버티면 "고놈 참 끈질기네. 못 참을 줄 알았더니. 그럼 이따 밤 10시에 보자고 친구."라고 말하며 토가 내려간다. 그렇게 토가 내려가고 나면 아직 아침 11시밖에 되지 않았지만 몸은 이미 녹초가 되어 있다. 나는 물 한 잔으로 승자 없는 승리를 자축하고 침대로 기어가 눕는다. 그렇게 잠이 들고 나면 남들처럼 바쁘게 보낸 내 아침도 끝이 난다.

"주완아, 밥 먹고 약 먹어야지~"

엄마의 목소리에 잠에서 깼다. 벌써 다음 날 아침이 된 줄 알고 깜짝 놀라 시계를 보니 오후 1시가 조금 넘어가고 있었다. 감금된 생활 속에서 시간 감각이 없어진 것 같다. 잠을 자고 일어났는데도 누가 내 몸을 구겨 놓은 것처럼 삭신이 쑤신다. 기지개라도 켜고 싶지만 아직 중심정맥관을 뺀 자리가 다 아물지 않았다. 구겨진 몸을 이끌고 식탁에 앉으면 다시 따뜻하게 데워진 청국장과 김이 모락모락 나는 흰쌀밥이 소박하게 놓여 있다. 밥 양이 아침보다 줄어든 것 같지만 여전히 나는 두 숟갈만 먹고 수저를 내려놓았다. 무슨 생각을 하며 밥 두 숟갈을 그리 오래 먹었는지 시계가 오후 2시를 향하고 있었다.

'아차, 점심 약 먹어야지.'

다행히 점심 약은 두 번만 나눠서 삼키면 될 정도로 적다. 그래서인지 점심 약을 먹고부터는 저녁 약을 먹기 전까지 비교적 온전한 정신으로 다른 일을 할 수 있다. 다른 일이라고 하니 뭔가 거창해 보이는데, 사실 별게 아니고 베란다 창문으로 바깥 풍경을 감상한다든지, 음악을 틀고 멍 때리고 있는다든지, 누워서 밀린 웹툰을 본다든지 하는 것들이다.

TV도 보면 좋은데 이 시간대에는 재밌는 걸 안 한다. 누구는 정말 할 일 없고 심심할 때 시간을 때우려고 하는 평범한 일들이겠지만, 내게는 시간 내서 하는 특별한 일들이다. 지금은 누워서 웹툰을 보고 있다. 웹툰은 하도 많이 밀려서 이전 내용이 가물가물하다. 그래도 그냥 보고 있다.

벌떡 일어나 시계를 보니 저녁 6시다. 깜빡 잠들어 버린 것 같다. 안 자려고 했는데 또 자 버렸다. 낮시간을 허무하게 날려 버린 것 같아 슬펐다. 머리맡에는 몇 시간째 한 장면만 비추다 지쳐 버린 휴대폰이 밥 좀 달라며 소리치고 있었다. 미안한 마음에 얼른 충전기에 연결하고 방을 나섰다.

"일어났네? 밥 먹고 약 먹어."

식탁에는 다시 따뜻하게 데워진 청국장과 김이 모락모락 나는 흰쌀밥이 소박하게 놓여 있었다. 나는 청국장에 비빈 밥을 입에 넣고 대충 씹은 뒤 약 먹듯 물과 함께 털어 넘겼다.

밥이 소화가 될 무렵 저녁 약을 먹는다. 반쯤 풀린 눈으로 토를 참고 있으면 밤

10시가 된다. 벌써 면역억제제를 먹을 시간이 됐다. 나는 다시 큰 거 한 알, 작은 거 세 알을 손바닥에 올리고 큰 거부터 삼킨 뒤, 작은 거 세 알을 따라 넘겼다. 몇 초나 지났을까? "또 만났네. 나도 이러는 거 마음이 참 안 좋아. 근데 나도 먹고 살아야지 않겠어?"라고 말하며 토가 올라온다. 그럼 나는 하던 대로 안간힘을 다해 토를 참는다. 나를 마음껏 괴롭힌 토가 내일 보자며 물러가면, 나는 흘러내리는 몸을 주워 가며 침대에 눕는다.

'하….'

긴 하루가 끝났음을 알리는 한숨이 나온다. 하루 종일 일하고 들어온 사람처럼 피곤하다. 내가 오늘 한 일이라곤 약 먹고 잠 잔 게 다인데 말이다. 오늘도 어제 같았지만 내일은 다를 것 같다. 사실 어제도 이렇게 생각하고 잠들었다는 건 비밀이다. 안 힘들었다면 거짓말이다. 그래도 집에 있으니까 즐겁다. 그래도 집에 있으니까… 그래도….

생존 연장권

피검사를 받고 병원 의자에 앉아 헐떡거리고 있다. 옆에는 이런 나를 알 수 없는 눈빛으로 바라보고 있는 엄마가 앉아 있다. 엄마의 얼굴을 보니 갑자기 어제 생각이 난다.

내 변덕스러운 입맛이 아침 일찍 엄마를 시장으로 보냈다. 아침 11시쯤 엄마가 돼지갈비를 만들 고기와 식빵, 잼을 사 왔다. 엄마는 집에 오자마자 숨 돌릴 틈도 없이 돼지갈비에 양념을 했다. 밖이 많이 추운지 엄마의 코는 빨개져 있었지만, 엄마는 콧노래까지 흥얼거리며 양념을 했다. 엄마가 들고 온 뭔가가 잔뜩 들어 있는 봉투를 열어 보니 식빵이 두 봉지나 들어 있었고 잼도 종류별로 들어 있었다. 그걸 본 순간 내게는 엄마를 실망시키면 안 된다는 막중한 임무가 주어졌다.

"이야! 내가 이거 먹고 싶었는지 어떻게 알고 사 왔대?"

나는 일부러 엄마가 보는 앞에서 식빵에 잼을 발라 크게 한입 먹었다. 엄마에게 식빵을 먹는 모습을 보여 주고 엄마를 기쁘게 해주려는 아주 완벽한 계획이었다. 그런데 정말 어이없게도 나는 식빵을 먹자마자 엄마가 보는 앞에서 전부 토해 버렸다. 전혀 예상치 못한 상황에 등골이 오싹할 정도였다. 나는 머쓱하게 입을 헹구고 엄마에게 말했다.

"아까 먹은 약 때문에 그래. 알지? 음… 그리고 아직 빵에 적응이 안 됐나 봐. 엄마 알지?"

나는 대답을 강요하며 대충 상황을 얼버무리고 방으로 도망쳤다. 그 후로 엄마와 나는 마치 아무 일도 없었던 것처럼 대화하고 행동했지만 분명 엄마는 크게 실망했을 것이다. 나는 생각했다, 그래도 이따가 돼지갈비를 잘 먹으면 이 사태를 만회할 수 있을 거라고.

저녁이 되자 식탁 위에 돼지갈비가 올라왔다. 청개구리 말고는 무조건 맛있다고 할 비주얼이었고 엄마도 기대에 찬 눈으로 나를 바라보고 있었다.

'이건 기회야. 딱 한 점만 먹으면 다 괜찮아질 수 있어.'

나는 침을 꿀꺽 삼키고 돼지갈비 한 점을 입에 넣었다. 무슨 맛인지는 잘 모르겠지만 분명 맛있는 맛일 것이다.

"와~ 엄마, 정말 맛있드웨엑… 우웩…."

세상에 이런 불효자가 또 있을까? 나는 돼지갈비를 삼키자마자 또 토를 해 버렸다. 그렇게 돼지갈비는 식탁 위에서 쓸쓸하게 식어 갔다. 정말 속상했다. 나도 이렇게 속상한데 엄마는 얼마나 속상할까 싶어 어제는 한쪽에 숨어 있다가 얼른 잠들어 버렸다.

어제 일은 생각만 해도 손발이 오그라드는, 정말 내 인생의 최고로 미안한 순간 중 하나로 기억될 것이다.

"이주완 환자분, 들어가세요."

어느새 내 차례가 되었다. 교수님은 집에서 잘 지냈는지, 불편한 곳은 없는지 물어보시며 이식편대숙주반응이 있나 확인하시려는 듯 입안과 피부를 살피셨다. 끝으로 약 처방을 해주시며 내일부터는 면역억제제를 150mg만 먹으라고 하셨다. 현재는 175mg씩 먹고 있는데 25mg이 줄어든 것이다. 25mg이면 작은 거 한 알이긴 하지만 뭐든 첫술에 배부를 수는 없는 것이니 약이 줄어들었다는 것에 의의를 뒀다. 나는 약을 줄였으니 토가 조금이라도 덜 나오지 않을까 하는 생각에 기분이 좋아졌다. 이렇게 한 알씩 줄여 나가다 보면 곧 면역억제제는 물론 모든 약을 끊게 될 날도 올 것이다.

건강한 사람이 강철로 만든 인형이라면 현재 나는 종이로 만든 인형 정도 될 것이다. 겉으로 보기엔 똑같은 인형이지만 나는 작은 충격에도, 작은 바람에도, 심지어 가랑비에도 부서져 버릴 종이 인형이다. 시간이 지나 몸이 회복되면 종이 인형에서 조금 더 단단한 나무 인형쯤은 될 것이고, 조금 더 많은 시간이 지나면 남들 같은 강철 인형이 될 수도 있을 것이다. 상상만 해도 가슴이 벅차오는 그날이다.

그렇게 나는 생존 연장권을 받아 들고 진료실을 나섰다. 다음 외래진료 날인 1월 31일에도 문제없이 생존 연장권을 갱신할 수 있으면 좋겠다고 생각했다.

이런 날도 나는 즐거우면 안 되는 걸까?

아침 약을 먹고 거실에 앉아 10시를 기다리고 있는데 형이 양손 가득 짐을 들고 낑낑대며 들어오길래 얼른 가서 받아 주었다.

"왔어?"

엄마가 방에서 나오며 형을 맞이했다.

뭐야, 나만 몰랐던 거야?

형이 짐을 정리할 동안 나는 면역억제제를 먹었다. 예상치 못한 깜짝 손님에 기분이 좋아서인지 면역억제제를 먹었는데도 속이 울렁거리지 않았다… 라고 말하고 싶지만, 안타깝게도 속이 울렁거렸다. 그렇게 평소처럼 토를 참고 있던 그때 형이 선물이 있다며 커다란 박스를 들고 나왔다. 지금은 기뻐할 여력이 없어서 한번 쓱 훑어보고 돌아앉았는데 한 3초 정도 지났을까?

'어? 잠깐만… 이거 내가 제대로 본 거 맞지?'

눈이 커지고 입 꼬리가 올라갔다. 다시 돌아본 선물의 정체에 이번만큼은 그 곰 같은 토도 눈치 있게 한발 물러서 줬다.
이 선물로 말할 것 같으면 남녀노소 불문하고 이름 한 번은 들어봤을 아주 유명한 게임기다. 게임을 하는 방법은 게임기를 TV나 모니터에 연결한 뒤, 원하는 게임 CD를 넣고 전용 조작기로 플레이하면 된다. 이 게임기의 이름은 영어 이름으로 잘 알려져 있는데, 나는 한글을 사랑하기 때문에 한글로 번역해 보면 '놀이 정거장'쯤 될 것 같다.

형은 내 생일에 아무것도 못 해줘서 미안한 마음에, 내가 무사히 퇴원해 줘서 고마운 마음에 늦은 생일선물을 사 왔다고 했다. 오랜만에 보는 형의 얼굴이 가장 큰 선물이었지만 게임기도 그에 못지않았다.
"아니 뭐 이런 걸 다 사왔어."
나는 마음에도 없는 소리를 하며 게임기 상자를 열었다. 형이 사 온 게임기는 최신형 중에서도 한 번 더 업그레이드된 아주 멋진 녀석이었다. 형이 게임 CD도 몇 개 사 왔는데 그중에는 둘이 같이 할 수 있는 축구 게임도 있었다. 나는 바로 하고 싶었지만 형이 아침 일찍 출발하느라 피곤하다고 해서 한숨 자고 하기로 했다.

오후 5시쯤 잠에서 깬 형이 게임을 하자며 나를 불렀다.
"응 켜 놓고 있어, 갈게."
지금 내 목소리가 들리는 곳은 화장실이다.
'하… 제발 좀 나와라….'
오줌에게 사정 중이다. 아랫배가 터져라 힘을 줘봐도 수도꼭지에서 떨어지는 물방울처럼 몇 방울 똑… 똑… 떨어질 뿐이다. 요 며칠 오줌이 잘 안 나오던 게 그냥 기분 탓인 줄로만 알았는데 아닌 것 같다.

'대체 이게 무슨 경우람.'

별에 별일 다 겪어 봤지만 오줌이 안 나오긴 또 처음이라 어떻게 해야 할지를 모르겠다. 우선 이따가 다시 도전해 보기로 하고 변기 물을 내렸다. 게임기를 켜고 싱글벙글 기대에 찬 얼굴로 나를 기다리고 있는 형을 따라 나도 어색한 미소를 지었다.

"편하게 앉아서 해. 다리 저리겠다."

형이 걱정 섞인 목소리로 내게 말했다. 그도 그럴 것이 나는 게임하는 내내 똥 마려운 강아지처럼 쪼그려 앉아 있었다. 다른 자세로 앉아 있으면 오줌이 새는 느낌이 들고 아랫배가 땅겨 불편했다. 그나마 쪼그려 앉아 있어야 꽉 조여 주는 느낌이 들어 괜찮았다.

"나… 잠깐만, 화장실, 좀."

게임을 하다 말고 화장실을 가고, 가고, 또 갔다. 오줌이 너무 마려워서 화장실에 갔는데 가면 또 언제 그랬냐는 듯 안 나온다. 나랑 밀당하는 것도 아니고, 안 나오는 이유도 모르겠고 진짜 속이 타들어 간다. 제발 좀 나와 달라고 빌면 인심 쓰듯 쪼르르 흘러나와 준다. 아랫배에 오줌이 가득 차 있는 느낌이 들어 찝찝했지만, 아무리 힘을 줘도 더 이상 나오질 않으니 애꿎은 변기 커버를 세게 닫으며 화풀이를 할 뿐이다.

다시 게임기 앞에 앉았지만 게임에 집중할 수가 없었다. 계속 오줌이 마렵고 아랫배가 당겨서 쪼그려 앉았다가 일어나기를 반복했다. 온몸이 가려운데 어디가 가려운지를 모르겠는 기분이었다. 처음엔 불안하다가 불안이 짜증이 되고 극기야 화가 나기 시작했다. 내 표정이 갈수록 일그러져 가자 형이 오늘은 이만하고 내일 또 하자며 게임기를 껐다.

'이런 날도 나는 즐거우면 안 되는 거야? 어제까지만 해도, 아니 아침까지만 해도 이 정도는 아니었는데 갑자기 왜 이래? 짜증 나… 짜증 나… 짜증 나….'

그냥 빨리 자 버리고 싶었지만 저녁 약도 먹어야 하고 면역억제제도 먹어야 했다. 오늘 게임하다 밤을 새면 어쩌지 걱정했는데 괜한 걱정을 한 것 같았다. 내일은 조금이라도 괜찮아졌으면 좋겠다.

제발.

Deja vu

참, 오늘은 설날이라고 한다. 원래는 설날이 되면 큰집에 갔었는데, 이번에는 아빠만 잠깐 다녀오기로 했다. 설은 민족 대명절이지만 한 몇 년간은 나와 상관없는 날이 되지 않을까 싶다.

점심 때도 약을 먹고 토해 버렸다. 급기야 엄마가 왜 그러냐며 화를 냈다. "신데렐라 새엄마야?"라고 생각할 수 있지만 엄마와 20년을 살아 본 나는 엄마가 정말 화가 나서 화를 내는 게 아님을 잘 안다. 엄마는 지금 너무 걱정되기 때문에 화를 내고 있는 것이다.

이런 엄마에게 차마 오줌이 잘 안 나온다는 말까지 할 수가 없어서 참고 있지만, 아직도 오줌을 잘 못 싸고 있다. 오줌이 마려워 화장실에 가면 여전히 몇 방울, 많아 봤자 쪼르륵 나오고 만다. 어제보다 더 심해진 것 같은 기분이었다.

매일, 내일은 조금 나아지겠지 하며 버텨 왔지만 실상은 매일 더 안 좋아지고 있었다. 몸으로 느껴질 만큼 안 좋아지는데 이걸 인정하기가 너무 무서웠다. 인정하는 순간 정말 무슨 일이 생길 것만 같았기 때문에.

지금 내 기분은 이빨 사이사이에 고기가 껴 있는데 양치질도 못 하고, 일주일 동안 머리도 못 감고 세수도 못 해서 얼굴엔 기름이 좔좔 흐르고, 몸에는 꿀을 발라 놔서 끈적끈적한 상태인데 그 위에 두꺼운 외투를 입고 따뜻한 아랫목에 솜이불까지 덮고 누워 있는 사람만이 이해할 수 있을 것이다.

병원에 있을 때 이식을 하고 나서부터가 진짜라는 말을 들은 적이 있다. 이제야 그 말의 참뜻을 알 것 같다. 이식 후에 어느 정도 힘들 수 있겠다고 생각은 했지만 이 정도일 줄은 몰랐다. 솔직히 정말 힘들다. 정말 힘든데, 이것보다 더 힘들어도 견딜 테니 부디 별일 없이 지나가 주기만 바랄 뿐이다.
몸에 꺼지지 않는 불이라도 붙은 것처럼 한시도 가만히 있질 못한다. 끊임없이 움직여야 조금이나마 이 찝찝한 기운을 잊을 수 있다. 외줄 타듯 불안한 시간이 흐르고 어느새 또 저녁 약을 먹을 시간이 됐다. 제발 그 약 좀 안 먹으면 안 되냐고? 안 된다, 약을 안 먹으면 또 무슨 일이 생길 줄 알고.
원래 나는 감기약을 타 오면 한 하루 치 먹고 "다 나았다!" 하며 안 먹는 사람이었다. 시간이 흘러 나는 흥부도 울고 갈 저녁밥을 먹고 약을 먹었다. 얼마 뒤 이제는 일상이 되어 버린 듯 또 토를 해 버렸다. 네 번째 토였다. 그 모습을 본 엄마가 또 화를 내려 하기에 어쩔 수 없이 현재 내 몸 상태를 사실대로 말했다.
동정심을 유발해 화를 가라앉혀 보려는 계획이었지만 예상과 다르게 내 말을 들은 엄마는 더 불같이 화를 내며 내가 밥도 잘 안 먹고, 삼도 잘 인 자고 하니까 그런 거라고, 그럼 응급실이라도 갈 거냐고 말했다. 엄마가 얼마나 걱정되면 저렇게 화를 낼까 생각하니 마음이 아팠다. 역시 말 안 할걸 그랬나 보다.

응급실은 내게 여러모로 많은 의미가 담긴 곳이다. 나를 살린 곳이기도 하지만 백혈병을 확진받은 장소이기도 하고, 다신 없을 충격을 준 장소이기도 하면서 병원생활을 시작한 곳이기도 하다. 이런 응급실에 다시 간다는 건 뭔가 처음으로 되돌아가는 느낌이 든다. 물어보진 않았지만 엄마도 나와 비슷한 생각이라 저렇게 화를 내는 것 같다.

"아니야 엄마. 그 정도는 아니니까 걱정 마. 어차피 외래도 얼마 안 남았으니까 그때 가자."
말은 이렇게 했지만 느낌이 쌔했다. 쌔한 느낌은 그동안 내가 병원에서 보고 느낀 수많은 경험들이 무의식 속에서 내게 경고를 하고 있는 것이기 때문에 무시할 수가 없다. 항암 치료를 받을 때나 휴식기 때도 여러 일들이 있었지만 시간이 지나면 대개 괜찮아졌다.
그래서 이번에도 잘 견디면 좋아질 거라 생각했는데 아무래도 아닌 것 같다.
형은 자기도 군대에 있을 때 나 같은 증상이 있었다며 너무 걱정 말라고 했다.
스트레스를 많이 받으면 그럴 수 있다나 뭐라나.
"에이~ 지어 낸 거지?"
겉으로는 안 믿긴다는 듯 말했지만 속으론 누구보다도 형의 말을 간절히 믿고 있었다.

그 후로 얼마나 많은 시간이 흘렀는지 모른다. 나는 계속 눈을 감고 있었지만 고통 때문에 잠이 오지 않았다. 이런 고통 속에서 자신의 의지로 잠들 수 있는 사람은 없을 것 같았다. 그래도 이 정도 누워 있었으면 꽤 많은 시간이 흘렀을 거라 생각했다. 어쩌면 나도 모르게 잠이 들어 아침이 되어 있을지도 모르는 것이었다.

하지만 눈을 떴을 땐 여전히 고요한 새벽이었다. 어찌나 고요한지 귓속을 파고들던 그 시계 초침 소리마저도 들리지 않았다. 마치 시간이 멈춰 버리기라도 한 것처럼 말이다. 하지만 시간이 정말 멈췄다면 이 고통도 멈춰야 맞는 건데 고통은 오히려 더 선명해지고 있었다.

'지금 몇 시지?'

나는 더듬더듬 휴대폰을 찾아 전원을 켰다. 밝은 화면에 찡그려진 눈 사이로 보이는 현재 시각은 새벽 두 시였다.

'두 시? 고작 두 시라고?'

째깍… 째깍… 작지만 다시 들려오는 시계 초침 소리에 정신이 들었다. 여전히 고요한 새벽은 아까보다 더 어두워진 듯했다. 창문으로 들어오는 옅은 가로등 불빛마저 없었다면 아무것도 보이지 않을 것 같았다.

'후….'

두려움과 답답함이 섞인 한숨은 어느새 방안을 가득 채우고 있었다. 그런데 말이다, 아무리 생각해 봐도 참 이상한 점이 한 가지 있다. 바로 너무나도 괴로운 이 새벽이 왠지 모르게 익숙하다는 것이다.

오늘을 미리 살아 본 것도 아닌데 이 새벽도 이 고통도, 아니 그냥 이 모든 상황들이 마치 어디서 봤던 것처럼 너무 익숙했다. 대체 어디서 봤을까? 한번 생긴 궁금증은 나를 놀리며 머릿속을 계속 맴돌았다.

'뭐지… 이 느낌은….'

꺼림칙했던 나는 깊이 넣어 둔 기억들까지 꺼내 보며 이 수상한 느낌의 근원을 찾고 있었다. 그러던 도중 발견한 오래된 기억 하나. 일부러 숨겨 둔 것처럼 구석에 박혀 있어서 하마터면 그냥 지나칠 뻔했다. 기록된 날짜는 바래 있고 겉은 먼지가 수북이 쌓여 낡아 보였지만, 막상 열어 보니 방금 전 기억처럼 싱싱한 놈이었다. 나는 혹시나 하는 마음으로 이 기억을 조심스레 재생시켰다.

어두운 방안에 앉아 있는 한 소년이 보인다. 소년은 많이 힘든 듯 고개를 푹 숙인 채 앉아 있다….

'그런데 잠깐만… 이 벽지랑 이 침대… 여기 내 방이잖아? 그럼 저기 앉아 있는 저….'

그 순간 불현듯 떠오른 그날의 새벽.

거의 일 년이라는 시간이 흘렀지만 어제 일처럼 선명한 그날 새벽도 오늘처럼 이렇게 앉아 있었다. 뒤이어 떠오르는 그때의 감정 하나하나는 지금과 소름 끼칠 정도로 닮아 있었다.

'아 맞다….'

예상치 못한 충격에 정신이 얼얼했다. 나는 정말 오늘을 미리 살아 봤던 것이었다.

죽음.

충격이 휩쓸고 간 내 머릿속에 남아 있는 유일한 단어였다. 이날 나는 내 인생에서 처음으로 죽을 수도 있겠다는 생각을 했다. 그 많은 항암 치료를 받을 때도 심지어 이식을 받을 때조차도 생각해 본 적 없는 일이었다.

진짜 인정하기 싫지만 오늘이 익숙했던 이유를 알게 된 내게 더 이상의 선택권은 없었다. 우선 병원으로 가야 할 것 같다. 응급실이 내게 무슨 의미든, 외래진료가 얼마 남았든지 간에 나는 한시라도 빨리 병원에 가야 했다.

마음이 급해졌다. 나는 자고 있는 엄마를 흔들어 깨웠다.

"엄마 일어나. 병원 가자."

그때 시각, 아침 6시였다.

엄마의 고백 06

빨리 세상 사람들 속에 합류시키고 싶었다

#

식단을 보고 뚜껑을 다시 닫을까 봐 요즘 그것이 제일 무섭다.

"맛으로 먹지 말고 약이다~ 생각하고 먹어."

"내가 돼지야?"

질겁하면서 반박한다.

"엄마가 걱정돼서 한 말 가지고 왜 그렇게 화를 내?"

"입장 바꿔 놓고 생각해 봐. 엄마는 나보다 더 화낼 거면서."

"난 이런 일로 화 안 내."

"가만히 생각해 봐. 엄마는 매사에 그래."

"뭐가 매사에 그래. 아니, 밥 먹으라는 말 한마디 한 걸 가지고 어디까지 엮냐? 참 내! 자식한테 말 한마디도 이제 곰곰이 생각하면서 해야겠네."

어떻게든 밥을 먹게 하고 싶은 일념 하나뿐이었는데, 원치 않는 상황이 발생해 버렸다.

'한 끼는 고사하고 스트레스를 받아서 계속 못 먹는다고 핑계 삼으면 어쩌나… 뒷감당 못 할 일을 벌였구나. 꾸욱 참을걸.'

만감이 교차한다. 가슴을 찧는다. 그리고 다짐한다. 앞으로는 해 달라 하는 일 외에는 일절 간섭도 안 하고, 묻는 말에만 대답해야겠다고.

#

잠깐 화장실 간 사이에도 엄마 어디냐며 불러 댄다.
깜짝 놀라서 가보면, "어디서 이상한 냄새 안 나?"부터 시작해서, 그 장소에서는 맡을 수 없는 음식 냄새까지 말하며 인상을 찌푸린다.
이게 지금 좋은 현상인지, 안 좋은 현상인지 알 수가 없다.
시간이 흐를수록 괴로워진다.

병원 음식에서도, 집에서 해 간 음식에서도, 먹고 싶다고 주문을 해서 가져온 음식에서도 이상한 냄새가 난다면서 못 먹겠다고 한다.
일시적인 현상이길 바라지만 걱정스럽다.
숙주반응이라는 것이 어떤 형태로 오는지는 사람마다 다 다르다는 말을 여러 차례 들어 온 터라, 혹시 그런 건가 싶기도 하지만 음식에 대한 민감한 반응으로 숙주반응이 나타나는 것은 절대 사절이다.
아니, 그것뿐만 아니고 제발이지 숙주반응이라는 이름으로 아이를 괴롭히는 일을 이제 그만두라고 하고 싶다.

#

군대에 안 갈 수 있는 방법이 있다면 어떻게든 안 보내고 싶다 생각한 적이 있었다.

예상치 못한 일로 계획보다 더 늦게 맞이하게 된 신체검사 소환 날. 병무청 의자에 앉아 순서를 기다리는 건강한 청년들을 보면서, 우리 완이도 건강해서 현역 판정을 받고 군대에 갈 수 있다면 더 바랄 것이 없겠다는 간사한 생각을 한다.

한숨이 절로 나온다….

가지고 간 서류를 제출하니, 묻지도 따지지도 않고 민방위, 예비군까지 모두 면제라며… 마치 금방 태어난 갓난아이 어루만지듯 완이 등에 살짝 손을 대며 조심해서 가시라고 배웅을 한다.

동정 어린 눈빛으로 쳐다보며, 입에서 맴도는 무슨 말인가를 애써 삼키던 직원의 모습이 지금도 눈에 선하다.

#

이제 내 세상일 줄 알았는데….

이식하고 퇴원만 하면 모든 것이 다 끝날 거라 생각했는데, 약 먹고, 토하고, 설사하고, 밥을 주면 끼적이고, 보다 못해 한마디하면, "먹고 싶어도 못 먹겠는데 어떡해." 한다.

지금 생각하니 아이가 못 먹겠다고 하는데 왜 못 먹겠는지가 궁금한 게 아니고, 엄마가 널 위해 이렇게 애써서 만들어 줬는데… 하는 공치사가 있었던 것 같다.

그래서 안 먹으면 속으로 다시는 안 해준다면서 짜증을 냈다.

무턱대고 안 먹는다고 뭐라 하는 엄마에게 아이는 아이대로 내 마음을 몰라 주나 싶어 야속했을 테고, 나는 나대로 엄마 생각도 해주라고 말 없는 호소를 하고, 그렇게 팽팽한 심리전을 해왔다.

공치사였다고 치부해 버리자니, 엄마인 내가 너무 치졸해지는 것 같다. 변명하자면, 내 아이가 아프다, 환자라는 생각을 아예 머릿속에서 지워 버리고 싶은 마음이 너무도 간절했다. 아무 일 없었다는 듯 빨리 세상 사람들 속에 합류시키고 싶었다. 그래서 마음도 바빴고, 말도 행동도 두서없었다.

쉬는 동안 어딘가 조금이라도 안 좋은 기색이 보이면 밥 잘 먹으면 다 해결된다고, 그야말로 낫 놓고 기역 자도 모르는 무식한 엄마처럼, 소통과는 전혀 상관없는 말들을 거침없이 내뱉었다.

"느닷없이 왜 또 오줌이 안 나온다 그래?"

아이의 표정 하나하나. 행동 하나하나에 신경이 바짝 곤두섰다.

이제 괜찮아야 맞다고, 아예 뇌 속에 짱박아 놓았기 때문에, 이탈하면 절대 절대 안 되는 것으로 생각했던 것이다.

그럼 모든 것이 다 도로아미타불이 되어 버린다고….

그런데 느낌이 안 좋다.

잠깐 사이에 화장실을 몇 번째 들어갔다 나오는지 모르겠다.

애써 모른 척하고 있지만 심장이 쿵쾅거리고 가슴이 벌렁거린다.

천 일의 일곱 번째 이야기

얼마나 더 아파야 끝나는 걸까?

병원에서 내 몸에 고무줄이라도 묶어 놨던 걸까?
그렇게 멀어지려고 안간힘을 썼는데 힘이 빠지니
결국 병원으로 다시 끌려가고 있다.

그동안 몸이 넘어지면 마음이 일으켜 주고
마음이 힘들면 몸이 이겨 내 줬는데
지금은 둘 다 뻗어 버렸다.
슬프지만 지금은 내 온몸이 고통으로 가득 차서
슬픔이 비집고 들어갈 틈이 없다.

두 번째 응급실

코끼리 코를 하고 100바퀴는 돈 것 같은 울렁거림과 함께 아랫배가 터질 듯이 당겨 온다.

'내가 오줌을 언제 싸고 못 쌌지?'

하루에도 몇 번씩 싸는 게 오줌인데 그런 오줌을 언제 쌌는지 기억이 나지 않는다. 생각해 보면 무서운 일이다. 내 몸이 오줌을 못 만들어 내는 걸까? 그게 아니라면 만들어진 오줌은 전부 다 방광에 쌓여 있을 텐데, 그럼 내 방광은 도대체 얼마나 커져 있다는 걸까? 방광이 아무리 잘 늘어난다지만 내가 오줌을 싸지 못한 시간을 생각하면 지금 당장 터져도 이상하지 않을 것 같다.

택시가 멈췄다. 백혈병을 진단받을 때 오고 이번이 두 번째니까 거의 일 년 만에 오는 응급실이다. 차가운 바람에 등 떠밀려 들어온 응급실은 주말임에도 북적거렸다. 카운터로 다가간 나는 간호사님에게 이름과 환자 번호를 말하고 증상을 설명했다.
그리고 잠시 대기한 뒤, 이번엔 청소년 전용 방이 아닌 곳에 창가 쪽 침대로 배정받았다. 처음 왔을 땐 뭔가 복잡하고 더 오래 걸렸던 것 같은데 이런 게 바로 환자 패스인가? 씁쓸했다. 간호사님은 잠시만 기다려 달라고 말한 뒤 자리를 비웠다. 그렇게 잠시가 조금 길어지고 있다.

예전 하굣길에 갑자기 똥이 마려운 적이 있었다. 버스 안이었고 아직 다섯 정거장이나 남았는데, 금방이라도 쌀 것 같았다. 그때 나를 가장 참기 힘들게 했던 순간은 버스가 과속방지턱을 넘었을 때도, 신호 대기 중일 때도, 집까지 달려갈 때도 아닌 집 문 앞에 섰을 때였다.
지금 내 심정이 그렇다. 응급실에 오니까 그동안 참았던 긴장이 싹 다 풀려서인지 더 안절부절못하고 있다. '아… 그런데 왜 이렇게 안 오지?'라고 혼잣말을 내뱉는 순간 간호사님이 주사기와 수액을 들고 왔다.
간호사님은 내게 어느 손잡이냐고 물었고 오른손잡이라고 하자, 오른팔에서 피를 뽑고 왼팔에 수액을 연결했다. 그땐 정신이 없어 몰랐는데 지금 생각해보니 세심한 배려였다. 아무튼 처치를 끝낸 간호사님은 또 잠시만 기다려 달라고 말하며 자리를 뜨려 했다. 병원에서는 기다리는 것이 일상이고 다들 얼마나 바쁜지 잘 알기 때문에 그동안은 한 번도 이런 말을 해본 적이 없었지만, 지금은 기다리는 일분일초가 너무 힘들어서 간호사님에게 작은 목소리로 말했다.
"저… 결과 좀 빨리 나오게 부탁드려요. 너무 힘들어서요."

간호사님은 알겠다면서 또 잠시만 기다려 달라고 말하고 가 버렸다. 사실 병원에서 빨리 해 달라고 말하는 건 중국집에 전화해서 배달 언제 오냐고 묻는 것과 같다. 언제 전화해도, 심지어 배달받은 짜장면을 먹으면서 전화해도 방금 출발했다고 하는 것처럼 병원에서도 잠시만 기다려 달라고 한다.

그럼 그냥 기다리지 그러냐고? 그래도 우는 아이 떡 하나 더 준다는데… 혹시 모르는 거잖아….

나는 끝내
울어 버리고 말았다

현재 맞고 있는 수액은 500ml짜리 한 팩이다.
수액이 간신히 다 들어가자 방금 전 처방이 내려왔다며 1L짜리 수액을 한 팩 더 연결했다. 이때부터 간신히 잡아 오던 이성의 끈이 끊어져 버리고 말았다.
다들 오줌 한 번씩 참아 봐서 대충 어떤 느낌인지 알겠지만 굳이 설명해 보자면, 한 시간만 참아도 예민해지고, 몸이 배배 꼬이고, 기분이 매우 찝찝해지고, 아랫배가 아픈 증상이 생긴다. 이 중에서도 가장 힘든 고통은 아랫배가 아픈 거라고 생각한다. 만약 이때 아랫배를 누르는 사람이 있다면 싸움 신청으로 받아들이면 될 것이다.
이 모든 게 오줌만 싸면 해결될 일인데 알다시피 나는 오줌을 못 싸고 있다. 그것도 며칠째 말이다. 그런 데다가 다량의 수액까지 맞고 있으니, 이건 뭐 불난 집에 기름 붓고 부채질하는 꼴이 된 것이었다.
항문을 꿰매 놓고 계속 밥을 먹으면 내 고통과 비슷해질지도 모르겠다. 시간이 갈수록 오줌이 마려운 느낌도 심해졌고, 무엇보다 배가 마치 그 위에서 널뛰기라도 하는 것처럼 반복적으로 쑤셔 왔다.

너무 아파서 식은땀이 줄줄 흐르고 목소리도 안 나올 지경이었다. 그러다 어느 순간, 희미하지만 정말 이번만큼은 오줌을 쌀 수 있을 것 같다는 느낌이 번쩍였다. 기회를 놓칠 수 없었던 나는 어디서 그런 힘이 났는지 폴대를 끌고 화장실로 달려가듯 걸어갔다. 그 모습은 흡사 먹잇감을 향한 병들고 굶주린 사자의 마지막 도약 같았다.

그렇게 간절하게 소변기 앞에 섰지만 어이없게도, 아니 어쩌면 당연하게도 오줌은 나오지 않았다.

'제발… 제발….'

배가 터져라 힘을 주니 몇 방울이 나오긴 했지만 그게 다였다. 항상 긍정적으로 생각하려고 노력하는 나도 이 순간만큼은 모든 게 다 원망스러웠다.

'내가 무슨 잘못을 했다고. 도대체 나한테 왜 이러는 거야. 왜!'

> 울분을 토해 냈지만 내 외침은 공허 속으로 사라져 버렸고 내 안의 화 또한 얼마 가지 못해 그보다 더 뜨거운 고통에 집어삼켜졌다. 어떤 상황 속에서도 생각하는 사람이 되자 다짐했건만, 도무지 감당이 안 되는 고통에 머릿속이 하얘져 버렸다. 지금 나는 그저 고통에 몸부림치는 한 마리의 짐승일 뿐이었다.

너무 실망한 나머지 절망감마저 들었지만 애써 감추며 발길을 돌렸다. 그런데 화장실 문은 갑자기 왜 이렇게 안 열리는지, 수액이 대롱대롱 매달려 있는 폴대는 또 왜 이렇게 무거운 건지…. 갑자기 서러워진 나는 끝내 울어 버리고 말았다.

울먹이는 두 눈에서 이 상황에 대한 답답함 한 방울, 스스로에 대한 비참함 한 방울, 그리고 미칠 것 같은 고통이 연이어 흘러내렸다. 이런 나를 더 서럽게 하는 건 흐르는 눈물을 결국 내 손으로 닦아 내야 한다는 것이었다. 얼마나 더 아파야 끝나는 걸까? 화장실을 나와 침대로 돌아가는 길이 너무 길었다.

고통 정리

어떻게 됐냐는 물음에 침묵으로 대답했다.
한마디라도 하면 응급실 안이 눈물바다가 될 것 같았기 때문이다. 내 침묵이 대답이 되었는지 형과 엄마도 더 이상 묻지 않았다. 어느새 아침 10시가 되어 챙겨 온 면역억제제를 먹었다. 창문으로 햇빛이 인사를 했지만 왠지 너무 얄미워 커튼을 닫아 버렸다.

"소변을 언제부터 잘 못 보셨어요?"
그토록 기다렸던 의사 선생님의 첫마디였다. 나는 한 5일 전부터 그런 것 같다고, 어제부터 갑자기 더 심해진 것 같다고 대답했다. 내 대답을 들은 의사 선생님은 소변을 못 보고 있으니 우선 소변줄을 끼워 보자고 말씀하시고는 뭔가를 적고 그대로 가 버리셨다.
솔직히 나는 "이래서 그런 거니까 이렇게 하면 좋아지실 겁니다."와 같은 말을 기대했다. 너무 큰 욕심이었다면 최소한 이 고통을 줄여 줄 방법이라도 듣고 싶었다. 하지만 의사 선생님은 내 오랜 기다림을 아는지 모르는지 바람처럼 왔다가 이슬처럼 가 버렸다.

뭐 그건 그렇다 치고 소변줄을 끼운다니?

본론에 앞서 잠깐 다른 이야기를 해보자면 내겐 고통 순위표라는 게 있다. 그동안 하도 많은 고통들을 겪다 보니 자연스레 만들어진 것인데, 2등까지 나름대로의 기준으로 신중하게 순위를 매겨 놓았다. 1등은 어디 갔냐고? 1등은 아직 정하지 못했다.

1등 자리를 두고 골수검사, 헐어 버린 입, 헌 항문으로 똥 싸기, 하루에 설사 10번 하기, 척수항암, 척수항암 후 두통, 끝없는 기침과 콧물, 항암 치료 중 무기력함, 구토, 면역억제제 먹기 등의 내로라하는 고통 후보들이 옥신각신 다투고 있지만, 1등이 되기에는 다들 뭔가 2%씩 부족했다.

그렇게 1등 자리에는 오랫동안 먼지만 쌓여 가고 있었는데… 바로 오늘, 휘파람을 불며 홀연히 등장해 모든 후보들을 손짓 하나로 제압하고 단 하루 만에 순위표의 서열을 정리해 버린 고통이 하나 있었으니, 그 이름도 무시무시한 소변줄이다. 별로 안 무시무시해 보인다고? 절대 이름만 보고 판단해선 안 되는 법이다.

소변줄은 생각만 해도 손발이 덜덜 떨리는 내 인생 최악의 고통이다. 고통 종결자, 고통 끝판왕, 고통의 제왕… 그 어떤 수식어로도 온전히 표현할 수 없는 소변줄의 고통은 내 잠재의식 속에 선명하게 남아 아직까지도 나를 한 번씩 움찔거리게 만든다.

순위는 경신될 수 있어야 의미가 있는데, 이 소변줄의 고통은 애들 싸움에 격

투기 선수가 끼어든 수준으로 압도적이라, 고심 끝에 명예의 전당으로 넘겨 버렸다. 아마 명예의 전당에 이름을 올린 고통은 이 소변줄이 처음이자 마지막이 되지 않을까 싶다. 이쯤 되면 도대체 소변줄이 뭐길래 내가 이렇게까지 치를 떠는지 궁금해질 텐데….

그럼 다시 본론으로 돌아와서, 소변줄. 들어도 봤고 차고 다니는 환자들도 얼핏 본 것 같다. 곧 소변줄을 끼워 주실 인턴 선생님이 오신다고 하니 기다리고는 있었지만 사실 썩 내키진 않았다. 소변줄을 끼운다고 뭐가 달라질까 하는 생각도 들었고, 또 소변줄을 끼우는 모습을 상상하니 역시나 좀 그렇다. 이런 저런 생각에 심란해지고 있으니 달그락 소리와 함께 인턴 선생님이 들어오셨다.

소변줄을 끼운다는 것은 내가 생각했던 것과 달리 안에다가 넣는 것이었다. 조금 더 정확하게 이야기하면 소변줄을 오줌이 나오는 요도 구멍에 넣어서 요도를 타고 올려 보내, 방광까지 안착시키는 작업이었던 것이다. 너무 충격적이었다.

만약 소변줄을 끼우는 게 이런 건지 알았다면 나는 절대 안 하겠다고 했을 것이다. 아니 그냥 상식적으로만 생각해 봐도 끼운다고 하면 당연히 골무처럼 끼우는 걸 생각하지 누가 안에다가 넣는다고 생각하겠어.

'나는 끼운다고 하길래… 이건 끼우는 게 아니라 쑤셔 넣는 거잖아… 안 하고 싶어… 이건 미친 짓이야.'

진실을 알게 된 나는 소변줄을 강하게 거부했지만 너무 큰 공포 앞에서 입이 얼어 버렸는지 아무 말도 나오지 않았다. 그렇게 내가 충격과 공포에 휩싸여 얼어 버린 사이 소변줄은 이미 목표물을 향해 다가가고 있었다.

그 모습은 흡사 영화 '인터스텔라'에 나오는 도킹 장면을 연상시켰다. 숨소리마저 들리지 않는 긴장감 속에서 소변줄은 결국 그 작은 구멍으로 들어가고 말았다. 정말 믿고 싶지 않은 고통이었다. 조금만 더 아팠어도 그대로 기절했을 것이다.

혹시 부끄럽지는 않았냐고? 만약 이 상황에서 부끄러운 마음이 조금이라도 드는 사람이 있다면 그건 사람이 아니니 어서 도망쳐야 할 것이다. 아무튼 내 정신이 고통에 희미해지는 동안에도 소변줄은 아랑곳하지 않고 강물을 거슬러 올라가는 연어처럼 요도를 타고 더 깊숙이 방광을 향해 파고들었다.
어디까지 들어갔을까? 턱… 나보다 인턴 선생님이 먼저 느꼈을 것이다. 턱… 턱… 직진밖에 모르던 소변줄이 뭔가에 막혀 더 이상 나아가지 못했다. "비켜 주세요~"라고 말하듯 두세 번 정도 더 부딪혀 봤지만 소변줄 앞을 가로막은 정체 모를 물체는 길을 내어 주지 않았다.
"딱딱한 게 걸려서 잘 안 들어가네요."
인턴 선생님은 조금 당황한 듯 말하며 더 강하게 소변줄을 밀어 넣었다.
"윽! 악! 엑!"
소변줄이 방해물에 부딪힐 때마다 꽉 깨문 입술 사이로 굵직한 비명이 흘러나왔다. 그러다 어느 순간, 소변줄이 그 물체를 뚫고 쑥 들어가 버리고 말았다.
"으악!!"
전혀 예상 못 한 타이밍이었기에 나도 모르게 소리를 질렀다. 그뒤 엇박자로 찾아온 고통은 정말 끔찍했다. 가히 시체도 눈을 번쩍 뜰 정도였다. 개가 짖어도 기차는 간다 했던가? 소변줄도 내가 그러거나 말거나 방광을 향해 다시 전진했고 결국 도착했다.

끝으로 인턴 선생님은 바깥으로 조금 삐져나와 있는 소변줄에 다른 관 하나를 더 연결하고, 그 관을 미리 준비해 둔 소변주머니에 연결한 뒤, 폴대 밑동에 달린 낚싯바늘 모양의 걸이에 걸었다.
폴대를 볼 때마다 저 걸이는 어디에 쓰는 걸까 궁금했는데 오늘에서야 그 용도를 알게 되었다. 그렇게 마무리 작업까지 마친 인턴 선생님은 커튼 밖으로 나갔고, 나는 손가락 하나 까닥할 힘도 없었지만 인간으로서의 마지막 자존심을 지키기 위해 꾸물대며 바지를 올렸다.

한 5분쯤 지났을까? 신기하게도 오줌이 나오기 시작했다. 더 신기한 건 오줌이 나올 때의 느낌이다. 오줌이란 게 아무리 마려워도 내 의지로 힘을 줘야 나오는 건데, 지금은 힘을 주지 않아도 아주 자연스럽게, 내가 오줌을 싸고 있다는 것조차 모를 정도로 아무 느낌도 없이 흘러나온다.
이 느낌은 마치 개구기를 낀 다음 가만히 있으면 침이 줄줄 흐르는데, 그걸 내가 제어할 수 없을 때의 느낌과 흡사하다. 그리고 안 믿길 수도 있겠지만 방광에서 오줌이 출발하는 게 느껴진다. '어? 곧 나오겠다.'라는 생각이 들면 어김없이 몇 초 뒤 소변주머니에 오줌이 떨어졌다. 그렇게 해서 나온 오줌이 30ml 정도나 된다.
남들은 고작 이것밖에 안 되냐고 할 수도 있지만 나는 이거라도 나와 준 게 눈물 날 정도로 고맙다. 그런데 한 가지 큰 문제가 있다면 오줌이 나올 때마다 너무 아프다는 것이다. 정확한 이유는 잘 모르겠지만 오줌이 방광에서 출발하는 순간부터 소변주머니에 떨어질 때까지 상처에 소독약을 바르는 것처럼 쓰라리다.
이것과 별개로 소변줄을 끼운 것 자체로도 욱신욱신 아프다. 비율로만 따지면 햄스터 입에 바나나를 넣어 둔 수준이니 안 아플 수가 없다. 여전히 아랫배도 아프고 이래저래 힘들지만, 오줌도 나오고 하니 조금은 나아지지 않을까 생각했다.

그로부터 두 시간 뒤, 내 몸은 금방이라도 터질 것 같은 아랫배 때문에 맥반석 위의 오징어처럼 움츠러들었다. 손발은 사시나무 떨리듯 덜덜 떨리고 숨 쉬는 것도 힘들어 헉헉대고 있다. 만약 내 인생에 이런 고통이 두 번 온다면 그때가 바로 죽을 때구나 싶을 정도다.

이 지경이 될 때까지 가만히 있었던 건 아니다. 한 시간 전부터 간호사님을 불러 말했다.

"저 너무 힘들어서 그런데… 소변줄 그냥 빼면 안 될까요?"

내 울먹이는 애원에 간호사님은 처방이 안 내려와 임의대로 해줄 수가 없다며, 원래 처음엔 다들 아파한다고 조금만 더 견뎌 보라고 말했다. 알겠다고 대답한 나는 돌아서는 간호사님의 뒷모습을 보며 곧바로 후회하길 몇 번째 반복 중이다.

'아… 그냥 빼 달라고 할걸….'

사실 처방이 안 내려왔더라도 내가 너무 아프니 빼 달라고 했으면 마지못해 빼줬을 것이다. 하지만 그러지 못한 이유는 어이없게도 혹시 모른다는 생각 때문이었다. 너무 아픈 상황에서도 나는 소변줄을 끼고 있었던 시간이 아깝기도 하고 또 갑자기 오줌이 잘 나오게 되면 어쩌지 하는 생각을 했다.

그래서 간호사님의 말에 그냥 빼달라는 말 대신 알겠다고 대답했던 것이다.

하지만 이대로라면 설령 소변줄 때문에 오줌이 술술 나와 아랫배가 괜찮아진다 하더라도 그 전에 이미 염라대왕과 인사하고 있을 것 같았다.

소변줄을 끼우기 전에도 정말 많이 아팠지만, 오히려 지금은 그때가 그리울 정도니까 말이다. 나는 이번만큼은 소변줄을 빼야겠다고 결심하고 간호사님을 불렀다. 이번에도 똑같은 말을 하는 간호사님에게 알겠다는 대답 대신 그냥 빼 달라고 말했다.

간호사님은 소변줄을 빼면 소변을 못 보실 수도 있는데 괜찮겠냐며 재차 물었고, 나는 진심으로 괜찮으니 제발 빼 달라고 했다. 내 결연한 의지가 느껴졌는지 간호사님은 카운터로 가 수화기를 들었다.

드디어 저질러 버렸다. 소변줄을 빼는 선택이 내게 어떤 결과를 가져다줄지는 알 수 없지만, 우선 살고 봐야 할 일 아니겠는가? 잠시 뒤 돌아온 간호사님은 소변줄을 빼 주겠다고 말하며 손소독을 한 뒤 멸균 장갑을 꼈다. 막상 그토록 바랐던 시간이 다가오자 소변줄을 뺀다는 해방감보다 이번엔 또 얼마나 아플까 하는 두려움이 머릿속을 헤집어 놨다. 바지를 내리는 그 몇 초 동안 마음속으로 '어떡해'라는 말을 수만 번은 외쳤을 것이다.

"자… 잠깐만요! 많이 아플까요? 안 아프게 뽑아 주세요…."

"네 조금 아파요. 한 번에 빼는 게 그나마 덜 아플 거예요."

간호사님은 얼마나 겁에 질려 있었는지 말까지 더듬는 내게 차분히 대답하며 왼손은 내 아랫배를 누르고 오른손은 소변줄을 잡았다.

누가 내 신장에게 돌을 던질 수 있을까

눈을 떠 보니 병실이었다.

앞에 앉아 있는 형과 엄마를 보며 아직 살아 있음을 느낀 나는 안도의 한숨을 내쉬었다. 그런데 여기는 어떻게 온 거지? 간호사님이 소변줄을 잡았던 그 순간이 내게 남아 있는 마지막 기억이다. 도대체 얼마나 아팠던 걸까? 아니다, 기억이 나지 않는 게 다행일지도 모르겠다.

지금 내가 있는 곳은 6107호.

공교롭게도 정확히 9일 전 영원한 작별을 고하고 헤어졌던 그 병실이다. 나를 더 소름 끼치게 만든 건 침대의 자리마저 똑같다는 사실이었다. 세상에 이런 우연이 또 있을까? 이 병실과 침대가 마치 나를 기다리기라도 한 것처럼 말이다.

바깥은 어둑해지고 시계는 벌써 오후 5시를 가리키고 있었다. 뭐가 어떻게 흘러간 건지 아직도 어안이 벙벙하다. 그때 반가운 얼굴의 간호사님이 병실로 들어왔다. 머쓱한 웃음으로 인사하는 내게 왜 또 왔냐며 진심 섞인 농담을 건넨 간호사님은 응급실에서부터 맞아, 이제는 쭈그러진 수액 옆에 1L짜리 수액 두 개를 더 연결했다.

"신장 수치가 3점대 후반으로 높게 나왔어요. 지금 수액도 신장 수치를 낮추려고 들어가는 거예요."

간호사님이 수액 속도를 조절하며 말했다.

그런데 신장 수치가 갑자기 왜 올라간 거지? 이해가 가지 않았다. 병원생활 중 신장은 한 번도 문제를 일으키지 않은 고마운 친구였고, 나도 이런 신장에게 해가 될 만한 행동을 하지 않은 것 같은데 말이다.

그래서 처음엔 안 그래도 힘든데 너까지 왜 그러냐는 생각이 들어 신장이 미웠다. 하지만 곰곰이 생각해 보니 나는 신장이 아무리 나를 힘들게 해도 할 말이 없는 놈이었다. 신장은 우리 몸에 들어온 약제도 걸러 소변으로 배출하는 역할을 한다. 그렇다. 내 신장은 혈액 속 노폐물과 더불어 지금껏 맞았던 항암제들과 셀 수 없이 먹었던 약들 또한 묵묵히 처리해 왔던 것이다.

손에 물만 자주 닿아도 습진이니 뭐니 해서 고생하는데, 말도 못 하는 신장이 그동안 그 독한 약들을 처리하느라 얼마나 힘들었을까 생각하니 마음이 아팠다. 쉽게 말해 내 신장은 일 년 가까운 시간 동안 밤샘 근무에 연장 근무에 또 치명적인 업무량에 시달리다가 결국 과로로 쓰러져 버린 것이었다.

문득 '항암 치료 중이나 조혈모세포 이식을 받을 때 신장에 문제가 생겼더라면 과연 내가 치료를 무사히 마칠 수 있었을까? 아니 이렇게 다시 아플 수나 있었을까?' 하는 생각이 들어 마음이 덜컹 내려앉았다. 무사히 지나갔으면 좋았겠지만 언제 쓰러져도 이상하지 않았던 내 신장. 이런 신장에게 누가 돌을 던질 수 있을까?

처음 백혈병을 진단받았을 때 나는 내 병에 대해 검색해 본 적이 있었다. 별다른 생각 없이 그저 백혈병이 어떤 병인지에 대해 알고 싶어 해본 검색이었는데, 그곳에는 백혈병에 대한 정보를 가장한 절망만이 나를 기다리고 있었다. 모르는 게 약이라던 조상님들의 지혜를 몸소 느끼며 다신 검색 따윈 하지 않겠다고 마음먹었었는데, 상황이 상황인지라 나와 타협을 했다. 마지막으로 딱 한 번만 더 해보자고 말이다.

나는 '신장, 신장 안 좋으면, 신장 수치 높을 때, 신장 나빠지면 어떻게 되나요?' 등의 말들을 검색했고 딸려오는 연관 검색어들도 빠짐없이 훑어 가며 내가 원하는 답을 찾기 시작했다. 그렇게 오랜 시간 검색을 한 끝에 꽤 유용한 정보들을 많이 알아냈지만 원했던 답과는 다들 거리가 있었다.

그리고 검색이 계속될수록 역시나 근거 없는 공포심만 생겨나는 기분이었다. 그러던 중 우연히 발견한 한 사이트에서 나는 내가 원했던 답을 찾을 수 있었다. 현재의 신장 수치와 성별, 나이를 입력하면 그에 따른 신장 기능을 알려 주는 프로그램이 있었다. 아주 정확하진 않을 테지만 대강 어느 정도인지는 알 수 있을 것 같았다.

'신장 수치… 남자… 19살(만 나이로 적으라고 해서)… 확인….'

총 5단계로 나뉘어 있는 신장 기능표에서 내 신장 기능은 4단계였고, 4단계는 생명 유지에 필요한 신장의 기능을 겨우 유지하는 수준이라고 했다. 5단계는 신장 기능이 심각하게 손상되어 투석이나 신장 이식 없이는 생명을 유지하기 어려운 단계라고 했는데, 내가 그 바로 아래인 4단계였다.

'음….'

예상했던 것보다 훨씬 안 좋은 결과에 잠시 당황했지만 그뿐이었다.

> 어느 정도의 공포에는 울기도 하고 뒷걸음질하며 반응하겠지만, 생존을 위협할 만큼 거대한 공포라면 본능적으로 우린 그 공포를 별거 아닌 것으로 인지해 버린다. 본능이란 생존에 초점이 맞춰져 있기 때문인 것 같다.

아무튼 그래서 나는 이제 어떻게 하냐고? 나도 잘 모르겠다. 지금껏 그래 왔듯 이번에도 견뎌 주길 믿는 수밖에. 그래도 착잡하지 않다면 거짓말일 것이다.

한겨울 밤의 꿈

'이번엔 진짜다.'

저녁 7시, 드디어 내 의지로 오줌을 쌌다. 거의 5일 만이었다. 30ml 정도 나온 오줌은 너무 진한 나머지 갈색빛이 돌 정도였다. 반나절 넘게 들어간 수액이 정말 효과가 있긴 했던 모양이었다.

그렇게 감격스러운 첫 오줌을 봤지만 감내해야 하는 고통이 이 정도라면 두 번은 감격 못 할 것 같았다. 오줌을 보는 몇 초 동안 상처에 소독약을 붓는 것 같은 고통이 느껴졌다. 그 고통에 머리가 띵해지고 눈물이 맺힐 정도였다. 오줌을 보고 나서도 한동안 아랫배가 욱신거렸다.

그로부터 30분 뒤 나는 또 강제로 감격의 눈물을 흘려야 했고, 그로부터 30분 뒤에는 더 강렬한 감격을… 그로부터 30분 뒤에는 더욱더 강렬한….

밤 10시, 여전히 감격스러운 고통을 느끼고 있다. 오줌이 나와 너무 기쁘지만 기쁜 만큼 아팠다. 면역억제제를 먹을 시간이었지만 방금 전 다녀간 간호사님이 교수님 처방이라며 이 시간부로 면역억제제를 중단한다고 했다. 일요일임에도 이런 상황을 대비해 교수님과의 긴급 연락망이 있는 듯했다. 좋은 소식인지는 잘 모르겠다.

밤 11시, 병원에 있겠다는 형과 엄마를 등 떠밀어 집으로 보냈다. 나 때문에 새벽부터 얼마나 피곤할까 생각하니 차마 병원에 있어 달라고 할 수가 없었다. 병실을 나서며 몇 번씩이나 뒤를 돌아보던 형과 엄마는 결국 내 시야에서 사라졌고 나는 혼자가 됐다.
그렇게 혼자 가만히 앉아 있으니 이토록 허망할 수가 없었다. 분명히 다 끝났다고 생각했는데, 이제 밝게 빛날 일만 남은 것 같았던 내 미래는 어디론가 사라지고, 내 앞에는 아직도 불 꺼진 병실만이 남아 있다.

퇴원해 있었던 9일 동안 참 오랜만에 계획이란 걸 세워봤다. 그런데 그 모든 계획들이 달콤했던 한여름 밤의, 아니 한겨울 밤의 꿈이 되어 버렸다. 아니다. 이건 명백한 내 잘못이다. 백혈병의 화마가 휩쓸고 간, 아직 불도 다 꺼지지 않은 이 폐허 속에서 곧바로 푸른 새싹이 피어나 줄 거라고 기대하다니 말이다. 기대를 안 했으면 계획도 세우지 않았을 거고 이렇게 슬프지도 않았을 텐데 다 내 잘못이다. 다시 돋아 줄 푸른 새싹을 의심하는 건 아니지만 아직은 너무 이른 것 같다.

그래도 한 가지 다행인 건 내 몸에서 병원의 흔적이 지워지기 전에 다시 왔다는 것이다. 마치 계속 여기 있었던 것처럼, 내가 있어야 할 곳은 여기였던 것처럼 어색하진 않다. 오히려 집보다 더 편한 것 같다. 내가 다시 병원에 올 운명이었다면, 이렇게 빨리 되돌아온 게 운명이 내게 해줄 수 있는 최선의 배려였을 것이다.

새벽보다는 많이 무덤덤해졌다. 말랑말랑 스펀지 같던 내 마음이 아픔을 겪으며 이제는 많이 딱딱해졌음을 느꼈다.
'에휴….'

오랜 비가 그치고 내 인생에도 이제 좀 해가 뜨나 했는데 예상치 못한 비가 다시 내린다. 그런데 예상치 못한 비는 대개 소나기가 아니었던가? 이 소나기까지만 그치면 그때는 정말 해가 뜰 것이다.

깊은 밤, 그렇게 나는 병실에서 가장 마지막으로 눈을 감았다.

시작은 자몽주스였다

2월이다.

어제까지만 해도 나는 이번 사태를 소나기라고 생각했었다. 맞으면 따가울 만큼 세찬 소나기였지만 이내 수그러지는. 하지만 오늘을 견디며 나는 '2월이 끝나기 전에 퇴원할 수는 있을까?'라는 생각을 하게 되었다.

하루 만에 생각이 바뀐 이유는 아마 새벽 4시쯤이었을 것이다. 어김없이 나는 선잠을 자며 오줌을 싸고 있었고, 이때도 날 깨우는 오줌에 침대에서 일어나 오줌을 쌌다. 그렇게 쌌는데, 좀 전까지만 해도 그럭저럭 괜찮았는데, 정말 갑자기 머릿속이 하얘질 정도의 찌릿한 고통이 느껴졌다. 이 정도 찌릿함이면 잠자는 숲속의 공주도 단숨에 일어날 것 같았다. 나는 뭔가 문제가 생겼음을 직감하고 휴대폰 불빛으로 오줌을 비춰 보았다.

소변통 안에는 자몽주스가… 아니, 자몽주스처럼 생긴 오줌이 출렁이고 있었다. 혈… 혈뇨를 본 것이었다.

'큰일 났네… 이거….'

어서 간호사님에게 말해야 했지만 나는 무슨 생각인지 발걸음을 돌려 침대에 앉았다. 그렇게 잠시 침대에 앉아 있던 나는 자몽주스를 한 번 더 싼 뒤에야 이 사실을 간호사님에게 말했다.

교수님과의 회진에서 나는 출혈성 방광염이 의심된다는 소견을 받았고, 더 정확한 진단을 위해 소변검사와 피검사가 나갔다. 조금의 조짐이라도 보였다면 분명 어떤 조치를 미리 취해 줬을 텐데, 정말 갑자기 왔던 걸까? 아니면 심증은 있지만 물증이 없던 그런 상황이었을까? 눈 뜨고 코 베인다는 게 이런 느낌인가 싶었다.

어찌됐든 지난 3일 동안, 아니 그보다 훨씬 전일지도 모르겠지만, 내가 겪어 왔던 모든 일들은 결국 출혈성 방광염이 오기 위한 과정에 불과했다는 결론이 내려졌다. 그래도 신장 수치는 어제보다 더 내려갔다고 하니 다행이었다.

출혈성 방광염.

나도 이건 처음이라 앞으로 어떻게 될지는 겪어 봐야 알겠지만, 한 가지 확실한 건 이 고통이 아직 시작도 안 했다는 것이었다.

그 후 시간이 갈수록 오줌 마려운 간격이 급격하게 줄어듦은 물론이고, 오줌 쌀 때의 고통은 마치 오줌이 손톱을 톱니 모양으로 자른 다음에 요도를 양 손톱으로 긁으면서 내려오는 것처럼, 오줌에 유리 조각과 철 조각이 섞여 나오는 것처럼 더 심해졌다. 자몽주스 같았던 오줌은 토마토 주스 수준으로 진해졌고, 급기야 엄지손가락 한 마디만 한 핏덩어리들까지 나오기 시작했다. 핏덩어리가 처음 나왔을 때는 어떻게 내가 기절하지 않을 수 있었는지 의문이 들 정도로 충격적인 순간이었다. 출혈성 방광염에 걸리고 싼 오줌과 함께 나오는 핏덩어리는 소변줄이 준 고통에 비하면 귀엽지만, 내 고통 순위표에는 압도적인 1위로 자리하게 되었다.

24시간을 사는 남자

새벽 1시 13분 60ml

새벽 1시 34분 70ml

…

아침 6시 40분 80ml

아침 7시 02분 70ml

…

낮 12시 26분 90ml

낮 12시 29분 60ml

…

오후 4시 07분 100ml

…

저녁 7시 24분 80ml

…

밤 10시 38분 70ml

현재 시각 밤 10시 45분.
나는 침대에 앉아 다음 오줌을 기다리고 있다. 오줌의 양은 조금 늘어났지만 오줌이 마려운 간격은 더 빨라진 것 같다. 한 번씩 5분도 못 버티고 오줌을 쌀 때도 있다. 누군가 오늘 하루는 어땠냐고 내게 묻는다면 오줌 같았다고밖에 대답해 줄 말이 없다.

> 하루는 24시간이지만 실제로 24시간을 다 사는 사람은 극히 드물다. 그 이유는 바로 잠을 자기 때문이다. 사람에게 적절한 수면 시간인 8시간을 잔다고 하면 우리의 하루는 24시간이 아닌 16시간이 돼 버리는 것이다. 만약 늦잠이라도 자서 점심 무렵에 일어난다면 하루의 반절이 날아가 버리게 되고, 자연히 하루가 엄청 짧게 느껴질 것이다. 내 생각에 주말이 짧게 느껴지는 이유도 주말엔 대개 늦잠을 자기 때문이 아닐까 싶다.

갑자기 이런 이야기를 하는 이유는 내가 바로 24시간을 다 사는 극히 드문 사람 중 한 사람이기 때문이다. 나는 잠을 못 자기 때문에 온전히 하루 24시간을 다 살아가고 있다. 가장 좋아하는 일도 24시간 동안 쉬지 않고 하기란 쉽지 않은데, 내 24시간은 심지어 고통으로 꽉꽉 채워져 있다.
내가 며칠째 잠을 못 자고 있을까? 음… 한 10일 정도 됐나? 더 됐나? 내가 병원에 언제 왔지? 머리에게 물어봤지만 대답이 없다. 잠을 못 자니 그럴 만도 하다. 항상 정신이 멍하다. 엄마가 말을 걸면 그 말뜻을 이해하는 데 시간이 걸리고 대답할 단어도 바로바로 떠오르질 않는다. 또 멍하니 있다가 정신을 차려 보면 몇 시간이 흘러 있고, 그사이 내가 뭘 했는지 전혀 기억이 안 날 때도 있다.

한 번씩 '차라리 항암 치료를 한 번 더 받는 게 더 낫겠다.'라는 생각이 들 때가 있었다. 그럴 땐 곧바로 내 뺨을 때리며 스스로에게 벌을 내리지만 그 심정을 이해 못 하는 건 아니다. 그 정도로, 정말 그 정도로 힘들다.

지금 생각해 보면 저러고 어떻게 살았나 싶은데 그 당시에는 어떻게 또 살아졌다.

진인사대천명

어느새 3월이다.

요 며칠 사이 몸이 조금 좋아진 느낌이 든다. 오줌이 마려운 간격도 조금 늘어나는 것 같고 통증도 조금 좋아진 것 같다. 약 효과가 이제야 조금씩 나타나는 걸까? 아니면 그동안 조금씩 줄여 온 면역억제제 때문에? 그냥 시간이 흘러서? 어떤 이유라도 좋아졌으니 감지덕지다.

처음 병원에 왔을 때 내 목표는 최대한 빨리 퇴원하는 것이었다. 그런데 어쩌다 보니 그 목표가 2월 안에는 퇴원했으면 좋겠다가 되었고, 그다음엔 그냥 언제라도 다 나아서 퇴원할 수 있기만을 바라고 있다.

사실 이번 입원은 내 계획에 전혀 없던 사고 같은 입원이라 억울한 감이 없지 않아 있… 아니 억울했다. 하지만 이미 벌어진 일, 지금껏 그래 왔듯 그냥 최선을 다하고 있다.

진인사대천명. 사람이 할 수 있는 일을 다 한 후 결과는 하늘의 뜻에 따른다. 즉, 운명에 따른다는 말이다.

처음 백혈병 치료를 시작했을 때 내 머리가 본능적으로 떠올린 이 말은 지금까지 내 투병생활에 모토가 되어 주고 있다. 얼핏 보면 운명에 따른다는 말 때문에 체념처럼 느껴질 수 있지만, 이 말의 핵심은 앞부분에 있다. 내게 어떤 일이 닥치더라도 그저 내가 할 수 있는 최선을 다하면 된다는 이 말, 그럼 어떤 결과가 있을지라도 미련과 후회는 없을 거라는 이 말 말이다.
뭐 그렇다고 할지라도 내 최선에 대한 결과가 재입원이었을 때, 나도 실망하긴 했다. 나는 분명 집에서 쉬며 회복할 계획을 세웠었는데 말이다.

계획이란 게 참 재미있는 것 같다. 우린 살면서 수없이 많은 계획들을 세운다. 하지만 곰곰이 생각해 보자, 오차 없이 내 계획대로 이뤄진 일이 과연 얼마나 있었는지 말이다. 만약 우리 인생이 계획대로 흘러가 줬다면 애초에 나는 백혈병에 걸리지도 않았을 것이다.

내가 얼마 안 살아 보긴 했지만, 살아 보니 계획이 틀어지는 건 어쩌면 당연한 일일지도 모르겠다는 생각이 든다. 얼마나 최선을 다했든, 얼마나 정교했든 상관없이 말이다. 그래서 나는 계획이 틀어져도 그냥 잠시 실망만 할 뿐 다시 틀어진 것에서 최선을 다한다. 지금 내가 최선을 다해 이 고통을 견디고 있는 것처럼 말이다.

나는 계획은 몇 번이 틀어지고 바뀌어도 괜찮다고 생각한다. 계획이 목표를 향해 가는 길이 하나만 있는 것은 아니기 때문이다. 물론 가장 빠르고 편한 길은 있겠지만, 틀어진 길로 가더라도 포기만 하지 않는다면 결국은 자신의 목표에 도착하게 된다. 그리고 가끔은 틀어진 길이 예상치 못한 지름길이 되어 줄 때도 있다.

나는 그렇게 믿고 싶다.

걱정해서 일이 해결된다면
백 번이고 걱정할 것이다

달팽이를 보고 있으면 멈춰 있는 것 같지만, 몇 시간 후에 다시 보면 조금 움직인 것이 느껴지는데, 내 몸도 달팽이처럼 아주 조금씩 좋아지고 있다. 다리만 빼고.

높았던 신장 수치 때문인지, 출혈성 방광염 때문인지 코끼리 다리처럼 터질 듯 부어올랐던 다리는 처음보다 붓기가 조금 가라앉긴 했지만 그것뿐이고, 다리 저림은 오히려 더 심해졌다. 로션을 매일 발라도 쩍쩍 갈라지고 바싹 마른 피부 또한 그대로이고 말이다. 누워 있을 때는 그냥 저리다는 느낌인데, 오줌을 싸기 위해 잠깐 일어나거나 걸을 때의 다리 저림은 손목을 꽉 쥔 상태로 손가락을 움직일 때의 느낌과 비슷하다. 피가 몰린 느낌? 그러다 다시 앉으면 꽉 쥐고 있던 손목을 놨을 때 전기가 통하는 것과 똑같은 느낌이 든다.

그동안 회진에서 붓고 저린 다리에 대해 나아지는지 지켜 보자고 말씀하셨던 교수님께서 오늘은 몇 가지 검사를 의뢰해 놓을 테니 받아 보자고 하셨다.

경험상 검사를 받는다는 말에는 항상 최악의 경우가 포함되어 있다. 별일 없을 거라 생각하려고 해도 혹시 모른다는 불안함이 드는 건 어쩔 수가 없다. 잠깐 마음이 안 좋았지만, 아직 벌어지지도 않은 일 걱정해서 무엇하리. 걱정해서 일이 해결된다면 백 번이고 걱정할 것이다.

월요일, 출혈성 방광염 약을 맞는 날이다. 벌써 다섯 번째다.

집을 팔아서라도

며칠 전 그렇게 떠나갔을 때처럼 미각이 돌아왔다. 너무 반가워서 어떻게 해야 할지를 모르겠는데 한편으로는 너무 갑작스러워서 어이가 없었다. 어디 갔다 왔냐고, 왜 이렇게 늦었냐고 묻고 싶어도 도리어 무슨 일 있었냐는 듯 태연한 미각 때문에 내가 착각했었나 하는 생각이 들 정도였다.
그 뒤 나는 식사를 일반식으로 바꿨다. 지금까지 나를 먹여 살려 준 게 죽인데 곧바로 갈아타서 미안하긴 하지만 어쩔 수 없었다.

지금 내 혀는 세상의 모든 것이 궁금한 아이처럼 세상에 수없이 많은 맛들을 갈구하고 있다. 뭐든 맛있어 보이고 먹어 보고 싶다. 현실은 병원 일반식에, 몇 숟가락만 먹으면 배부르긴 했지만 말이다.

무료한 오후, 휴대폰을 하다가 우연히 갈치조림을 만드는 영상을 봤는데 그게 그렇게 맛있어 보일 수가 없었다. 나는 뭔가에 홀린 듯 엄마에게 말했다.
"엄마 이거 봐 봐. 먹고 싶다."
내 말을 들은 엄마는 뛸 듯이 기뻐하며, 내일 당장 해다 준다며 재료를 사러 평소보다 일찍 병실을 나섰다.

내가 미각을 되찾자 나보다 더 기뻐한 한 사람이 있었는데 바로 엄마다. 엄마는 거의 매시간 먹고 싶은 게 없냐며 물었고, 있으면 말만 하라고 집을 팔아서라도 사다 준다고 말했다.

먹고 싶은 게 있으면 집을 팔아서라도 사다 준다는 사람은 이 세상에 엄마밖에 없을 것이다.

최고의 조미료

오전 10시쯤 엄마가 가쁜 숨을 몰아쉬며 병실로 들어왔다.

"어? 엄마 왜 왔어!?"

엄마는 도시락 통을 상 위에 올려놓으면서 말했다.

"이거 주려고 왔지. 혹시나 해서 반찬도 몇 개 해봤어. 맛 없어도 한 젓가락씩이라도 먹어 줘."

그렇게 잠시 숨을 돌린 뒤 엄마는 이따 보자는 말과 함께 병실을 나갔다. 번갯불에 콩 볶아 먹듯 왔다 간 엄마. 원래 오늘은 일이 있어 오후에 오는 날인데, 이걸 주려고 시간을 쪼개 왔다 간 모양이었다.

도시락 통을 열어 보니 아직도 뜨거운 갈치조림과 김이 모락모락 나는 밥 그리고 몇 가지 반찬들이 들어 있었다.

'이러지 않아도 되는데….'

이것 때문에 아침부터 얼마나 서둘렀을지 생각하니 미안한 마음이 들었다. 나는 미안한 만큼 맛있게 먹어야겠다고 생각하며 도시락 통을 연 뒤, 미각이 돌아오고 다시 사용하게 된 젓가락을 들었다.
빨갛게 졸여진 갈치는 보기만 해도 침이 고였다. 나는 젓가락을 갈치 몸통 끝에 놓고 포를 뜨듯 살을 발라 한 입 먹어 봤다. 살살 녹는 게 부드럽고, 고소하고, 담백한 맛의 솜사탕 같았다. 포슬포슬 잘 익고 양념도 잘 배어든 감자도 참 별미였다.
한 입씩 맛본 뒤 밥에 국물을 비벼 함께 먹었다.
'아 맞다. 이것도 먹어야 되는데!'
갈치조림을 먹느라 잊고 있었던 다른 반찬들도 한 젓가락씩 다 맛봤다.

> 정말 맛있었다. 아니, 맛있을 수밖에 없었다. 이 음식들에는 세상 최고의 조미료인 엄마의 사랑과 정성이 들어갔기 때문이다. 들뜬 마음으로 가장 좋은 재료들로만 시장을 보고, 어떻게 하면 더 맛있게 만들어 줄까 생각하면서 잠들고, 1분이라도 빨리 먹이고 싶어 아침 일찍 일어나 만든 이 음식들이 어떻게 맛이 없을 수가 있을까?

난 분명 혼자 밥을 먹고 있었지만, 도시락 통을 비워 갈수록 내 앞에 앉아 나를 흐뭇하게 바라보는 엄마의 모습이 보였다. 남들에겐 그저 평범한 음식들일 수 있지만, 내게는 눈물 날 정도로 맛있는 엄마의 음식이었다.

건강할 때의 나로
한 시간을 살 수 있게 해준다면

요즘 다리 부기와 저림도, 피오줌과 핏덩어리도, 통증도, 오줌이 마려운 간격도 그냥 전체적으로 몸이 좋아지는 게 느껴진다. 사실 한 2주 전부터 좋아지는 것 같다고 말하고 있긴 한데…. 그런데 정말로 좋아지고 있다. 이러다 한 번에 팍! 좋아질 때가 올 텐데, 그게 언제가 될지는 잘 모르겠다.

하지만 말 그대로 좋아진 거지 나은 건 아니라 여전히 힘들었다. 오늘은 피검사에서 헤모글로빈과 혈소판이 둘 다 낮게 나와 각각 빨간 피와 노란 피를 수혈 받기로 했다. 아까 오후 5시쯤 빨간 피는 수혈을 받았는데, 아직 노란 피는 수혈을 받지 못하고 있다. 간호사님의 말을 들어 보니, 요즘 수혈할 피가 부족해져서 위급한 환자 순으로 수혈을 받게 되어 조금 늦어진다고 했다.

피가 부족하다니…. 당장에 수혈을 받지 못하면 목숨이 위태로운 사람들이 이 병원에만 몇 명이 있을 테고, 이를 내가 사는 도시로, 또 전국적으로 확대해 생각해 보면 그 수가 어마어마할 텐데 참 무서운 일이다. 이런 피 부족 현상은 갈수록 더 심해질 것 같다는 생각이 든다. 현재 같은 고령사회가 지속되면 자연스레 수혈을 필요로 하는 환자들이 많아질 텐데, 갈수록 헌혈이 가능한 인구는 줄어들 것이기 때문이다. 이러한 문제를 해결하기 위해 인공 피가 나올 수도 있을 것이고, 아니면 의학의 혁신적인 발달로 인해 수혈이란 치료가 역사의 뒤안길로 사라질 수도 있을 것이다.

그런데 생각해 보면 나도 헌혈을 해본 적이 없다. 왜? 왜 헌혈을 한 번도 안 한 거지? 스스로에게 물어보면 피를 뽑는 게 무서워서도 아니었고, 헌혈에 거부감이 있는 것도 아니었는데 딱히 헌혈을 안 한 이유를 잘 모르겠다.

굳이 따져 보면 '그냥'이었다. 내게 헌혈은 막연하게 누군가에게 도움이 된다는 것은 알고 있었지만, 지금은 할 일이 많으니 나중에 기회가 되면 해봐야지 정도의 의미였던 것 같다. 이랬던 내가 그 많은 할 일을 제쳐 두고 해준 누군가의 헌혈 때문에 살고 있다니 참 죄스럽다.

건강할 때의 내가 헌혈의 가치를 알았고, 내가 그 수혜자가 될 거라는 걸 알았다면 나는 분명 헌혈의 집에 단골이 되었을 텐데 말이다. 그래서 지금의 나는 내 생각에 '이게 그렇게 도움이 될까?' 하는 별거 아닌 것 같은 선행이라도 꼭 해야겠다는 생각을 한다. 내 입장에서는 작은 선행일 수 있지만, 그게 누군가에겐 새 삶이 될 수도 있으니 말이다.

신이 내게 건강할 때의 나로 한 시간을 살 수 있게 해준다면 나는 그 한 시간 동안 헌혈을 하고 싶다.

이렇게 잡담을 많이 했는데도 아직 수혈한다는 이야기가 없다. 벌써 밤 11시가 다 되어 가는데….

믿었던 희망에 발등 찍힐 때

그동안 병원생활을 하며 봐왔던 수많은 환자들 중 간혹 재발이 된 환자들이 있었다. 치료가 끝나고 한 달 만에 재발한 분부터 몇 년이 지나 재발한 분까지, 생각해 보면 적은 수는 아니었다.

한창 항암 치료를 받고 있을 때 나는 재발해서 온 환자들을 봐도 무감각했었던 것 같다. 아니, 무감각한 건 아니었다. 그 누구보다 그들의 고통에 공감하려 했다고 생각한다. 하지만 그때는 그들과 나 사이에 나도 모르는 얇은 유리벽이 있었던 것 같다. 나는 그 유리벽에 비치는 그들을 보며 마치 영화나 드라마를 보듯 진심을 다해 공감했었다. 만약 한번이라도 내가 나와 그들이 아닌, 우리가 될 수도 있다고 생각했었다면 이 얇은 유리벽의 존재를 알 수 있었을 텐데, 애초에 나는 나와 그들을 구분 짓고 다가갈 생각조차 하지 않았다. 마치 남의 일인 것처럼 말이다.

무균실에 있을 때나 집에서 쉴 때, 멍하니 누워 있다 보면 불현듯 재발에 대한 생각이 한 번씩 들 때가 있었다. 그때마다 나는 '나도 나중에 재발이 되면 어떡하지? 어쩌겠어. 재발이 되어도 치료하면 되겠지. 힘들겠지만 잘 이겨 낼 수 있겠지. 지금과 별반 다를 건 없어.'라고 생각하며 잊곤 했다. 무식하면 용감하다더니, 지금 생각해 보면 이건 자신감도 긍정적인 것도 아닌 모르는 자의 오만이었다.

그렇게 한 번씩 생각만 해오던 재발에 내가 본격적으로 두려움을 가지게 된 건 조혈모세포 이식을 받고 퇴원했을 때부터였다. 어릴 때, 막 초등학교에 입학한 내게 아침 일찍 교복을 입고 나가는 형과 누나는 다른 존재처럼 느껴졌었다. 언젠간 나도 저렇게 될 거라는 걸 알고는 있었지만, 아주아주 너무너무 멀게 느껴졌었다. 그런데 이런 생각들이 무색할 만큼 나도 정말 눈 깜짝할 사이 6학년이 되더니, 갑자기 중학교를 졸업하고 있고, 정신 차려 보니 고3이 되어 있었다.
백혈병 치료도 똑같았던 것 같다. 끝나지 않을 것 같던 치료가 어느새 다 끝나 있고 재발과 살 닿을 거리까지 오게 되자, 나도 범 무서운 줄 아는 하룻강아지가 될 수밖에 없었다. 재발에 대해 그렇게 너그럽고 관대했던 성인군자는 어디 가고 말이다. 이제 내게 재발은 그냥 이유가 필요 없이, 절대로, 무슨 일이 있어도 오면 안 되는 것이고, 그럼에도 찾아온다면 나는 그걸 받아들이고 이겨 낼 자신이 솔직히 없다.
뭐, 말을 이렇게 해도 만약 재발이 된다면 어떻게든 치료는 받고 있겠지만, 그때 내가 어떤 심정일지, 무슨 생각으로 하루하루를 살고 있을지 전혀 상상이 되지 않는다.

물론 재발되지 않고 건강을 유지하며 살아가는 사람들이 더 많다. 하지만 그런 것과 상관없이 단 0.1%의 가능성이라도 있다면 재발은 그 존재만으로 엄청난 두려움이 된다는 걸 내 일이 되어 보니 진정으로 알 수 있었다.

그냥 두렵다. 왜 두려운지, 이 두려움이 얼마나 큰지 설명해 주고 싶어도 어떻게 설명이 되질 않는다. 어떤 말로 비유해 보려 해도 재발에 준하는 비유가 떠오르질 않는다. 그나마 비슷한 건 처음 백혈병이 발병했을 때인데, 비슷하면서도 또 완전히 다른 상황이라 재발은 그냥 재발로밖에 설명이 안 되는 것 같다.

눈을 감고 아주 천천히 상상해 보면 될 것이다. 만약 내가 백혈병에 걸려서 오랫동안 그 고된 치료를 다 받고 여기까지 왔는데, 조심스레 다시 미래를 꿈꾸고 있었는데 재발이 되었다고, 지금까지 한 치료가 전부 무효가 돼서 처음부터 다시 해야 한다는 말을 듣게 되었다면 과연 어떤 심정일지 말이다.

"재발이 그렇게 두려우면 안 되게 막을 순 없어? 예방약이라든지… 어떤 노력이라든지…. 그런 거 있잖아, 잘 먹고 운동도 열심히 하고."라고 묻는 사람들이 있을 것이다.

바로 그거다. 그게 바로 나를 가장 두렵게 하는 점이다. 재발이 찾아온다면 그것을 막기 위해 스스로가 할 수 있는 일이 단 한 개도 없다는 것.

재발이 되고 안 되고는 거짓말이 아니라 제비뽑기로 정한다고 봐도 무방하다. 아주 큰 통에 사하라사막에 있는 모래만큼의 제비가 들어 있는데, 비율은 알 수 없지만 재발 제비와 생존 제비가 골고루 섞여져 있다. 그럼 우린 매일 한 개씩의 제비를 뽑는다. 만약 생존 제비를 뽑는다면 안도의 한숨을 쉬며 내일 또 뽑을 제비에 대한 불안함으로 하루를 사는 것이고, 어쩌다 재발 제비를 뽑게 된다면 그날로 그냥 재발이 되는 것이다.

아무리 예후가 좋은 타입일지라도, 치료가 물 흐르듯 수월했어도, 밥도 잘 먹고, 운동도 열심히 하고, 항상 긍정적이고, 웃으며 살았어도 재발이 되는 사람이 있는 반면 예후도 나쁘고, 치료도 순탄하지 못했고, 밥도 잘 안 먹고, 방 안에 누워만 있고, 매일 좌절하고 울기만 했어도 시간이 지나 언제 그랬냐는 듯 건강하게 사는 사람도 있다. 내가 너무 극단적으로 말하는 것일 수도 있지만 재발이 되고 안 되고는 다른 이유가 없다. 그냥 순전히 하늘의 뜻이자 자신의 운에 달려 있는 것이다.

"이건 뭐 처음부터 정해져 있는 것 같잖아! 너무 불공평한 거 아니야?"

내 생각도 그렇지만 현재까지는 달리 방법이 없다.

다행인 건 이 제비뽑기의 굴레에서도 벗어날 방법은 있다는 것이다. 운 좋게 매일 생존 제비만 뽑으며 하루하루를 보내다 어느덧 5년째가 되면 이런 합리적 의심을 할 수 있게 된다.

"5년이나 뽑았는데 매번 생존 제비만 나오네? 이런 식이면 내일도 모레도, 언제 뽑아도 생존 제비만 나올 것 같은데?"

바로 이때부터는 스스로가 마음이 편해지고, 제비뽑기의 굴레에서도 벗어난 듯 살 수 있게 된다. 실제로도 5년 동안 별일 없이 잘 지내면 완치 판정을 받게 된다.

그런데 벗어나면 벗어난 거지 벗어난 듯 사는 건 뭐냐고? 말 그대로다. 5년이 지났어도 재발 제비를 뽑게 된다면 재발이 되는 것이다. 그렇기 때문에 한번 암 환자가 되면 시간이 지나 옅어질 수는 있겠지만 재발의 두려움이 마음속에서 완전히 사라질 수는 없다.
내가 단언할 수 있는데 재발에 두려움이 없는 암 환자는 이 세상에 없다. 또 나도 재발 없이 건강해져야 할 이유가 누구보다도 많고, 누구보다도 간절하다고 생각하지만, 이는 모두가 마찬가지일 것이다. 아니, 모두가 나보다 더 중요한 이유를 가졌고 더 간절할 것이다.
그런데, 모두가 이렇게 다 간절한데, 그럼에도 누군가는 운이 없었다는 이유, 그 이유 하나만으로 재발의 덫에 걸리게 된다.

재발… 재발이라… 재발이 된다면 도대체 어떤 심정일까? 눈물도 말라 버릴 억울함일까? 허무와 허탈을 넘어선 공허함일까? 난 잘 모르겠다. 내가 확실하게 말할 수 있는 건 치료가 끝난 병이 다시 발생한다는 사전적인 의미뿐, 그 이상은 내가 말할 수 있는 영역이 아닌 것 같다. 추측해 볼 순 있겠지만 지금 내 추측은 마치 참전용사 앞에서 전쟁의 참상을 설명하는 꼴이니 굉장히 실례되는 행동이라고 생각한다. 살다 보면 경험자만이 말할 수 있는 일들이 종종 있는데 재발이 그런 것 같다.

오늘 병실에 새로운 환자분이 들어오셨다. 막 짐을 풀고 침대에 앉아 계시는 그분께 병실의 인싸를 자처하고 계시는 넉살 좋은 아저씨가 호기롭게 인사 겸 말을 거셨다.
"아이고~ 어디가 아파서 오셨대?"
"이번에 재발이 돼서 왔어요."
"아… 얼마나 고생이 많으셔요."
아저씨의 대답을 끝으로 우린 자연스레 각자의 할 일만 하게 되었고 병실 안은 어색한 헛기침 소리만 맴돌았다.

그후 나는 재발이 되어 왔다는 그분을 걱정되는 마음에 잠깐 동안 지켜봤는데, 지켜보는 내내 속마음을 전혀 알 수 없는 표정을 짓고 계셨다. 정말이지 드라이아이스 같은 무표정. 난 그 표정을 보며 여러 생각이 들었지만, 내가 괜한 의미부여를 하는 것 같아 애써 관심을 거뒀다.

사람이 가장 좌절하게 될 때는 역설적이게도 희망을 가졌을 때다. 믿었던 희망에 발등 찍혔다는 배신감, 희망만 없었다면 이 고통을 겪을 필요도 없었을 텐데 하는 원망, 이제는 돌아갈 수도 없다는 낙오감 등 그동안 희망 하나로 막아 왔던 수많은 감정들이 일순간에 몰려와 절대 빠져나올 수 없을 것 같은 깊은 좌절에 빠지고 만다. 하지만 이런 깊은 좌절 속에서 나를 건져 내 주는 건, 또다시 역설적이게도 나를 이곳에 빠뜨린 희망이다.

감히 내가 재발되어 온 환자들의 마음을 어찌 헤아릴 수 있겠느냐마는, 그럼에도 부디 더 큰 희망으로 이겨 내 줬으면 하는 바람을 가져 본다. 오늘은 내가 백혈병과 만난 지 딱 1년째 되는 날이다. 그래서 조금은 기뻐해도 되는 날이었지만, 조금의 기쁨 앞에서도 숙연해질 수밖에 없는 날이었다.

바닥 밑에는 지하실이 존재했다

“엄마 오고 있어? 아, 알았어. 괜찮아, 천천히 와.”

전화를 끊은 나는 조금 멀찍이 서서 내가 지냈던 공간을 바라보았다.

불안한 마음에 답답해도 꼭 치고 있었던 비닐 커튼, 자주 바뀌었지만 변함 없이 포근했던 이불, 내 오줌을 0.1t은 받아 냈을 소변통, 휴지가 들어 있던 수납장, 엄마의 자리였던 간이침대. 보다 보니 저 좁은 공간에 내 기억들이 참 많이도 담겨 있는 것 같다.

하지만 이제 저 공간에는 내가 아닌 다른 누군가의 기억이 담기게 될 것이다.

오늘 드디어 퇴원하게 되었기 때문이다.

백혈병 치료를 받아 오던 나는 어느 순간부터 내가 바닥까지 떨어진 것 같다는 생각을 하게 되었다. 정말 내 모습이 이보다 더 초라해질 수 없을 것 같았고, 이보다 더 고통스러울 수는 없을 것 같았기 때문이었다.

바닥까지 떨어졌다는 말은 원래 부정적인 의미가 더 크지만, 나는 오히려 좋았다. 바닥까지 떨어졌다는 건 더 이상 떨어질 곳이 없다는, 이제 올라갈 일만 남았다는 뜻이기도 하기에 오히려 내게 큰 자신감을 주었고, 희망이 되어 주었다.

내 병원생활을 크게 두 시즌으로 나눠 본다면 시즌 1은 백혈병 치료이고, 시즌 2는 출혈성 방광염 치료이다. 출혈성 방광염 치료가 백혈병 치료와 동등하게 구분될 수준이 되느냐는 질문에는 아니라고 대답하겠지만, 그럼에도 시즌으로 나눠 본 이유는 출혈성 방광염 치료를 단순히 백혈병 치료의 연장선이라고 보기엔 고통의 유형이 너무 달랐기 때문이다.

백혈병 치료가 고3의 학교생활 같은 느낌이었다면, 출혈성 방광염 치료는 기숙학원의 스파르타 지옥 특강 같은 느낌이었다. 백혈병 치료를 받을 때는 정말 많은 종류의 고통들이 복합적이면서 균형 있게 찾아왔던 것 같은데, 출혈성 방광염 치료는 오직 육체적 고통, 정말 순도 99%의 육체적 고통밖에 없었다.
백혈병 치료가 객관적으로도 굉장히 고통스러운 치료가 맞고, 실제로도 굉장히 고통스러웠다. 그런데 다른 걸 떠나 육체적 고통으로만 본다면 출혈성 방광염 치료 때 느낀 고통이 한 수 위였다. 이미 백혈병 치료로 몸이 많이 약해진 상태라 같은 조건은 아니었겠지만 말이다. 전에 한번 너무 힘들어서 차라리 항암 치료를 한 번 더 받는 게 낫겠다는 생각을 하다가 곧바로 내 자신을 흠씬 혼내 줬던 기억이 나는데, 솔직히 지금은 생각이 바뀌었다. 차라리 무균실에서 항암 치료를 한 번 더 받겠다고.

출혈성 방광염 치료가 준 고통은 지금 있는 곳이 더 이상 떨어질 곳 없는 바닥이라 생각했던 내게, 바닥 밑에는 지하실이 존재한다는 사실을 알려주었다. 지하실의 존재는 그 자체로도 내게 큰 충격이었지만, 그보다 더 충격적이었던 건 고통에는 바닥이 없다는 깨달음이었다.

바닥이 없다는 건 내가 떨어진 이 지하실 밑에 또 다른 지하실이 있을 수도 있다는 말이었고, 내가 이 지하실에서 그동안의 초라함을 뛰어넘는 초췌함을 경험하고, 이보다 더 고통스러울 수 없을 것 같은 고통보다 더 고통스러운 고통을 경험할 때, 누군가는 이런 내 초췌함과 고통을 올려다보고 있을 수도 있다는 말이었다.

'얼마나 더 깊은 지하실에도 사람이 살고 있을까? 모두가 그곳에서 올라올 수 있긴 한 걸까?'
상상하니 너무 무서웠다. 백혈병 치료를 받으며 웬만큼 힘든 고통들은 다 겪어 봤다고, 이보다 더한 고통은 없을 거라고 말하며 모든 고통을 다 이겨 낼 것처럼 자신만만하던 나는, 이제 겁쟁이가 되었다. 세상엔 내가 모르는 끔찍한 고통들이 수없이 많이 존재하고 있었고, 누군가는 그 고통들 속에서 소리없이 사그라지고 있다는 걸 알게 되었기 때문이다.

그런데 지금 이 분위기에서 이런 말을 해도 되는 건지 모르겠는데, 정말 결과론적인 거지만 현재 나는 나를 겁쟁이로 만들었던 그 고통 때문에 더 행복해졌다. 고통은 떠날 때 행복을 놓고 간다는 그 법칙이 예외 없이 적용되었기 때문이다. 이미 나는 많은 고통을 겪었고, 떠나보내며 평생을 써도 다

쓰지 못할 만큼의 행복을 모아 뒀는데, 이번에 그동안 모아둔 행복에 견줄 만큼의 거대한 행복이 떨어졌다. 통장에 이미 100억이 있어도 또 100억이 생기면 또 기쁜 것처럼, 행복도 많으면 많을수록 좋은 것이다.

그리고 무엇보다 모든 것들에 정말 더 감사해졌다. 정말.

나는 너무 깊이 떨어져 있기 때문에 저 위에서 나를 보면 그냥 가만히 있는 것처럼 보일 것이다. 하지만 나는 더 떨어질 곳이 없는 것 같았던 이 낮은 곳에서, 더 낮은 곳을 경험하고 다시 올라왔다. 비록 저 위에선 아직도 내가 가만히 있는 것처럼 보일지라도 말이다.

희망으로 다가오면 한없이 뜨거워질 수 있고, 현실로 다가오면 한없이 차가워질 수 있는 게 고통인 것 같다.

그런 의미에서 백혈병 치료가 나를 뜨거운 희망으로 녹여 낸 시간이었다면, 이번 입원은 나를 차가운 현실로 담금질한 시간이었다.

"늦었지? 빨리 온다고 했는데도 이러네."
"아니야. 빨리 가자."
나는 엄마와 함께 병실을 나섰다.
하늘이 찢어지기라도 한 듯, 장마 같던 소나기는 그렇게 66일 만에 아물었다.

엄마의 고백 07

산전수전 다 겪고 여기까지

#

아무리 받아들이려고 해도 교수님이 원망스럽기만 하다. 퇴원하고 며칠이나 됐다고 또다시 이런 고통이…. 교수님은 미리 알고 계시지 않았을까? 정말 이런 일이 머지않아 일어날 것이라는 걸 모르셨을까? 후에 만났을 때 몇 번이고 묻고 싶은 마음 간절했으나 참았다.

방정맞게 불안한 마음을 먼저 갖고, 마치 안 좋은 일이 일어나리라 예상하고 기다린 꼴이 되어 버릴 테니…. 비어 있는 응급실 침대를 겨우 차지하고 누워 기다리는 시간 내내 슬프다. 수액이 치료제도 아닌 것을. 아니다, 제발 수액이 치료제가 되길.

간절함을 뒤로 한 채 상태는 심각하게 돌변한다.

소변줄을 끼우고, 그렇게 힘들어하는 것을 보면서도 좀 참으라고 했던 것이 못내 미안하기만 하다. 바로 빼 달라고 했어야 하는데… 엄살 피우는 애가 아닌 걸 뻔히 알면서….

#

병실로 옮겨지고 며칠 뒤부터 계속 빨간 오줌을 싸는데, 그걸 보고 있는 나도 참 독하다 싶다. 관찰을 해야 하니 볼 수밖에는 없지만, 정말 오줌통을 들고 씻으러 갈 때마다 다음에 쌀 때는 나아질 거라고 간절한 마음으로 들고 간다.
군인 형아도 가끔 휴가 나와 올 때마다 피오줌 통을 씻으러 가서는 어찌나 지극 정성으로 씻어 대는지, 화장실 청소하시는 분이 칭찬에 입이 마른다. 자기 자식이라도 저렇게 하기 힘들 거란다.

완이는 매일 잠도 못 자고, 먹지도 못하고, 피오줌 싸고, 시간과 양을 기록하고…. 시간이 갈수록 점점 앙상해진다. 옆에 있을 때는 익숙해져 느끼지 못했는데, 뒤늦게 찍어 둔 사진들을 펼쳐 보니 정말 어처구니가 없었다. 내 아들 주완이가 맞나 싶어 다시 확인해 봐야 할 정도였다.
아직은 어린 나이인데, 어찌 이리도 의연하고 차분한지 내 자식이지만 정말 크게 될 놈이 확실하다는, 그래서 어떻게든 자기 역할을 다할 수 있도록 제자리로 돌려놔야 한다는 강한 의지가 생긴다.

퉁퉁 부어오른 다리, 거인 다리면 저렇게 웅장할까. 슬리퍼가 안 들어갈 정도로 부어 있고 잘 걷지도 못한다. 그 힘든 상태에서도 옷과 침구를 정리하는 것을 보면서, 잠시나마 힘들다고 드러누우려 하던 내 모습을 감추고, 몸을 추스른다. 아이는 엄마한테 힘든 내색 안 하려고 웃음이 안 나올 텐데도 입꼬리 올려 웃어 주고, 감정관리 하는 것을 잘 안다.

#

피오줌 색깔에 조금씩 변화가 온다.

치료가 되어 가고 있는 것이다.

이제 모든 게 다 의연해졌다. 조급한 마음도 갖지 않는다.

여기서 더 무엇을 바라겠는가.

산전수전 다 겪고 여기까지 왔는데, 이제 놀랄 것도 무서울 것도 없다.

덤덤하다.

아이한테 무한정 고마울 뿐이다.

앞으로 사는 동안 또 티격태격하겠지.

말 한마디 가지고 잘했니, 잘못했니 신경 건드리는 일도 허다하겠지.

하지만 지겹다 생각지 않을 것이다. 짜증 난다 하지 않을 것이다.

그것마저도 감사하게 받아들이며 살 것이다.

세상의 환희를 모두 내 안에 품는다.

운수 대통한 운명이라고.

천 일의 여덟 번째 이야기

내 곁을 끝까지 지켜 준 사람들

내가 가졌던 모든 것들이 사라지고 이름뿐일 때,
내 곁을 끝까지 지켜 주는 사람이 있다면,
그건 아마도 엄마와 아빠일 것이다.

…하지만 영원히 함께였다

생각해 보면 내 모든 투병생활에는 엄마가 있었다. 무균실에 있을 때 단 하루도 빠짐없이 하루 두 번 면회를 와줬던 엄마, 이식병실에 있을 때는 전화를, 일반병실에 있을 때는 볼일이 있어 늦게 오는 한이 있더라도 매일을 고집스럽게 밤까지 있다 돌아가던 엄마는 내가 고통스러워할 땐 나보다 더 고통스러워했고, 내가 조금씩 나아갈 땐 나보다 더 기뻐했다.

가끔은 갑자기 나 대신 아플 수 있다면 100번이라도 그러고 싶다고 말하던 엄마. 내가 먹고 싶은 게 있다고 하면 숨을 헐떡이면서 몇 번이고 사다 주던 엄마. 한창 치료받을 때는 미처 헤아리지 못했던 이런 엄마의 말과 행동들이 요즘 들어 하나둘 가슴 찌릿하게 다가온다. 어쩌면 엄마는 내가 처음 백혈병을 진단받았던 그 자리에서, 자신도 나와 똑같은 병을 진단받은 것처럼 살겠다고 마음먹었던 건 아닐까 하는 생각과 함께 말이다.

아빠는 엄마처럼 언제나 내 곁에 있진 않았다. 백혈병에 걸린 나로, 아빠와 만난 건 첫 항암 치료가 끝나고 퇴원했을 때였다. 달라져 가는 내 모습을 지켜봐 왔던 엄마와는 달리, 아빠는 달라져 있는 내 모습을 봤기 때문에 더 충격이었을지도 모르겠다.

아무튼 그렇게 정말 오랜만이었지만 오랜만이 아닌 것처럼 아빠와 나는 저녁 식사를 했다. 말없이 젓가락 부딪히는 소리만 간간이 울려 퍼지고 있을 때, 갑자기 아빠가 내게 고맙다고 말했다. 그리고 한동안 아빠는 얼마나 꾹꾹 참아 왔을지 모를 이야기들을 내게 담담히 건넸다.

마지막쯤 만약 나를 다시 못 보게 되었더라면 자신이 앞으로 어떻게 살아가야 했을지 막막했었다고 말하며 나를 바라보던 아빠의 눈에서, 그렇게 강하기만 했던 그 눈에서 나는 겁먹은 소년의 모습을 보았다.

그래서 너무 슬펐다. 그동안 아빠이기 때문에 그러지 못했지만 누구보다도 내 곁에 있어 주고 싶었다는 게, 그러지 못한 마음속은 누구보다 더 까맣게 타들어 가고 있었다는 게 느껴져 너무 슬펐다. 하지만 아빠는 아빠이기 때문에 마지막엔 웃으며 내게 앞으로도 힘내 달라고 말했고, 나도 아빠의 마음에 부응해 웃으며 알겠다고 말했다. 아빠는 그 후로도 병원에 있는 나를 한 번도 보러 온 적이 없다. 하지만 언제나 함께였다.

세상에 사는 여자와 남자는 많은 꿈을 꾸고, 많은 것들을 사랑하며 살아가지만, 그 여자와 남자가 엄마와 아빠가 되면 자식이 삶의 이유가 되고, 자식을 가장 사랑하게 되는 것 같다. 하늘보다 높고 바다보다 넓은 게 부모의 사랑이라는 말을 이해하지 못하던 아이는 자신이 부모가 되어서야 그 뜻을 어렴풋이 헤아리게 되지만, 그때는 이미 늙어 버린 부모를 보며 조금 더 일찍 깨닫지 못하고 되돌려 드리지 못한 것을 후회하게 된다.

백혈병으로 인해 잃은 것도 많지만 부모의 사랑이 무엇인지 느끼게 해주고, 조금 더 오랫동안 받은 사랑에 보답할 수 있게 해준 건 참 고마운 점이다.

내 존재가 나를 가장 사랑해 주는 사람에게 살아가는 희망이 되어 준다는 사실은 내가 절대 포기할 수 없고, 무슨 일이 있어도 건강해져야 할 가장 큰 이유였다.

그냥 똑같지 뭐

내게 요즘은 어떻게 지내냐고 묻는다면, 뜸 들이다 한마디 할 것이다.

"그냥 똑같지 뭐."

그냥 눈 떠서 빈둥대다 보면 어영부영 하루가 흘러가 있고, 그러다 잠들고, 아침이 되면 또 비슷한 하루가 흘러간다. 그렇게 어느덧 5월의 마지막 주말을 맞이하고 있다.

잠자는 건 아직도 똑같다. 새벽 5시에 깨서 오줌을 싸는 증상은 사라졌지만, 아직도 새벽 늦게 잠들어서 아침에 깨고 약 먹고 다시 잠들고 그러고 있다. 고쳐 보고 싶어도 다이어트처럼 자꾸 내일로 미뤄지고 있다.

밥 먹는 건, 좀 할 이야기가 있다. 얼마 전부터 음식을 먹을 때 꼭 지켜야 하는 어이없는 규칙 두 개가 생겼다. 첫 번째는 반드시 천천히 꼭꼭 씹어 먹어야 한다는 것이고, 두 번째는 그만 먹어야겠다는 느낌이 들면 그만 먹어야 한다는 것이다. 이 규칙들을 지키지 않으면 하루 종일 소화도 안 되고 배가 아프다. 설사하거나 그런 건 아닌데 설사가 나올 것 같은 느낌이 들면서 살살 아파 온다. 이 규칙들은 왜 배가 아픈지 이유를 모를 때, 몸소 배앓이를 하며 알아낸 것들이다.

그만 먹어야겠다는 느낌이 뭔지 궁금할 텐데, 말 그대로 일정량을 먹으면 딱 그만 먹어야겠다는 느낌이 든다. 그만 먹어야겠다는 느낌이 들면 아무리 맛있는 음식이 있어도 식욕이 감퇴되고, 최소 밥 한 공기는 먹어야 될 것처럼 배가 고팠어도 갑자기 배가 불러 온다. 신기할 따름이다.

오줌 싸는 건, 이제 전부 다 정상으로 돌아왔다. 편하고 시원하게 오줌을 쌀 수 있다는 것은 당연한 일이 아닌, 정말 감사한 일이다.

방광아, 고마워.

부은 다리도 정상으로 돌아왔는데, 이번에 보니까 허벅지와 종아리 곳곳에 깊고 진한 튼살이 생겨 있었다. 진갈색 피부에 튼살까지 생기니 꼭 나무 같다. 최근에 갑자기 부어올랐던 얼굴도 원래대로 돌아왔다. 왜 그랬던 건지 모르겠다. 그때 찍어 놓은 셀카를 보면 아직도 무섭다. 예민해진 손발바닥도 좋아지고 있다.

현재로선 하루하루가 평범하게 흘러가 준다는 것 자체가 그저 좋다.

유난히 내일이 더 기대되는 하루

다시 태어난 지 6개월째다.

2016년 12월 26일에 조혈모세포 이식을 받았으니, 오늘로 나는 조혈모세포 이식 후 6개월째를 맞이한 셈이다. 사실 정확히 따지면 176일째인데 그냥 6개월이라고 해줘.

나는 죄송하지만 감사하게도 그 흔하다는 구강 숙주, 피부 숙주 한 번이 없었다. 면역억제제를 계획보다 빨리 줄이기도 했었고 출혈성 방광염으로 그렇게 고생을 했는데 말이다. 누나의 조혈모세포와 내 몸이 참 잘 맞았나 보다. 누나에게 다시 한번 고마워지는 순간이었다.

아무튼 그래서… 그래서! 드디어 내일부터 면역억제제를 그만 먹기로 했다. 교수님은 면역억제제를 그만 먹게 되면 이식편대숙주반응이 나타날 가능성이 있지만, 급성 이식편대숙주반응이 없었기 때문에 온다고 해도 약하게 올 거라고 말씀해 주셨다.
나는 면역억제제를 그만 먹자는 교수님의 이야기를 듣는 순간, 내 몸이 정말 내 몸이 된 것 같은 해방감과 정체 모를 짜릿함을 느꼈다. 이 기분은 월세로, 전세로 살던 사람이 매일 밤낮으로 열심히 일해 정말 자기 집을 갖게 되었을 때, 인테리어가 막 끝나 아직 페인트 냄새도 채 가시지 않은 집 안을 현관에서서 바라보았을 때의 기분과 비슷할 것 같다는 생각이 든다.

아무리 오랜 시간 바라 왔던 일일지라도 (나만 이런 건지는 모르겠지만), 막상 현실이 되면 생각보다 그 기쁨은 금방 사라지고, 앞으로 또 헤쳐나가야 할 첩첩산중의 일들이 눈에 들어오게 된다. 그런데 딱 현실이 된 순간, 그 찰나의 순간에 느껴지는 쾌감은 정말 이루 말할 수 없을 만큼 맛있다. 견뎌 왔던 고통과 여타 모든 것들이 한순간에 씻겨 내려갈 정도로 말이다. 한번 이 쾌감의 맛을 느껴 본 사람은 힘들 때마다 그 맛을 곱씹으며 또 한번 맛보기 위해 뭐든 견디며 살아가게 된다.

> 면역억제제를 그만 먹게 되었다는 것은 백혈병 환자의 삶에 있어 작은 분기점이라고 할 수 있다. 면역억제제를 먹고 있기 때문에 할 수 없었던 일들을 할 수 있게 되고, 면역억제제를 먹고 있다는 핑계로 하지 않았던 일들은 하는 수 없이 맞닥뜨려야 하기 때문이다.

교수님과 2주 뒤에 다시 만나기로 하고 진료실에서 나온 나는 챙겨 온 마지막 면역억제제를 먹었다. 정말 많은 기억이 서려 있는 애증의 면역억제제지만 다시 붙잡고 싶진 않았다. 유난히 내일이 더 기대되는 하루다.

한국인 3명 중 1명은 암에 걸린다

"한국인 3명 중 1명은 암에 걸린다."
모두들 TV나 신문, 인터넷 뉴스 등에서 한 번쯤은 보고 들어 봤을 것이다.
"에이 말도 안 돼. 그럼 대한민국 인구가 5,000만인데 1,600만 명이 암에 걸린다고?"
그러니까 말이다. 솔직히 나도 이해가 안 된다. 그런데 실제로 병원생활을 하다 보면 암 환자가 생각보다 정말 많다는 걸 느낄 수 있다. 암 병동은 언제나 만석이었고, 외래진료를 가보면 갈 때마다 암 환자들로 북새통을 이루니까 말이다.

"한국인 3명 중 1명은 암에 걸린다."라는 말을 통해 우리가 깨달아야 할 핵심은 이 말이 참이다, 거짓이다가 아닌, 그만큼 암이 그 이름에 걸맞지 않게 흔한 병이 되었다는 사실이다.

하지만 우리 인식 속에서 암이란 병은 아직까지도 희귀한 병, 고령자가 걸리는 병, 내가 아닌 남이 걸리는 병으로 자리 잡고 있다. 사실 나 또한 암이라는 병을 나와는 전혀 관련 없는 것으로 생각했었다. 아니, 그냥 나와는 전혀 관련이 없다는 그 생각조차도 하지 않았던 것 같다. 하지만 그랬던 내가 암 환자가 되고 조금만 관심을 가지고 나니, 내 주위에 있는 가까운 사람들부터 건너건너 사람들과 누구의 누구까지, 정말 많은 사람들이 암 투병을 했었고 또 하고 있다는, 암이 나와 전혀 관련 없는 병이 아니었다는 사실을 알게 되었다.
암은 지금은 건강하기 때문에 관심이 없어 보지 못하고 있을 뿐이지 이미 우리 삶 곳곳에 자리 잡고 있고, 그게 내 친구의 일이 될 수도, 내 부모형제의 일이 될 수도, 내가 가장 사랑하는 사람의 일이 될 수도, 그리고 내 자신의 일이 될 수도 있다는 것을 이제는 정말 한 번쯤 진지하게 생각해 보고 대비해야 한다.

암은 안 걸리고 싶다고 안 걸릴 수 있는 게 아니다. 그렇기 때문에 지속적으로 관심을 가지고 초기에 발견하는 게 가장 중요하다. 초기에 발견만 할 수 있다면 생각보다 많은 암들이 잘 치료될 수 있기 때문이다.
하지만 어찌됐든 이제 암 진단을 받게 되면, 어떤 예후의 암을 진단받든 하늘이 무너지는 것 같고, 눈앞이 깜깜해지고, 가만히만 있어도 눈물이 흐르고, 막 내 인생이 끝난 것 같고, 앞으로 어떻게 살아 나가야 할지 막막해진다.
그런데 이런 슬픔은 생각보다 그리 오래가지 않는다. 딱 한 달만 있으면 어느새 병실이든, 무균실이든 침대에 누워 룰루랄라 휴대폰을 하고 있는 내 모습을 볼 수 있다. 여전히 착잡하고 슬프지만 동시에 현실을 받아들이고 현재 상황에 적응해 있다.

가족들도 다들 슬퍼했고, 걱정했고, 시간이 흘러도 슬퍼하고 걱정하지만 각자의 삶도 충실히 살면서 슬퍼하고 걱정한다. 두 달 정도 넘어가서는 굳이 슬퍼하지 않으면 슬프지 않을 정도로, 내게도 가족들에게도 투병생활이 그냥 일상이 되어 있다.

무균실이나 일반병실에 있을 때 이제 막 진단을 받고 입원한 환자분들을 많이 봐 왔는데, 속마음은 어떤지 알 수 없지만 어느 정도의 시간이 지나고 나면 모두가 농담도 하고, 웃고, 다 같이 막장 일일드라마를 보고 화도 내면서 그럭저럭 잘 지냈다. 병상에서 막 울고, 좌절하고, 한탄하고 그런 분들은 정말 한 분도 못 봤다.

너무 힘들 것 같고, 두렵고, 그래서 어떻게 사나 싶어도 그냥 어떻게 살아진다. 투병생활 중에 느낄 수 있는 소소한 즐거움도 생각보다 많고, 다 끝나고 보면 은근 괜찮았던 기억들도 많이 남아 있다. 정말이다.

아프지 않았다면

요즘 들어 만약 아프지 않았다면 내 스무 살은 어땠을까 하는 생각을 해보게 된다.

나도 대학생활이란 걸 하고 있었겠지? 신입생으로서 느끼는 대학생활은 어떤 맛일까? 그 유명한 대학 조별 과제의 뜨거운 맛도 느껴 봤을까? 나는 어떤 동아리를 하고 있을까? 밤늦게까지 술도 마셔 봤을까? 대학생의 긴 방학 때는 여행도 가고 알바도 하고 그랬을까? 나도 군대에 언제 갈지 조율하고 있었을까? 내게는 어떤 고민이 있었을까? 난 어떤 취미를 갖게 되었을까? 오늘의 나는 무엇을 하고 있었을까?
참 많은 생각들이 든다.
그런데 혹시 여자 친구도 만나고 있었을까? 휴… 그건 아니었을 것 같다.

소중하지 않고 의미 없는 시간이 어디 있겠느냐마는, 스무 살은 처음 성인이 되어 보내는 첫 일 년이기 때문에 조금 더 소중하고 의미 있게 느껴지는 것 같다. 처음이란 단어가 붙는 순간, 뭐든 특별하게 느껴지는 건 어쩔 수 없는 것 같다.

무엇을 하는 데 있어 나이는 숫자에 불과하다는 말이 있는데, 또 그 나이에만 할 수 있는 일이 있다는 말도 있다. 서로 반대되는 말이지만, 나는 이 두 말 모두 맞는 말이라고 생각한다. 표면적으로 나이는 정말 숫자에 불과하다. 나이가 어떻게 되든 대학에 가고 싶으면 가서 대학생활을 즐길 수 있는 것이고, 밤늦게까지 술도 마실 수 있고, 여행도 갈 수 있고, 알바도 할 수 있다.
그런데 그 나이에만 할 수 있는 일이 있다는 말이 나온 이유는, 그 일을 통해 느낄 수 있는 감정이나 얻게 되는 경험 같은 것들을 100% 느끼고 얻을 수 있는 시기는 분명 존재하기 때문이라고 생각한다.
나이 오십. 어린 나이부터 일을 하느라 대학을 못 갔던 게 너무 아쉬워 가고 싶다면 갈 순 있지만, 자신이 정말 풋풋한 대학생이 되어 모두와 어울릴 수 있을 거라 생각하는 건, 또 걸림돌 없이 모든 걸 함께할 수 있을 거라 생각하는 건 조금 욕심일 것이다.
보이지 않는 마음은 아직 스무 살일지라도 보여지는 것들은 그게 아니니까 말이다. 마치 젊은 직원들이 노는 회식 자리에 부장님이 끼는 것과 같은 이치일 것이다. 솔직히 젊은 직원들의 배려 없이, 서로 조금의 불편함도 없이 진심으로 즐겁게 어울릴 수 있을까 생각해 보면 씁쓸하지만 현실인 것 같다.
그래서 어른들이 우리를 보고 그 시기에 할 수 있는 건 뭐든 해봐라, 뭐든 때가 있는 법이다, 젊은 날을 허투루 보내지 말라고 하시는 것 같다.

꿈과 자유와 낭만, 그리고 젊음의 상징인 스무 살.
다시 오지 않는다는 말이 뭔가 가장 잘 어울릴 듯한 이 스무 살이, 지금 이 순간에도 그냥 흘러가고 있다는 게 못내 아쉽다. 물론 내 나이가 오십도 아니고, 이대로 몸도 더 좋아지고 한다면 얼추 비슷한 이십대 초반에는 스무 살 때 못해 봤던 것들을 해볼 수는 있을 것이다.
하지만 아무리 똑같은 걸 한다고 해도, 스무 살이었기에 느낄 수 있었던 것들은 느낄 수 없을 것 같다는 생각이 든다.

다른 스무 살들이 내게 네 생각처럼 그리 특별한 건 없었다고, 그냥 평범했다고 말할 수도 있겠지만 그건 해봤으니까 그렇게 말할 수 있는 것이다. 원래 해보지 않은 것들에는 환상이 있기 마련이다.

그래서 슬프다거나 지금의 삶이 싫다거나 하는 건 절대 아니다. 나는 내 스무 살에서 다른 스무 살들은 겪기 힘든 특별한 경험을 했고, 그 경험 속에서 많은 것들을 얻었고, 지금의 그것들은 아프지 않았을 내 스무 살이 가졌을 것들만큼이나 값지고 소중한 것들이다.
그저 지금 내가 이 길을 걷고 있기 때문에 반대편 저 길은 어떨까 하는 궁금함과 가볼 수 없는 것에 대한 아쉬움만 조금 있을 뿐이다. 스무 살만 아니었다면 아쉽다는 감정은 들지 않았을 것 같기도 하다.

창밖을 보고 있다. 얼마 전까지만 해도 흩날리는 단풍들을 볼 수 있었는데, 오늘 보니 휑한 나뭇가지들만 추위에 몸을 웅크리고 있다.
내일이면 올해도 한 달 남는다. 내 스무 살도.

푹 쉬는 게 목표였다곤 하지만

어제는 크리스마스였다.
크리스마스라고 딱히 뭘 한 건 없지만, 엄청 좋은 선물을 하나 받았다. 바로 크리스마스를 집에서 보낼 수 있었다는 선물. 내게 이것보다 더 좋은 크리스마스 선물은 없었을 거라고 본다.

오늘은 조혈모세포 이식을 받은 지 딱 1년째 되는 날이었다. 작년 오늘, 나는 다시 태어났으니까 (신)이주완이 두 살 되는 생일날이기도 하다.
1년 전 오늘을 떠올려 보면 아직도 생생하다. 1년 전 오늘, 나는 이식병실에서 조혈모세포 이식을 받고 있었다. 너무 생생해서 가슴이 찌릿찌릿해진다. 정신 차려 보면 갑자기 이식병실에 있을 것만 같은 기분도 든다.
하지만 나는 집에 있고, 아무리 허벅지를 꼬집어 봐도 나는 집에 있다.

솔직히 말하면 1년째가 되었다고 해서 막 특별한 기분이 든다거나 감회가 새롭다거나 하진 않는다. 내 감정이 메마른 것도 아닌데 그냥 1년째구나, 다행이다, 기분 좋다 하는 정도다. 나만 이런가? 그런 감정이 들기에는 1년이란 시간이 부족한 건지도 모르겠다.

그것보다도 나는 프랑스에 있는 누나 생각이 먼저 났다.
그냥 정말 고맙고 또 고맙다. 누나에게 얼마나 고마운지 적어 보려 했는데 세계평화를 위해서 참고 있다. 한번 적기 시작하면 이 세상 모든 종이를 내가 다 써야 하기 때문에, 그럼 종이를 만드느라 자연이 파괴될 것이고, 그로 인해 자연재해도 일어날 것이고…. 아무튼 정말 세계평화 때문에 참는 거다.

올 초에 세웠던 2017년 목표, 푹 쉬기는 스스로 평가했을 때 120% 초과 달성한 것 같다. 나도 내가 이 정도로 푹 쉴 수 있는 사람인지 이번에 알게 되었다. 푹 쉬었다는 것은 그동안 다시 입원한 일 없이 무사했다는 뜻이기에, 이보다 더 보람찰 수는 없을 것이다. 눈에 보이는 건 없지만 정말 많은 것들을 이룬 한 해가 아닐까 싶다.
"그런데 솔직히 2017년에 너무 아무것도 안 한 거 아니야? 아무리 푹 쉬는 게 목표였다곤 하지만 초과 달성까지 할 필요는 없었잖아."
"야, 너 조용히 하라고! 정말…."
크흠…. 아무튼 나는 만족한다.

그럼 며칠 남지 않은 2017년, 마지막까지 최선을 다해 푹 쉬고, 다가오는 2018년은 조금 덜 쉬는 한 해가….

아직 364일이
남아 있잖아

올해는 작년보다 조금 덜 쉬는 한 해를 보내리라 다짐했건만, 새해 첫날부터 푹 쉬어 버리고 말았다.
"너무 상심하지 마세요. 우리에겐 아직 364일이 남아 있잖아요!"

긍정 요정이 나를 위로해 줬다. 맞다. 아직 364일이나 남아 있고, 뭐든 지면 그 판은 연습 게임인 거다. 올해는 조금 덜 쉬면서, 그동안 방치했던 것들을 차근차근 둘러보고 자기계발도 하는 '주완 정상화'의 시간을 가져 볼까 한다.

내 생각에 가장 선행되어야 할 건 바로 수면 패턴의 정상화이다. 새벽 늦게 잠들어서 아침 10~11시쯤 일어나다 보니 낭비되는 시간들도 많고, 무엇보다 건강에도 좋지 않을 것이다.

이번엔 고쳐야지 하는 막연한 생각에서 그치지 않고, 무슨 방법이든 써서 고쳐 보려고 한다.
하지만 천 리 길도 한 걸음부터라고 욕심은 부리지 않으려고 한다. 내일도 늦게 일어날 것 같아서 하는 말 아니다.

내 마음이 원하지 않아서

올해 첫 외래진료를 다녀왔다.
오늘 날씨가 정말 춥다고 했지만, 나는 형이 생일선물로 사준 롱패딩이란 걸 입고 가서 오히려 더웠다. 요즘 이게 유행이라고 한다. 처음엔 무슨 침낭을 입고 다니는 것 같기도 하고 애벌레 같기도 해서 조금 그랬는데, 입어 보니 역시 유행엔 다 이유가 있었다.

다행히 피 수치도 좋았고 별다른 문제도 없었다. 그래서 평소처럼 교수님과 이런저런 일상 이야기를 나누던 중 복학에 대한 이야기가 나왔다. 복학을 해 보는 건 어떻겠냐는 교수님께 나는 아직 내키지 않는다고 말씀드렸다.

사실 작년 말부터 여러 이유를 대며 내년에 복학하라는 누나의 거센 입김이 있었지만 나는 일관성 있게 거절하고 있다.

내 심금을 울리는 이유라도 있었다면 생각해 봤을지도 모른다. 하지만 '또래랑 너무 뒤처지면 안 된다, 이것저것 너무 재면 시작도 못 한다, 집에서 아무것도 안 하고 있는 게 안타깝다, 나중 가면 나이 차이가 많이 나서 불편할 것이다.' 같은 이유들이었다.

다른 가족들도 내심 복학하길 바라는 것 같았지만 말은 안 하고 있고, 엄마만 내가 하고 싶은 대로 하라며 지지해 주고 있다.

뭐, 누나 말이 전부 다 맞는 말이다. 나를 위해서 해주는 말이라는 것도 잘 안다. 그래서 나도 내년에 복학하는 게 어떻겠냐는 누나의 권유를 처음 받았을 때, 아주 진지하게 생각을 해봤다. 복학했을 때 겪게 될 여러 상황들을 떠올리며 내 자신과 정말 솔직하게 대화도 나눠 보고 그렇게 몇 날 며칠을 생각해 봤는데, 아무리 생각해 봐도 아니었다. 어떤 이유보다, 그냥 아직 하고 싶지 않았다.

지금의 나는 정확하게 알고 있다. 내 시간은 정말 소중한 것이었고, 매우 한정적이었다는 것을 말이다. 그렇기 때문에 나는 내 시간을 다른 사람이 하라는 대로 살며, 그 사람의 인생을 대신 살아 주는 데 쓰고 싶지 않았다.

내가 가장 믿고 따라야 할 건 자신의 마음과 직관이다. 자신의 마음과 직관은 진정 내가 무엇을 원하고 있는지, 그래서 무엇을 해야 하는지를 누구보다도 가장 잘 알고 있다. 이런 자세로 살아야 누굴 원망하지도, 원망할 수도 없고, 후회도 가장 적은, 자신의 인생을 살 수 있는 것 같다.

생각해 보면 나는 내 마음이 원하지 않는데도 남들이 꼭 해야 한다고 하니 했던 적이 많았던 것 같다. 이제는 더 이상 그러고 싶지가 않다. 나도 복학을 하면 뭔가 색다른 경험이 될 것도 같고, 고등학교 이름이 적힌 졸업장도 가지고 싶기 때문에 복학을 하긴 할 것이다. 그런데 올해에는 하고 싶지 않다.
물론 하고 싶은 대로만 하며 무법자처럼 살아선 안 될 것이고, 내 마음과 상관없이 해야만 하는 일들도 분명 있다. 하지만 내가 선택할 수 있는 상황이라면, 나는 내 마음이 원하는 것을 선택해야 궁극적으로 옳은 선택이 되는 거라고 생각한다. 아니, 생각하게 되었다.
누나는 자꾸 그거 말고 어떤 이유 때문에 올해 복학을 안 한다고 하는 거냐고 계속 묻고 있지만, 나는 진심으로 한 말이었다.

내 마음이 원하지 않아서.

그리고 '늦는다'는 말, 나는 이 말을 이해하고 싶지 않다. 사람들 각자가 자신만의 시간 속에서 자신의 삶을 살아가는데, 누가 누구를 기준으로 늦다고 말할 수 있겠어. 그리고 나는 각자의 시간이 다 다른 세상이 더 아름다운 세상이라고 생각한다. 모든 꽃들이 모두 다 아름답게 보이기 위해, 각자를 피워 내는 시간들이 다 다른 것처럼 말이다.

흉터

내 오른쪽 가슴에는 주변 피부와 다른 느낌이 드는 곳이 두 곳 있다. 약간 패여 있고 얇은 느낌이 나며 울퉁불퉁한데, 바로 중심정맥관을 제거하고 남은 흉터다.

언제부터 그랬는지는 모르겠지만, 배우로 치면 흉터는 대개 나쁜 역할, 슬픈 역할, 사연 있는 역할로 나온다. 흉터를 주제로 한 노래들도 많은데, 신나는 노래보다는 슬픈 발라드로, 가사 내용을 보면 막 지워지지 않는 상처, 아픔의 흔적, 슬펐던 사랑을 상기시키는 도구로 사용된다. 흉터가 보기 좋은 것도 아니고, 상처 뒤에 생기는 것도 맞기 때문에 이런 의미로 사용되는 게 맞는 것 같기도 하다.

그런데 나는 내 흉터들을 보면 참 자랑스럽다는 생각이 먼저 든다. 상처는 모두가 가질 수 있는 거지만, 흉터는 이겨 낸 사람만 가질 수 있는 거니까 말이다.

살다 보면 보이는 흉터도, 보이지 않는 흉터도 얻게 될 때가 있다. 그럴 때 어떻게 생각하든 정답은 없겠지만, 나는 자신의 흉터를 느끼고 만지면서 아팠던 기억에 슬퍼하기보단, 그 흉터가 생길 수 있었던 이유를 떠올리며 웃을 수 있는 사람들이 많아졌으면 좋겠다.

운동이 답이었네

내가 올해 안에 손끝 정강이 밑으로 내리고 팔굽혀펴기 10개 한다고 했지?
손끝 내려가는 거 잘 봐. 봤어? 발목까지 내려가는 거 봤지?
팔굽혀펴기도 하나, 둘, 셋, 넷… 열둘 열세에에엣! 휴… 봐…봤지? 아 힘들어.

지난여름, 처음 운동을 시작하며 세운 목표를 벌써부터 초과 달성하고 있다. 스트레칭, 팔굽혀펴기처럼 집에서 할 수 있는 간단한 운동들로 그동안 매일은 못 했지만, 일주일에 두세 번씩은 꼭 했다.

난 나름 열심히 하고 있다는 걸 자랑스럽게 이야기한 건데, 말하고 보니 조금 없어 보이는 건 왜일까. 그래도 효과는 분명 있었다. 목표를 초과 달성한 것만 봐도 확실히 유연해지고 힘도 세졌다는 걸 알 수 있다.

그리고 혹시나 한 건데, 잠이 오는 시간도 정말 많이 앞당겨졌다. 새벽 1시쯤에도 잠든 적이 있으니 말 다했다. 잘 때도 푹 자는 것 같고, 일어나면 전보다 더 개운한 느낌이 든다. 그렇게 많은 방법들을 시도하며 일찍 자기 위해 노력했는데, 그냥 운동이 답이었던 것 같다. 배앓이도 좋아지고 먹는 양도 전에 비해 확실히 많아진 것 같다. 기분도 뭔가 더 활기차진 것 같고 말이다.

만약 올 초부터 운동을 시작했다면 새벽 늦게 잠들고, 배앓이와 많이 못 먹는 내 고민들이 더 빨리 해결됐을 수도 있었을 것 같다. 내가 생각하지 못한 유익한 효과들도 많이 나타나고 말이다.

> 퇴원한 뒤 어느 정도 회복이 된 암 환자라면, 나는 다른 것보다 운동을 먼저 시작했으면 좋겠다. 건강을 위해서라도 필요하고, 자신이 가진 고민들의 답을 의외로 운동에서 찾을 수도 있을 것 같다.

요즘도 비슷한 생활에 비슷한 몸 상태다. 하지만 여전히 행복하고 행복하다.

행복은 늘 우리 곁에 있었다

생각해 보면 아직도 미안하다.
아프기 전, 내 평범한 일상들에게 말이다.

아프기 전 내게 평범한 일상들은 너무 당연한 것이었기 때문에 지루하고, 그리 행복하지만은 않던 시간이었다. 나는 이 평범한 일상들을 그저 나중에 행복해지기 위해 견뎌야 하는 것? 행복해지기 위한 발판(?)쯤으로 여겼던 것 같은데, 참 웃기게도 아파서 병원 침대에 누워 있게 되자 그렇게 등한시했던 평범한 일상들이, 어느새 간절한 소원이 되어 있었다.

살다 보면 당연한 것처럼 느껴져 행복인데, 행복이 아닌 줄 알고 지내는 것들이 참 많은 것 같다. 먹고 자는 것, 매일 겪는 평범한 일상 같은 것들 말이다. 마치 종이에 행복이라는 글자를 써서 눈앞에 가져다 대면, 너무 가까이에 있기 때문에 그 글자가 행복인지 모르는 것처럼 말이다.

그중 가장 당연하다고 느꼈던 행복은 단연 건강이었던 것 같다. 정말 이 세상 무엇과도 바꿀 수 없는 가장 큰 행복이 바로 건강이었는데, 그런 줄도 모르고 나는 그 건강을 떼서 다른 행복들과 막 바꿨던 것 같다. 밤새 잠 안 자고 게임하는 행복과 바꾸기도 하고, 학교 가기 싫을 땐 감기라도 걸렸으면 좋겠다고 생각하며 바꾸려 했다. 물론 살다 보면 여러 현실적인 이유들로 건강과 다른 무엇을 바꿔야 할 때가 있긴 한데, 뭐가 됐든 건강과 바꾸는 건 정도의 차이만 있을 뿐, 무조건 손해인 것 같다. 그럼 건강한 게 최고로 부자인 거네? 맞다.
이 세상을 다 가질 만큼의 많은 돈을 벌어, 최고의 부자라고 칭송받던 사람이 건강을 잃고 병원 침대에 누워 있게 되었을 때, 그 사람에게 최고의 부자는 창밖에 어슬렁거리며 걸어가고 있는 건강한 백수일 테니까 말이다. 만약 이 사람에게 악마가 찾아와, 네가 가진 모든 돈을 주면 다시 건강하게 만들어 주겠다고 제안한다면, 과연 그 제안을 받아들일까? 나는 99.99% 받아들일 거라고 본다. 그리고 말실수한 게 하나 있는데, 이런 제안을 하는 건 악마가 아니라 천사일 것이다.
내가 무슨 말을 하다가 갑자기… 아, 그러니까 우리가 건강하게 하루하루 평범한 일상을 보내고 있다면, 그것만으로 이미 엄청 큰 행복을 누리고 있다는 것이다.

그런데 말하다 보니까 내가 무슨 "건강하게 평범한 일상만 보낼 수 있으면 행복인데 어디 속세에 찌든 돈, 좋은 집, 좋은 차, 명품 그런 걸 가지려고 해? 그런 거 다 필요 없다."라고 말하는 것 같은데, 그런 뜻이 절대 아니다.

나도 돈, 좋은 집, 좋은 차, 명품 다 좋다. 그런 것도 당연히 큰 행복이다. 내가 하고 싶은 말은 지루하고 행복하지 않게 느껴져 때론 벗어나고 싶은 현재의 평범한 일상과 당연한 것 같은 우리의 건강 또한 정말 큰 행복이라는 것이다. 졸린 눈을 비비며 아침에 등교하고, 이리 치이고 저리 치이는 만원 버스와 지하철로 출근하고, 선생님께 혼나고 밀린 공부에 심란하고, 직장 상사한테 혼나고 쏟아지는 일에 눈코 뜰 새 없이 바쁘고, 쉬는 시간에 친구들과 놀며 소소한 행복을 느끼고, 동료들과 커피 한잔에 수다 떨며 소탈한 행복을 누리고, 그렇게 바쁜 하루를 마치고 집으로 돌아와 TV를 보며 라면으로 저녁을 때우거나, 때론 치킨을 먹는 이런 평범한 일상과 그걸 가능하게 해주는 건강 말이다.

그런데 개인적으로 나는 이런 평범한 일상과 건강이 더 소중한 행복인 것 같다. 죽기 전 마지막 소원이 있다고 말하는 사람이 돈, 좋은 집, 좋은 차, 명품을 원했다는 이야기는 한 번도 들어보지 못했다. 다 알다시피, 그들의 소원은 대체로 평범한 일상 중 하나를 다시 해보는 것이었다. 어떤 이유에서 그런 소원을 말한 건지는 알 수 없지만, 아마도 죽기 전이 되어서야 비로소 가장 소중한 행복이 무엇이었는지 깨닫게 된 게 아닐까.

그런 말도 있잖아.
"익숙함에 속아 소중함을 잃지 말자."

솔직히 말은 이렇게 해도 살다 보면 화나고 짜증 나는 일들이 아주 많다. 나도 살아 봐서 잘 안다. 그런데 그때마다 이 또한 행복이라고 한번 생각해 보는 건 어떨까? 열 번 화나고 짜증 날 때, 단 한 번만이라도 말이다. 그럼 고작 그 한

번의 생각이 우리 삶을 행복으로 이끌어 줄 거라고 나는 믿는다.

종이에 두 개의 펜을 대고 하나는 직선으로, 하나는 0.01°만 틀어 선을 그어 나가 보자. 처음엔 나란히 그어지는 것 같던 선이 시간이 지날수록 눈에 띄게 멀어지는 것을 확인할 수 있을 것이다. 마찬가지다. 처음엔 알 수 없겠지만 고작 그 한 번의 생각을 했을 때, 우리 삶은 분명 행복을 향해 틀어졌을 것이다. 그러다 자신의 삶이 행복을 향해 틀어졌다는 걸 느꼈을 때, 고작 그 한 번의 생각이 두 번이 되고, 세 번이 되고, 어느새 모든 걸 다 행복이라고 생각하며 불행이 보이지도 않을 만큼 불행과 멀어져 있게 될 거라 나는 믿는다.

| 에필로그 |

모두 건강하세요

어느덧 마지막 장이다.

이 두꺼운 일기장의 첫 장을 펼치던 게 엊그제 같은데 벌써 마지막 장이다. 뭔가 오랜 친구를 떠나보내는 것 같아 슬프다. 앞으로 써내려 가는 한 자 한 자가, 이 일기장과의 작별 인사가 되는 것 같아 손이 잘 안 떨어진다. 그런데 언젠가 내가 시작 없는 끝도, 끝 없는 시작도 없기에 현재에 멈추지 않고 나아가기 위해서는 모두를 기쁨으로 받아들이는 게 최선이라고 말했던 기억이 난다. 그렇기에 슬프지만 기쁘게, 슬픈 만큼 더 꾹꾹 눌러 써내려 가야겠다.

마지막으로 나는 포기하지 말고, 희망을 지키라는 말을 꼭 해주고 싶다.

> 살다 보면 이겨 낼 수 없을 것처럼 느껴지는 시련과 고통이 한 번쯤은 반드시 찾아온다는 걸, 내 짧은 인생 경험을 통해서도 알게 되었다.

그때마다 세상은 우리에게 속삭인다.
포기하라고, 그럼 편해진다고.
세상은 포기하지 않으면 더 괴롭고 힘들게 할 거라고 으름장을 놓기도 한다. 이럴 때 빨리 포기하는 것이 이성적이고, 효율적이고, 빠른 판단력을 가진 현명한 사람이라 생각하는 사람들도 있겠지만, 나는 포기하는 것만큼 바보 같은 일은 없다고 생각한다.

포기하지 않았을 때는 성공할 수 있는 기회가 주어지고, 만약 실패한다 하더라도 어디서도 구하지 못할 자신만의 교훈을 얻게 되기 때문이다. "실패는 성공의 어머니다."라는 말이 괜히 나온 말은 아닐 것이다. 하지만 포기하면 성공할 기회조차 가지지 못하고, 얻는 거라곤 부러움과 후회 이 두 가지밖에 없다.

물론,
"내가 올해로 사십인데, 키가 크고 싶어."
"나 하늘을 날고 싶어."
"나 바닷속에서 숨 쉬고 싶어."
같은 것들에는 포기하지 말라고 쉽게 말할 수가 없다. 아무리 포기하지 않는다고 해도 불가능한 일인 것 같기 때문이다. 하지만 그럼에도 포기하지 않았던 어떤 한 사람은 '키높이'깔창을 만들었고, 비행기를 만들었고, 잠수함을 만들었다.
불가능할 것 같았기에 모두가 포기할 때, 포기하지 않았던 어떤 한 사람이 지금 우리가 이렇게 멋진 세상에 살 수 있도록 만들어 준 것이다.
우리도 그 어떤 한 사람이 언제든 될 수 있다. 포기하지만 않는다면 말이다.

포기하지 않는다는 말은 어떤 것을 반드시 이뤄 내야 하고, 될 때까지 그것만 해야 한다는 뜻이 아니다. 힘들 땐 잠시 쉬어도 되고, 때에 따라선 더 오래 쉬어도 되니까 멈추지만 말라는 뜻이다.

그리고 포기하지 않으면, 마법처럼 고마운 사람들이 나타나 진심 어린 응원과 도움의 손길을 건네준다. 나는 내가 이런 마음가짐으로 병원생활을 했기 때문에, 교수님도, 좋은 의사 선생님들도, 좋은 간호사님들도 만난 거라고 생각하고 있다. 세상은 스스로 돕는 자를 돕는다고 하잖아.

그럼에도 너무 힘들어 포기하고 싶을 땐, "포기하는 사람은 자신이 얼마나 성공에 가까이 있었는지 알지 못한다."라는 말을 떠올려 보자. 정말 맞는 말이다. 실제로 나는 경험했다. 내가 치료를 받으며 가장 고통스럽고 힘들었을 때는, 어김없이 치료가 거의 끝나 회복되기 바로 전이었기에. 그러니까 부디 포기하지 말자. 그리고 희망을 지키자.

희망은 처음엔 작고, 힘없고, 쓸모없는 것이라고 느껴질 수도 있다. 그래서 자신이 너무 힘들 때는 자꾸 따라다니는 이 짐 같은 희망들을 버리고만 싶어진다. 하지만 아무리 힘들어도 희망들만은 버리지 말고 꼭 지켜 줬으면 좋겠다.

그럼 언젠가 우리가 더 이상 견딜 수 없을 것 같아 포기하고 싶어지는 순간, 아무리 힘들어도 지켜 왔던 그 희망들이 나타나 "나 버리지 않아 줘서 고마워. 이제 내가 도와줄게."라고 말해 줄 것이다.

바로 그때가 우리가 '기적'이라고 말하는 그 순간이 아닐까?

나는 나중에 '희망 맛집'을 차리고 싶다. 그래서 사람들에게 갖가지 맛있는 희망들을 대접하고, 그 값은 그들의 웃는 얼굴로 받고 싶다. 그게 수많은 사람들의 도움과 사랑으로 오늘을 사는 내가, 평생을 갚아도 갚지 못할 그 감사함에 조금이나마 보답할 수 있는 길 같다. 최근에 생긴 내 작은 꿈이다.

내일부터는 새로운 일기장이 이 자리에 있을 것이다. 그 일기장은 어떤 제목의 일기장이 될지, 어떤 이야기로 채워질지 아직은 알 수 없지만, 한 가지 확실한 건 여전히 희망과 행복이 담겨져 있을 거라는 것이다. 그다음 일기장도, 그다음 일기장도 마찬가지일 것 같다.

> 사실 아직도 내 머릿속에는 수많은 이야기들이 자기가 쓰일 차례를 기다리고 있다. 모두 기록해 주려고 했었는데, 그러지 못해 미안하다. 그래도 걱정 마 얘들아. 너희는 내가 더 잘 기억하고 있을게.

내년에는… 음, 내년에는 복학을 해볼까 생각 중이다. 나 정도면 뭐 거의 걸어 다니는 박물관, 살아 있는 화석이니 지금 학교 다니는 아이들에게 참 좋은 교육 자료가 될 것 같다. 뭐, 꼭 복학이 아니더라도 어떤 일이든 해보고 싶은 일이 생긴다면 도전해 볼 생각이다.
못내 아쉬워, 이런저런 이야기들을 해봤다. 그런데 이제는 더 하고 싶어도, 적을 공간이 얼마 남지 않았다.
그만 인사를 해야 할 것 같다.
아프고 난 뒤 나는 세상에서 가장 따뜻한 인사말이 무엇인지 알게 되었다.
"모두 건강하세요."

- 2016년 3월 28일부터 2018년 12월 31일까지,
1009일간의 백혈병 일기

생의
마침표에 .

천 일의
쉼표를 찍다 ,

초판 1쇄 발행일 2020년 8월 15일
3쇄 발행일 2021년 7월 10일

지은이 | 이주완
발행인 | 이선애

디자인 | 채민지
교 정 | 박지선

발행처 | 도서출판 레드우드
출판신고 | 2014년 07월 10일(제25100-2019-000033호)
주소 | 서울시 구로구 항동로 72, 하버라인 402동 901호
전화 | 070-8804-1030 팩스 | 0504-493-4078
이메일 | redwoods88@naver.com
블로그 | blog.naver.com/redwoods88

값은 뒤표지에 있습니다.
ISBN 979-11-87705-22-2 (03810)